鲁迅文学奖新疆作家文丛

周涛自选集

周涛 著

新疆人民出版社
（新疆少数民族出版基地）

图书在版编目(CIP)数据

周涛自选集 / 周涛著 . -- 乌鲁木齐 : 新疆人民出版社(新疆少数民族出版基地), 2025. 6. --(鲁迅文学奖新疆作家文丛). -- ISBN 978-7-228-21664-2

I. I267

中国国家版本馆CIP数据核字第2025TQ2610号

周涛自选集

ZHOU TAO ZIXUANJI

出 版 人	李翠玲	**策　　划**	罗卫华
出版统筹	陈　漠	**选　　编**	朱又可
责任编辑	陶小红　张雪艳	**装帧设计**	姚亚龙
责任校对	马鸿霞	**责任技术编辑**	马凌珊

出版发行	新 疆 人 民 出 版 社(新疆少数民族出版基地)
地　　址	乌鲁木齐市解放南路348号
邮　　编	830001
电　　话	0991-2825887(总编室)　0991-2837939(营销发行部)
制　　作	乌鲁木齐市向好文化传媒有限公司
印　　刷	河南瑞之光印刷股份有限公司

开　　本	787 mm × 1092 mm　1/16
印　　张	18.5
字　　数	240千字
版　　次	2025年6月第1版
印　　次	2025年6月第1次印刷
定　　价	78.00元

前　言

鲁迅文学奖是中国具有最高荣誉的文学奖之一，其设立旨在奖励优秀中篇小说、短篇小说、报告文学、诗歌、散文杂文、文学理论评论等的创作，推动中国文学事业繁荣发展。

1997年，首届鲁迅文学奖评奖，有两位新疆作家的作品获奖：周涛的《中华散文珍藏本·周涛卷》和沈苇的《在瞬间逗留》。新疆广袤的大地赋予作家丰富的创作灵感，如雨后春笋般，陆续有新疆作家（或在新疆工作、生活过的作家）获鲁迅文学奖：韩子勇（第二届）、刘亮程（第六届）、丰收（第七届）、李娟（第七届）、张者（第八届）、董夏青青（第八届）。他们犹如一颗颗璀璨明星，印证着这片土地蕴藏的无限创作潜能。

为了让广大读者感受新疆文学作品的蓬勃活力和多元魅力，我们推出"鲁迅文学奖新疆作家文丛"，精选荣获鲁迅文学奖的新疆作家的代表作品。首批出版七部作品：《周涛自选集》《沈苇自选集·沙之书（1989～2024）》《韩子勇自选集》《刘亮程选本》《丰收自选集》《张者自选集·老风口》《董夏青青自选集》。

推出这套文丛是对优秀文学成果的致敬，更是对文化的传承与创新，我们坚信：经典的文学作品具有穿越时空的力量，能为读者提供深层的精神慰藉与思想启迪。

出版不是终点，而是新的起点——它是对未来的期许。愿这套文丛成为一颗种子，在读者心中播下对新疆的热爱；愿它成为一条纽带，将各民族的情感与心灵联结得更为紧密；愿它成为一支火炬，为更多人照亮文学前行之路。新疆是文学的风土，新疆题材的文学天地向所有热爱这片土地、怀揣创作热忱的人敞开怀抱。我们期待更多作家与文学爱好者，以多元视角、多样笔触讲述新疆故事，创作出更多思想精深、艺术精湛的优秀文学作品，在广阔的文学天地中绽放出璀璨光芒。

目　录

第一辑　新疆！新疆！

第二辑　稀世之鸟

第三辑　谁在轻视肉体？

—第一辑—

新疆！新疆！

新疆！新疆！

对于新疆，谁能说出一句传神的、有分量的话来概括她呢？至少在我看来，这是一件十分困难的事。我在这里生活了三十七年，而且被小说家朱苏进认为“很少有人能像他这样长久地、新鲜地始终盯住一个地方”生活了那么久，但是三十七年过去了，我概括不了她。

我尊敬的诗人牛汉到新疆来过。他身高一米八几，名副其实是一个健牛般的壮汉。他对新疆的风有过这样一番评价：“北京夏天的风软塌塌的，吹到身上有些黏。新疆夏天晚上的风就不一样，刚健凉快，有劲道！”

我告诉他说：“新疆的风是从雪峰上过滤过的，那是我们的大冰箱。”

“精彩！”他说，“可以写成诗。”

另一位南京军区的电影剧作家江深谈起他第一次见到飞机舷窗外的博格达雪峰时说：“我被震撼了。雪峰上的积雪像云一样洁白，但是比云更光亮，更有生命力。”

对新疆的草原呢，有一位在内蒙古生活过的朋友作了这样的比较，他说：“内蒙古的草原更辽阔，更无遮碍，但是它不像新疆的草原这样镶着边儿——镶着雪山的边儿！”

至于对新疆的白杨林带，那位在飞机上呕吐得迷迷糊糊的小说怪杰莫言，曾睁开一只小眯缝眼说：“咦，怎么新疆的路边上竖了这么多大绿扫帚呀，到底要扫什么呢?”

我告诉他说:“把天扫蓝。”

还有,我们的回了四川的边塞诗主将杨牧,从四川回来一下飞机,仰头望见新疆的天空,心里就感到愧疚了。他说:“只有新疆的天空还是这么蓝……水洗过,电镀过,一看心就开朗了! 成都的天压得人好闷哟!”

新疆! 新疆!

你的风,你的雪峰,你的草原,你的白杨树,你的天空……这些说法都是多么精练、多么传神! 但是这些有关对风、雪峰、草原、白杨以及天空的概括,仍然不是对整个新疆的概括,对新疆概括是一件困难的事。

新疆是那样一种丰富,一种具有极大融汇力的丰富,包括她众多的民族构成,包括她的来自全国各个兄弟省区的各族人民,说她是一个永不闭幕的民族博览会是毫不过分的。而融汇,正是席卷全球的人类大趋势。在这一重大的有关人类生存方向的问题上,新疆毫不自觉地成了中国的特区,成了典范。她是先进的,她微笑着在矛盾与冲突中总结经验,平和地消除落后野蛮心理,她是一个大母亲。

新疆还创造和形成着一种独特的美,她的美本身就含有对鲜明反差事物的包容。

因为她的美不是单一的、循序变化的,所以她的美也是无法概括的。她把冰峰的绝顶崇高,火洲盆地的彻底塌陷,草原的妩媚秀丽,戈壁的粗粝坦荡,沙漠的难以接近的神秘和绿洲自然亲切的田园风光,河流的充沛和消失,果园的丰饶和废垒的凄清,湖泊的澄碧柔和与山岩的铁硬,古典的喀什与浪漫的伊犁……的对立、矛盾、极端,全都包容养育在自己身下,形成一种独特而健康的美。这美,只在新疆。

而这一切又都是自然的、质朴的、毫不自知的，她在各个方面都有待开发，有待全新地认识，有待勇敢地发掘与创造。不仅是美，不仅是自然资源，也不仅是诗歌、美术、音乐、舞蹈，她对“新”的更大期待和准备，还存在于政治、经济、教育、历史文化和体育等许多重要的方面，她是一个渴望有作为的大母亲，她需要一个有作为的大时代。

岂止是石油，她在哪方面不是早就具有很深厚、很丰富的蕴藏和准备呢？她是个历史悠久的新大陆，是一个不需要跨越海洋就可以唤醒的新领域，是善于把各民族传统熔为一炉的大手笔，她从来没有保守过——因为她的名字就叫“新疆”。

新，就是她的本质，她的活力。

新，也是她的渴望，她的未来。

让她日新月异吧！

她有权利，也有能力成为一个最富饶、最优美的地方！

她纵然是我们无法概括的，但是她自己已经早就找到了概括自己的话，那就是“新疆”。

新疆！新疆！

博尔塔拉冬天的惶惑

诗人说，冬天可以置人于死地。

诗人还说，这不是因为风雪，风是那样悠长的一种音乐，雪是那样飘逸的一种花朵，亏是由于有了这两样东西，人才可以活下去。置人于死地的，是冷酷和死寂。

一个没有活力的白茫茫的世界，使人绝望乃至丧生。人其实就是这么死的，没有别的什么原因。人们总以为是衰老使人寿终，这才是糊涂呢！那么是什么使人衰老了呢？是岁月吗？不是，因为有些人要把他经历的日子藏在心里，你是没法判断他有多大的。

冷酷和死寂使人绝望，绝望使人衰老，然后死掉，就这么回事儿。你假如看到过死人的脸，你就会明白，那上面写得清清楚楚，不容置疑。

诗人咽了一口唾沫，又说，你注意到了吗？你看窗外，冬天正在嘲笑一切生命——

鱼儿在冰层之下，它们身上的鳞片使它们像一些光着身子穿上铁甲的武士一样，又别扭又滑稽。它们不冷吗？

鸟儿虽然有羽毛，但是它们却没穿鞋，光着趾脚。

贫寒然而性感的蛇，买不起像它的身体那样长的套裙，所以只好躲在地洞里。

连熊那样肥厚的毛茸茸的山林庄园主，那种富农一样迟钝、憨勇的角色，都感到了恐惧，它钻进树洞，可怜地舔着自己的手掌。

树坚韧地站在严寒里，不能挪动脚步，没有叶子。它总是像一只叉开五指的干枯的手掌那样伸向天空，企图抓住严寒，但总也抓不住。它在盛秋时获得的满身勋章一片光彩，已经全部被剥夺了。

生命被搁浅，在漫长的、看来毫无指望的无边冷寂中。这时候很静，在冰雪之下隐隐能听到一丝呼吸、一脉心跳。进而，仿佛还能听到万物的呻吟、哀告和呼喊，那声音似乎在说："让我们活下去吧——也许我们不配，但让我们活下去吧！"

这当然仅仅是时间玩弄的一个循环游戏，一个季节罢了。即使仅仅如此，这一年一度的冬天也足以使人绝望。它每次降临的时候，都仿佛比上一次更漫长、更难耐、更让人产生怀疑：所谓春天是不是一种传说？是不是由于自身的痴愚造成的某种心理幻觉？是不是只有那类内心精神紊乱、神经过于敏感的人才执信的虚无蜃景？一句话，春天是假的，而只有冬天才如此真实。

诗人说这些话的时候，我听着。我们坐在一辆吉普车里，司机把它开向博尔塔拉。而这条路，正是一条充满恐怖感的坦平公路干线。这条路比诗人有名，它标在地图上，叫乌伊公路。

"这不是什么公路，"诗人冷酷地说，"这是一条谋杀汽车的流水线。"

我惊异地望着这位诗人的脸，想起来，这里的确发生了无数次相撞、擦伤、流血、颠覆……比全世界的宫廷政变还要频繁一百倍！每次事件发生的时候，都令人目瞪口呆，痛得揪心；可是一转眼，事件还没处理完，人们就恢复常态了。生活按照既定的轨道发疯地向前猛冲，谁也拦不住，预谋着下一次谋杀的发生。

许多可怕的事带着神秘的意味就发生在这上面，令人记忆犹新：

一个极其爱护自己脸蛋儿的女人，她每天晚上都涂上厚厚的护肤膏入睡，她这才对明天放心。她决不允许她的丈夫用亲吻这种方式破坏护面膜，她觉得脸比生命重要。可是当人们把她的尸体从大型油罐车下拖出来时，她珍爱的脸完全找不见了。

还有一位母亲，她年轻时算过卦。“你将有三个儿子和一个女儿，”卦师说，“女儿命硬，可是三个儿子，都难呢。”后来她老了，果然是这样。一个儿子死于绝症；一个儿子夭折于武斗枪战；第三个是司机，一辆拖挂车和他会车前几秒钟，挂钩脱开了。几千公里的长途中，恰恰在这一秒之内发生，比一切谋算都精确。那位老母亲从此再没有产生过任何与命运抗争的非分之想，她笃信宿命。

“她服了。可是你呢？”诗人问我。

我从反光镜里看到自己的脸，无可否认，那是一张很像脸的脸，有象征意味，有底蕴，脸的后面藏着丰富的内容，似乎里面还有一副更深邃的脸。我回答他说，我也像那个女人一样珍爱自己的脸，在这个问题上，天下的人都一样，不分美丑，谁都不会遗弃自己的脸。我不漂亮——谁都这么说，这句话是个盾牌，挡住你，不许你挑剔他的长相。可是你只要说他长得和另外一位比他略强的人不相上下，他就会愤怒地惊叫起来：“什么？我怎么会像他那么丑?!”

“嘿嘿，”诗人笑了，仿佛他的恶毒心得到一点满足，“人都是这样，人从来不能抛弃自己。”

说话间，车窗外变得灰暗起来。渐渐连前方的路面也看不清了，仿佛冬天的旷野、村、树都忽然被一只手泡进奶瓶里，愈泡愈浓。这时我们才知道是雾，拉雾了。

车行得很慢，像拖拉机那样谨慎。周围弥漫着如烟似云的东西，压迫着你，贴近着你，笼罩着你，就像大自然阴暗潮湿的思想——这些由无数银灰乳白的微粒集合团聚起来的庞然大物，严肃有余，根本不活泼地充塞住了道路和旷野，缓慢、迟滞。

雾在远处的时候，你还能看见它。它有一股弥散的美感，一番朦胧的诗意，一派优雅的无形。诗人说："这是一些体重超常了的笨旧的云，被天空开除，掉到了地面。"

但是在眼前，你就什么也看不见了，仿佛它根本就不存在，而是你自己的视觉出了问题。这种视觉上的被蒙混，容易使人产生出思想的怠惰和麻醉，生出一种舒适的满足，头脑变得像午睡起来那样笨重，缺乏想象的空间，懒洋洋地生锈。你努力睁开眼睛去辨识它的时候，往往会感到徒劳无益，你很难穿透它们，那些密集的麻灰色的斑点。每一个微粒，都是钢钎在顽石上凿一下时留下的斑点，使人丧失记忆力。

灰白色黏液状态逼得更近了，使车子陷入了它的重围，驶进了它的迷茫隧道。五米之外，有无莫辨。汽车打开了夜行灯，但是不行，灯光只能穿透黑暗，却无力解释这种灰白色的晦暗。灯光像一根绳子一样软弱地耷拉下来，垂落在地上。

前面发生了车祸。

无声的混乱在我们眼前晃动，一些惊愕和恐惧的动作在雾气中完成或停顿，嘈杂的声响被雾霭给没收了，使眼前这一切像无声电影的镜头片段。当时我曾走出车外，发现所谓公路已经成了一条够标准的速滑跑道。公路两边的灌木、枯黄的草丛，还有一些脱尽了叶子的高树，全装饰了茸茸的雾挂，像是旷野在过圣诞节，于冬季严酷的凄凉中竭力造成一番虚假的灿烂。

后来，车子行驶到快到玛纳斯县的公路拐弯处的时候，我被颠醒了。我坐直了身子问了一句：

“咱们这是到哪儿了?”

“坟地。”诗人回答。

我看见公路左边是一片林子,右边是一片坟地。无数个收获的季节过去了,这片林子竟还没有被砍伐掉,这很奇怪,像一个光天化日之下的奇迹,暴露着,危险得令人担心。而那片坟地,飘零着一些碎纸片,一两处旗幡,还有荒草秆和烂砖头。有些隆起的新坟,有些塌陷的或被牧羊人踏平的旧坟,带着一番落寞的敌视,隔路对着那片树林。一股死者对于生界的无可奈何的怨恨,从那些坟头间氤氲升起。

风的小号在四季里吹响,

它吹出四种音符。

我看到诗人的身体晃了一下,他仿佛被什么东西击了一掌。

博尔塔拉像一节盲肠,它就躲在大地的腹腔里。

这条公路大干线,就像一根大白肠子,蠕动着,传送着——各种东西:汽油、大白菜、土豆、羊皮、芦苇、牛羊肉……通过各种触手或吸盘,送进城市——这个消化一切的“胃”里。然后又通过这根大肠,分送到各个城镇和村落,分送到每个毡房或院落的细胞里。

无论是营养还是粪便,都通过它。

社会就像一个人体那样循环运转着。

它吸收,也排泄;它忙碌,也生病;它有时候敏感得被针扎一下都会尖叫起来，有时却连得了癌症都毫无知觉。

在很多方面，社会和一个人体是完全一样的。它很自然地就运行起来了，它也会有病；它能自我观察到很多外在表现，但它看不见自己的内脏；它有海岸线那样弯曲的嘴唇、大都市那样的五官和外表，但它也有排汗的毛孔和屁眼。

而博尔塔拉，正像那节盲肠，它必须从主干线往里拐三十公里才会蓦然出现，不然，你别想找见它。

诗人说他和这个叫着蒙古语名字的地方有一种极其疏离、陌生的缘分。这么说有一些奇怪，他说，但的确是这样一种古怪的关系，缘分有时候比毫无关系更能令人产生陌生感。“这样吧——”诗人打着哈欠说，“咱们各自讲一个有关博尔塔拉的人或事好不好？解闷儿。现在我先给你讲一个。”

我上小学的时候，我们班的班长是个十全十美的家伙——他长得俊秀，成绩优良，老师宠爱，而且他爸爸当时就是这个州的州长。有一年植树节我的红领巾被风刮走了，我去追，在戈壁里迷了路。我绝望地坐在地上哭了，他来找到我，把我带回去。他救过我。

可是我一直恨他，恨他的十全十美，还恨他到处受宠。他从小就受到漂亮女孩们的青睐，他也很会向她们献殷勤；他的衬衫总是洁净的，身上飘着一股高级香皂味儿。我觉得世界上的好事全让他给霸占完了。我想揍他，可是没他力气大；我想在班上故意捣乱，可是他几句话就把我震慑住了。他有与生俱来的政治天才，很会管理人。我小时候就被这样一个家伙无形地压制着，我承认我嫉妒他。但我的嫉妒对他毫无影响，他根本没把我放在眼里。

若干年后，我听到一个消息，说他在再教育时冒险修理坎儿井，被塌方给埋住了。

这个人肯定是死了。但是我总觉得这家伙没死，只是调走了，说不定什么时候还会突然出现。

所以对于关系不大的人来说，死去的人和一个从你身边调走的人是完全一样的。

那个人的父亲是博尔塔拉的州长，这使我从小就记住了这个从没去过的地方的名字。我总是模糊地感到，那是个产生王孙公子的发源地，一种神秘荒凉的误区。

诗人说，他想起那个人就觉得奇怪，那是个生来就准备“统治”别人的人，结果，他比谁都率先离开尘世。假如他能预感到自己注定的结局，他还会把自己弄得那么十全十美么?

“很好，这个故事。”我说现在该我了。

我第一次到博尔塔拉，是八年前的事。那次，我陪一位历史学硕士，住在军分区。分区政委听说从北京来了一位硕士，立即率领党委一班人匆匆赶来。那时，“硕士”还是个新鲜名号，偏远地方的人还没摸出深浅。政委一进门，看到屋里只有两个三十多岁的人，就开始不停地环顾四周，甚至打开壁橱看看，嘴里不停地询问：“硕士呢？硕士在哪里？不是说他来了吗?”

我告诉政委：“喏，他就是硕士。”

“他?”政委看着那位三十多岁衣着随便的客人，眼神立即黯淡，原来眼睛里溢满的焦急、兴奋的光彩全不见了。“我还有个会。”他懊丧地低语了一句，便起身告辞了。

硕士对我说，政委非常失望，他原以为“硕士”是一个白发飘逸的老头儿，他一定以为“硕士”比领导地位更高。“真对不起政委，”硕士摊开双手很遗憾地说，“咱们竟是这样——有碍观瞻啊!”

诗人听了，朗声诵道：

我们地位很高，
我们地位很高地生活在盲肠里。
我们不懂的东西很多，
但是从来没有人说过我们有不懂的东西。
这多好。多么让人幸福。

诵毕，诗人显得无比轻松，情不自禁地用沙哑的嗓子哼起一支歌来：“我们的祖国多么辽阔广大，它有无数田野和森林……”

这是纯种的爱国主义。我想，诗人一边哼着这支歌，一边一定正观照自己的灵魂，他会经常反躬自问的。我认识他已经很久了，但是总琢磨不透他。他与众不同但有魅力，他有魅力但无从把握，他犀利到了不能不伤人的地步，像一柄思想的剑，光芒诱人，可是接近他的时候，要格外小心。

诗人是人群当中为数极少的一类怪物，也可以说是一种精灵，为数极少。这种物种究竟是怎样起源的？怎么碰巧产生的？怎么神奇而又稀罕地遗传的？至今科学尚未找到明晰的答案。生物学也好，人类学也好，精神病理学也好，都没找到。几千年来，诗人们层出不穷，在人类的各个角落制造出大量的奇怪现象，引起一代又一代人的好奇。可是关于这些人，迄今为止科学只找到了一个词解释——“灵感”，结果，这个词比诗人更古怪、更无从解释。

这的确是一个奇怪的现象：他们并不是最有知识的，然而他们却最敏感；他们并不是最有地位的，然而他们却最自尊；他们并不是最强大的，然而他们却最勇敢；而且，他们或许并不是最贫困的，然而他们却最痛苦。

“诗人啊……”我胸腔里突然感到一丝痛楚,仿佛刚有点明白什么旋又跌进更大更深的困惑之中。

人间为什么要产生你这样的怪物呢?造物主为什么忽略了你产生出来的偶然可能呢?

世上的一切职业都是有用的:农夫耕耘是为了获得粮食;工匠出卖劳力和手艺是为了挣到钱;将军和士兵可以用来击败和杀死侵略者;国王用来管理民众;屠户的一生专门研究怎样一刀捅中猪的心脏;哲学家用来解释他早已脱离了的世界;歌星用来取悦耳朵,他们其实是一些耳朵的情人;教育家们手挽手,把儿童的天性围困在课堂的泥沼里不让出来就算成功了……

但是诗人有什么“用”呢?

难道他的用处就是没有用吗?

思想?不,思想家已经想过了,在思想家的家里,那幽深的独宅,不许任何名目的小偷潜入。

艺术?更不,艺术家应该是一只羽毛华丽嘴巴乖巧的鹦鹉,一群可人、依人、慰藉人的可爱小猫,而不是怪物,更不是头发披散、眼神凶狠的东西。

颂歌?哦,这倒是。一个进士、举人、赶考的秀才们落脚的广场,这里四通八达,有施粥棚,不时有黄衣内臣出来宣读补授的官职,大家心不在焉地背诵诗句,望眼欲穿——

看来,在人世间,有一类人活着就使别人感到危险,还有一类人活着就仅仅是活着;另外有一类人专门让别人弄不清自己为什么活着,还有一类人至死也不明白最简单的道理;最后有一类人什么都不干却仿佛什么都干了,还有一类人什么都干但是等于什么都没干……这真是太有意思了。

那么诗人呢?

诗人是这现实坦荡平滑的肚皮上的肚脐眼儿，它是接连母体的唯一痕迹，是历史镶嵌在现实上的一个不透风的装饰性窗口，是每当现实裸体时便露出来观察的“第三只眼”，这是一只独眼，且有眼无珠。

一只没用的眼睛。不能察言观色，不会看风使舵，不能挤眉弄眼，无法传情递恨。完全没有用处，一点儿用处也没有！但是没有肚脐眼儿还行吗？你见过没有肚脐眼儿的人吗？因此，现实也不能没有肚脐眼儿，不能没有诗人，事情就这么简单。有诗云：

天若无情，
为何降雨？
天若无爱，
为何飘雪？
天若无怒，
为何发雷？
天若无气，
为何行风？
天若无智无识，
为何日月星辰？

天行健，
天道无常，
天眼常开。
天在上，

仰之弥高如晤伟人，

垂首思之如察自我。

逝者如斯夫，

吾每日三省吾身，

吾方高驰而不顾。

“我并不盲目骄傲，以至不承认某种比我伟大的东西存在……”

是这样吗？还是不是这样呢？

“今天将不再产生思想的伟大和启蒙的哲学家，”诗人突然用残忍的口吻说道，“精神已经被先哲们穷尽了。所有穷思冥想的现代人都是白费心思。今天的世界和历代都不同，谁都没有能力预知它、把握它、洞穿它，只能适应。谁真正能适应它，谁就了不起。”

“适应，懂吗？谁能比这个世纪更伟大呢？是吧？对不对？”

诗人叹了口气，像个孩子那样可怜巴巴地望着我，同时有一瞬间显得很衰老，仿佛他一生中所有的难题都压在他身上，压得喘不过气来，然而又不得不抖擞起精神来去对付未来的难题。

我没有回答，我想着。

我觉得这番话不像是他的话，而像是现实借他的口提出了这种武断。这是极致命、极老练的一击，如果是思考不深、功夫不到的新手，这一击足以致命，他将永远别想再站起来。可是对我就不同了，这些论点早已被我翻来覆去地预想过多次，是被推翻了的。

我是那么老练。

在思想领域里，已经很难有什么新奇的或世俗的力量能够打倒我，它们顶多只能给我提供一个对立面，以便让我更完美地丰富自己。我的老练里有一种坚硬的固执，像牛角一样的物质，但是它却能生长，长成各种弯曲的、尖锐的形态。特别是这坚硬的物质里充满了空隙，它有不断地接受和流通血脉活力的本领……我简直记不清这种东西是什么时候在我体内成熟的了！

幸甚至哉，我的老练！

后来，我突然想起去年的某一天，我在兰州大学的留学生楼采访过一位德国女青年。那个女留学生是特里尔人，所以她的乱七八糟然而充满生气的房间里，有一幅小小的马克思像。

“他是我的同乡——”那姑娘向前伸出一只跷起大拇指的手，跷起的大拇指朝后，正好指着她那张有雀斑的脸。

我拿起那幅画像，望着像上的那个人。这是一幅从懂事起就熟悉了的画像。雄狮般的卷发，宽阔智慧的前额，浓密而又磅礴的大胡子……这是一幅圣像。

我拿起那幅画像看着的时候，才发现，这幅熟极了的头像我以前其实并没有仔细端详过。现在这么一看，看出一些异样的味道来：他真美，马克思。似乎世间再也找不出比他更适合做圣人的面孔了，那样无与伦比地雄伟和神圣，尤其是那双眼睛，透射出人性的光芒。

…………

真的，任何一位伟大人物所构筑的科学理论大厦，对于常人来说，都是迷宫和神殿。你既不可能穷尽它，也不可能洞悉它，只能敬畏在其宏大辉煌的灵光下——不，敬畏在其传播者庞大的身影下。这正是哲学思想的力量，它往往要比那些显赫一时的王朝坚固百倍。

风的小号在无遮无拦的
旷野上吹响……
它在鼓吹自己生命中的声音。

“唉，”诗人说，“咱们也真是，良辰美景，捶胸顿足；狂风暴雪，悠然沐浴。”他说他就像是博尔塔拉这地方的人，就这么活过来的。这辈子终生厮守着一块土地，也因此遭受着那些优越的人们的客气而又礼貌的轻视。他说我们本来没有罪，却带着地域的烙印，蒙受着养育我们的土地河流所带给我们的难以磨灭的耻辱……“啊，可是我无法否定自己！”他说，“你呢？而且我也无法否定那些与我血肉相连的事物，我将因此而惶惑终生！”

诗人接着又说，他的话语里充满了自我表现欲，像是在争辩：“可是我有良好的求知欲，我的体格健美，它曾使我在年轻时出类拔萃。我的手，对啦，我的手比一般人进化了半个世纪，修长高洁，充分显示着人类的美德！我观察事物的眼光炯炯有神，如猫窥鼠，如虎搏兔。我最为伟大的一点是，胸中有一条永不枯竭的激情的大江河，它每天清晨时分都以奔腾汹涌的活力撞击我的胸膛，使我醒来，让我振奋，洗涤我的良知，使之如圣人那般十全十美，也使我的雄心胆略包天容地令拿破仑望尘莫及！”

“啊啊——哈哈！”他陶醉地大笑着，在幻想中豪迈而又舒畅。

我说：“你有时候那么忧郁、自卑，有时候又这么狂放、骄傲。你在感情的这两个极端上闪电般地移动着，毫不松懈地占据着。而且，你一点儿也不疲倦，半点儿也不造作，似乎只有在精神的这种极大的落差和起伏中，你的生命活力才能得到迸发。你这种人，可能是天才。但是我不是，我不是天才，只是个普通人，一个真正的普通人。不不，这绝不是谦虚或作假，不是天才并不是什么过错，普通人又有什么不好呢？几乎所有的人都是普通人，同时所有的普通人也都是圣人——至少具备成为圣人的条件。从人的意义上讲，没有什么天生特殊的人物，所有的人都是圣婴，也都是时间的弃儿！苍天赋予我们的权利是平等的，地平线给予我们的起跑线是平等的，一切不平等的或暗中不平等的现象都是人为的、强加的，人间没有比这更大的卑鄙！”

我说我们应该这样对世界大吼一声：假如平等——你敢吗？

诗人冷笑了，他说假如凭着每个人的能力、体力、智力在这个世界上平等地谋求生存，今天的很多家伙们，明天就会沦为乞丐！

只是……我当时心想，诗人也好，我也好，还有大量的别人也好，大家都——心照不宣罢了。谁要是愿意把我们当傻子谁就愿意吧，我们不傻，我们心里更是清楚透了，保持缄默比胡说八道难多了。

我得承认，仅仅为了学会保持缄默，我花费了二十余年的光阴，而且还没学到家。难得很呢，口舌之快是人的天性，更是思维敏捷的人的天性，克制它，在舌头上安一把牛头牌保险锁，是多么困难的一件事！小时候我们牙牙学语，牙牙学语我们都有过小时候……每学会一句话、一个单词都直接源于父母口授。我们学的话里带着乡音，含着父母的体温。我们每学会一句新话都令父母高兴啊！但是谁能想到呢？谁能想到当我们全能学会的时候，反而不是为了使用，恰恰竟是开始学习保持缄默的时候了。在这个基础上，我们开始学习说假话。往往这时候，我们成熟了。成熟了？离死近了罢。

“亲爱的朋友，我们有时候还配算人吗？”那天深夜诗人忽然翻过身来冲着我的床头说。我睁眼躺在黑暗里，我说我还以为你睡了呢。博尔塔拉的夜很黑，仿佛这地方离太阳休息的地方比乌鲁木齐更远。躺在这样的夜色里失眠，非常容易触摸到或感觉到一个巨大虚假物的存在；我觉得它很近，有点毛茸茸的或湿乎乎的，它的脉搏在极端的宁静里亮铮铮地响着……你一感觉到它，就立即意识到白天的荒谬，夸张明显的演戏的成分和社会组织着意修饰、提示的痕迹。这时你就明白了，白天的一切活动，一切努力，其实都是为了抹杀这个巨大虚假物的存在和威胁。而它却是无形的、冷酷无声的、有极大耐心的。它就渗透在空气里，暗藏在天空中，每时每刻存在并冷笑。

黑夜每天都降临，不分地域，不分季节，它和白昼平分占有着时间、空间和人类。

它之所以是黑色的，那是因为它代表着死亡的力量，代表着永恒和神秘。月亮是它的胎记，星星是它的族徽。

它较白昼强有力得多啦！

而且它比白昼更美、更丰富、更难洞悉。每当黎明时它都是像潮水似的稳稳退去，并不慌乱，相反每个夜晚都是强有力地占领……

忘掉它！

摆脱它！

谁不对它怀着恐惧和不安？

人们用一切努力去占满时间，白天工作，晚上睡觉，竭力造成一个没有空闲想它的一生。但是徒劳呵，或迟或早，它在你的前面等着，很有耐心地让你一头撞在它的怀里——让你的生命——欲望啦，烦恼啦，痛苦啦等等麻烦，彻底归于虚无。

它正是一个灵魂的收容所。

也正是一座尸体的垃圾场。

它多忙啊……

“谁替它干活？”想到这儿，我在枕头上独自咧嘴笑了。那么多灵魂需要公正判别分类,那么多尸体需要化解投胎,工作量好大呢。这些活儿全靠上帝一个人干,所以上帝肯定是一个风尘仆仆拿着扫帚的清洁工老头儿,穿着旧袍子。

这黑暗的慈父,这光明的仆人!

我因此而以为神灵是存在的。如果有一个傻瓜硬要问我这些看不见的神灵究竟在哪儿,我实在懒得和他争论,而且不屑于向他回答。

在精神中,在灵魂里。这些人造的而反过来雄踞人类思想之上数千年的伟大幻影,正是善的愿望、真的渴求、美的理想!

在这完全不存在的伟大幻影上,凝聚着世世代代、各个种族、高贵卑贱、琐碎低下的人们的共同一物:良心。人类的良知,历经千载而不朽,饱受战乱而不灭,这难道还不能构成一种存在么?“肉体是精神的唯一而真实的神庙”,是这样,正是这样。

而他们的话,人间叫作“神话”。真诚的至理就是生活中的神话,然而它无形也无家,只能在心灵里生生不息。

夜半醒来,每个人都应该像个哲学家。

孩子问:“站在乐队前面的那个人,拿着一根棒在干什么?”

母亲答:“你看见那些乐器了吗?它们发出了各种不同的声音,那个人就用小棒把它们搅匀了!”

那么,关于博尔塔拉有什么好说的呢?

我不能无视一个自治州的存在,不能仅仅把它写在标题上,作为招徕读者的商标。那样太过分了,太狂了。我毕竟去了一趟,小住十天,我有责任写写它。当然,要简洁。

第一，我觉得博尔塔拉变化很大，甚至可以说变化惊人，但是我没有参与过促进这个变化的过程，所以我无话可说。我不了解它，我不能在短短几天内就了解一个城市，哪怕是博尔塔拉这座精致秀气的小城。并且我还不了解那些所谓的报告文学家们究竟从哪儿得到了一副好牙齿和好胃口，能在短暂的时间内把一座大城市或好几座大城市吞下去，并且毫不费力地消化掉！

这些家伙真不愧是一些文学巨蟒！

第二，我有一天偶然路过城里的一家小咖啡馆，坐进去喝了一杯。那个店主是位年轻人，带点学生气，他的眼睛和举止都很文明，待人接物也有分寸，使我有一种身在江南的错觉。在他身上，我感到了某种时代的进步。

也许他并不想要代表博尔塔拉，但是我从他身上感受到进步的意味。

究竟是谁更能代表一个地方呢？

第三，我们去了阿拉山口，那是一个以每年有半年时间在刮八级以上大风而著名的地方。风花雪月里的风，在这里找到了王位，当上暴君，以每隔一天出来巡视一番的勤政方式君临天下，骄狂纵横，发怒发癫。这是一位嗜酒的君王。

所有的树都匍匐着，紧贴地面顺着风势往前长。粗壮的树干像一根烧红拧弯的铁棍子，在离开地面半米的距离兀然折向一方，与地面平行，铺展开扁平的枝条。有些像孔雀开屏还没打开的样子，但是更像太和殿白玉石阶下一片跪拜叩首的清廷众臣。

这些扭曲的树，这些适应环境的树，从小就扭了，它们习惯了顺从和跪拜风势，忘记了天空。

天空成了一块洗得发白的干净的旧衣服，上面隐隐留下几道浅白的印痕——那是风在拧干它时留下的折迹。

地面上有一种被清扫过之后留下的秩序，一股被强暴浸淫之后留下的宁静意味。什么似乎都在，都完好如初——山还故作庄严地坐在那儿，没有被刮跑；鹅卵石也圆满着或椭圆着，没有彼此撞碎。

但是总有什么发生了变化。

即使在这个没有一丝风的日子，人来到这地方，也总有一种异样的感觉，一种莫名的警惕，还有荒凉。

1991年5月23日改完于乌鲁木齐

高　榻

我扭头看到几个骑马的人从背后行来,就赶快让开。让的时候那种处境和姿态,使我感到自己有些类似古代王者车骑边躲闪的良民百姓。我让到路边,但是还不行,于是干脆跨过一条毛渠,闪得更远点。

这几个骑马的人并辔而行,使一条空旷的土路变得拥挤。他们不时地前后错动,不疾不缓,在控制中保持着整体的参差变化,在一片杂乱有力的马蹄声中不断调整着步骤和节奏。

这是一些保养得相当好的马匹,高大劲健,精力很饱满。马头在需要我抬高目光的位置上带有挑衅意味地左右晃动着。这个在错动中并行的整体,似乎拥有一种势,威迫着面前的东西,而且随着马尾后面的尘土弥散开来。

我立在渠边望着这一干人马。

看得出,这种并行中正暗含着拥簇的意思,我找出了那个被拥簇的人,是中间那个骑在纯黑毛色的快走马上的。他穿了一袭褐条绒宽肩大氅,灰羔皮的领子,身躯壮硕地雄踞在镶银垫褥的鞍座上。他只是轻声说几句话,眼睛并不顾盼,不注意观察别人的反应,偶尔笑一下,始终只是稳稳地望着前面。

他骑的那匹黑马实在是一匹让人羡慕的好走马,前颠后走,毛色光亮。两只前蹄有力,而且举得很高,俊气却含怒容的马头扯着辔头不时大幅度地甩动,仿佛和谁刚生完气;它的后腿跨度大,黑油油的臀部肌腱明显,有些像骄傲的女人行走的样子。

周围的几匹马为了跟上它，不时需要跑起来，有的刚蹿出去一个马头，就立即被控住；一匹性情急躁的，正被主人勒得在原地团团打转，落在最后。

这一伙人就这样从我眼前威风八面地越过去，连看也没看我一下。这很令人沮丧。在伊犁草原上，步行的人是十分可怜的，徒步行走的人像乞丐一样不被人注意，却不能像托钵僧那样引起好奇。在草原上，人们首先注意的是你的马，然后注意你的马鞍，最后才决定是否需要注意你。没有自己的马匹的人，在草原上就像一只低矮渺小的猴子，匍行在马蹄扬起的尘埃中。

一时间，我感觉到了骏马的傲慢雄姿对人的内心尊严的征服。它们太飞扬跋扈啦。我心里涌起一股妒忌，同时也深感无奈，望着他们渐行渐远，反而怅然若失。“我没有马”，这几个字从我脑子里显现出来，竟无端地使我鼻子酸了。

四月的春阳如酒微醺，几丝若有若无的清风像几尾轻盈的游鱼穿行在阳光的酒杯中。远处河岸那边，村落式的垦区农场残存着冬天留下的杯盘狼藉的景象，而河这边的草原已经绿草鲜花，仿佛梳妆待毕的新嫁娘。

农业的手把一部分自然弄丑了，变成了产后的妇人，再不复有少女的容颜。

我继续向前走了很久，回到连队的路上要翻过一座小丘陵，它不是山冈，而是缓缓隆起的一座绿草茸茸的高地。它像是辽阔草原上的一处看台，也类似草原绣榻上的一个枕头。上面几乎没有什么岩石，有一些灌木并不显眼地散落在上面，草长得很盛。

我到达这处高丘的时候已经是下午，站在上面，整个巩乃斯草原就袒露在眼底了。那是无法用语言来形容的，草原的辽阔丰富之美和河流的蜿蜒含闪之姿，构成图画和音乐的双重韵调。连队不远了，我坐下来想休息一会儿，凝神看看这草原的全貌。

结果我又看到了那伙骑马的人。

他们正在这座高丘下不远的草滩上，围坐在地上。绊好的马在旁边一蹦一蹦地找草吃。这伙人的面前铺着一块艳丽的花围巾，围巾上倒了一小堆奶油糖，每人身边都放着一两个带刻度的医用输液瓶。

远远看过去，仿佛在开一个碰头会。他们轻声地交谈着，然后从盘坐的腿边拿起瓶子来，仰脖灌几口，放下，再伸出手去欠身拿一颗奶油糖，扔进嘴里。

我看到的眼前这一情景应该是进行了不短的时间，现在已是接近尾声。这个草原方式的酒宴正是用奶油糖来下酒的，马背上的人们差不多喝光了各自携带的一斤或两斤白酒。

这时，他们开始彼此拉拉扯扯着，试图站起来上路。看得出他们腿很软，踉跄着，有的在松软的草地上重又跌倒，有的笨拙地伸直了两臂，妄图在空气中找到什么可以扶持的东西。

他们走向自己的马，蹒跚可笑。

他们抓住自己的马，怎么也上不去。

马好像有点等急了，显得略微有些埋怨情绪。“又喝酒！”马的表情有些像某类妻子的神态。其中一个人抱住马的头，粗鲁地拍打着，并且故意把酒气冲天的嘴凑过去，那匹马在刺激中猛然把头颈挣脱出来。

终于都上了马。

但是醉得太厉害啦！

他们已经不能在马鞍上坐直了，东倒西歪，成了一支溃不成军的骑兵。趴在马脖子上的，从马的一侧扑空触地复又挺起的，可是没有一个从马上掉下来。他们开始彼此冲撞,彼此设法把同伴从马背上拽下来,用马鞭击打对方的马屁股,使其受惊失控。

在醉汉的影响下冲撞成一团的马开始奔驰起来,越跑越快,渐渐失去控制,在广阔的草原上飞一般地狂奔。蹄声敲震大地,杂乱而有节律,一群载着醉汉的骏马直向西奔跑,凶猛狂野,纵横恣肆。马蹄声中,尖锐的口哨声和粗犷的吆喊声此起彼伏,强有力地震荡着寂静的旷野……

此时夕阳恰恰落在西边极地的草尖上,宛如一团烧红将熄的火球,被连天草浪托住。光焰收敛的夕阳,仿佛自身红得愈发透彻,在周围渐渐逼近的暮色之下,衬得轮廓鲜明,望之甚近,似乎伸手可以触摸得到。

空旷平坦的草原上,一群奔驰的人马无遮无碍,渐渐远成一些跳跃着的黑点。这些黑点仍然是那么自由狂放,在草尖上跳着,跳着,跳着,一直跳进了天边那一轮炭火似的夕阳里去了。

我坐在草原的高榻上,久久不语。

"我没有马!"一滴泪沿着面颊凉凉地滑下来。二十年后我还记忆犹新,是从左眼眶里掉出来的。

吉木萨尔纪事

自我跨过了四十岁这个人生刻度以后，外貌上的变化非但没能使我悲哀，反而常使我暗自庆幸。我从小眉发混沌不清，绝非智者之相，这不免使我沮丧；不料，中年秃顶竟使我额角初开天庭饱满起来，每每镜中端详自我，总觉那片茅草初开的旷地如白岩石一般醒目，反射出银子似的太阳的光芒……故而有时被女诗人赞为“智慧的白岩石”时，自觉也比从前聪明了好几倍。

但是，外貌的现代化并没有能够遏止住内心退往洪荒世界的步伐。我在精神上是衰老了，我不得不承认且哀叹的是，在岁月无始无终的攻击侵掠之下，我精神的柱子倍遭侵蚀。或许是这样：在时间面前人人平等，女人丧失的仅仅是容貌，而男人，衰老的则是内心。最近我忽然发觉，青年时期经常占据我内心的诸如梦想、憧憬等诱惑我朝前走的那些念头，全不见了。我还记得那些念头，花儿一样明媚、鲜亮，盛开在路的前头，看它们一眼就有浑身的劲头。那全是些有毒的罂粟花，火红灿烂，像血光一片。

现在我只有一种蓝色的花，在内心里平静。这种花的名字就叫回忆。我已经没有什么梦想和憧憬了，这很可悲，然而并不可耻。因为假如这个世界在你四十岁的时候就已经对你失去了魅力，那这绝不是你的过错。我的朋友杨牧已经先我去做，他可能是比我衰老得还要快。他已经写了一本回忆录了。我读着这本长满了蓝花的棘草丛生的东西，就感到一股人生的荒凉。无论是对苦难的回忆还是对苦难的达观，苦难都是苦的。它那根本的苦味儿并没有改变。但是在回忆过去最不顺心的日子时，我想也并不是没有生趣和可爱的东西。

我讨厌那些白白胖胖却成天把痛苦挂在嘴边的家伙，好像连感觉不到痛苦也是让他们吃了多大的亏似的。他们永远不会吃亏了，他们不仅在现实中占有了幸福，也在精神上占有了痛苦，双料的占有使他们永远立于不败之地！

为此，我决计在写这篇散文时避开一切可能让读者感到晦气和压抑的东西，剥掉笼罩在那段回忆之上的乌云，去还原生活本身蕴存着的精致、生机。

请读者相信我曾经有过的乐观天性！

黄土大道

那天，有一个人从长途班车上下来，穿过吉木萨尔县城。他东张张，西望望，垂头丧气，两眼怅惘。然后，他走向一个陌生人，问了问路，就照直朝着那条通往乡村的黄土大道走去。

那个人就是十六年前的我。现在我还记得当时问路的两句对话。我说："请问到国庆公社的路怎么走？"那位陌生的吉木萨尔人瞄了我一眼，伸手指着黄土大道说："一个牛吃水端直子你就往下下吧。"我道了谢，于是就像老牛饮水一样不抬头地照直往下走了。

在十六年后的我看来，十六年前的我出现在早春的黄土大道上蹒跚而行有一种意境，有一种辉煌。很像现在时兴的某种现代画所要极力表达的意味：一个孤独的旅人带着自己被歪曲的灵魂，在空旷无垠的荒野上低头而行。黄土的道路蜿蜒曲折，迷蒙的太阳温暖淡黄……这可以是一幅黑白木刻，因而太阳就是一个黑洞，一只神秘的独眼。荒野以原始的线条粗犷地展开，那个孤独的人正置身洪荒，手足无措。

但是十六年前的我却并没有感觉到这样一幅画面。他只看到，道上留着各式各样的深浅不一的辙迹、脚印，被貌似温暖的太阳之下的寒气冻得硬邦邦的，就像一些车辙和鞋底的复印件。他一步一步地走过去，脚冻得有些痛，但并不感到孤独。田野被翻耕过，露着黑壤和积雪。天暖了，地还冷，周围还显得非常空寂。

那时我正好二十六岁，正好刚刚丢失了一个装满无价之宝的皮箱，我两手空空去探望已经分别两年的父母——他们已经被开除党籍下放在这儿当了两年农民。真不知道这两年他们是怎么过的。我满心疑虑地往前走，想念和悲凉把我的心情搞得沉甸甸的，怎么也快活不起来。

土路真长。在大地的这条裸露出黄色筋肉的弯曲伤口上，除了足迹的践踏，绝无植被和生物。这就是人类行为留下的走向——车辙印破坏和蹂躏的土路，它正冷冷清清地伸向远处的灰蒙蒙的树霭，根本没有尽头。

我又回到这黄土大道上来了，很好。

“很好。”十六年前的我像是和一个什么巨大的东西赌气似的，恶狠狠地冷笑着，心里反而产生了一股很充实、很坚硬的力量。他顺着黄土道路来寻找他陌生的家，这是人间留给他的最后枝丫，他对抗生活的最后堡垒。因此他就知道了，为什么只有在黄土大道上艰难行走着的人们才特别珍惜血亲关系和氏族力量。人间的空旷和艰难，唯有他们体验最深。他们没有社会。

他一个小时又一个小时地在这条路上走，一边走一边想着自己，想着母亲，想着这条极有人生象征意味的辉煌土路。土路的确辉煌，尤其是这吉木萨尔的土路，初春的土路。这么一条不起微尘的，纯铜一般坚硬细腻质地纯朴而且泛红的土路。积雪还在给它镶着边儿，衬出一点冷峻和凄凉；灰蒙蒙的太阳的光芒往上再一泼，那生硬的土路就仿佛要扭动起来……它诞生过你，它负载着你，在世间的一切道路都抛弃你的时候，它收留你。

他有一点感动，还有一点悲伤。他想，正是在这样一条土路上，自己曾经是一个满脸皱皱巴巴浑身红不拉叽只有八斤重的“小老头儿”，一只可怜的小落水狗，一个吃奶的怪物。后来他成了一个穿着红肚兜儿的光屁股的哪吒三太子，剑眉大眼貌似神童，莲身藕臂冰肌玉骨，似乎事事皆会于心却连一句囫囵个儿的话也说不清。再后来他成了万人嫌、惹事精，像个脱毛待换的半大公鸡，除了骨头没有二两肉，不知哪儿来的精神四下里乱窜。终于，他长成了一个人，身高七尺有余。天下英雄谁敌手？拔剑四顾心茫然；时不利兮骓不逝，以手抚膺坐长叹。他碰了壁，吃了苦，遭了冷眼，长了冻疮，世路千条我无路，华灯万盏我无家……他知道了这世界不是好惹的，不好惹就不好惹，它让你拔剑四顾心茫然，它让你四处感到压迫却找不到挺剑而刺的地方……他还得回到这条土路上来寻找自己的家。

土路非常亲切。因亲切而辉煌而富于历史感而唤起我心中潜藏着的原始的土地情结。由它引导着是令人再踏实不过了的，从它的泥土上走进一座自己的家门是再亲切不过了的。在土地上走，有一股醉人的懒洋洋的力量从地底下传递上来，通过脚掌，穿透鞋底和袜子传递上来，顺着血脉和小腿的筋络往上走，升腾如雾，弥漫如气。它使人获得一种舒坦、陶醉和放松，进而胸胆开张、魂魄飞扬，什么也不再惧怕……

薄暮时分，他已经走到了一个村口的大石碾子旁。他浑身发热，坐下来，想吸一支烟。

就这样，十六年前的我并没有在这个世界上完全消失，他依然是我的一部分。他的一个念头、一个举动、一个微笑或一次梦想……并没有被时间的风彻底卷走，而是留下来，留在我的记忆里，刻在我的大脑沟回间。在记忆的那片伟大神秘的山谷里，他将永远存在，成为一个琴键，一轴画幅，一首诗的标题或一部专著里绝妙的警句，伴随我，直到我消失它们依然存在。无论现实的含义多么残忍，我决不相信我会消失。

黄土啊你应该做证，我的终点不是坟墓。

父 亲

父亲对每个人来说，都应该不是一个词，而是一团扑面而来的血统的气味，一座属于你的伟大的山峰，一个永远无法用理性去分辨是非的感性的百慕大三角，一位上天委任给你的命定的神……你无法挑剔，也无法选择。你的魂魄在茫茫宇宙间微粒般飘荡遨游，无根无脉，浑然不知；但是你将因为他被显影，你将因为他被捕捉住，被固定下来，被囚禁在母亲幽暗温暖的子宫里，等待重见天日的时刻。

父亲，就是赋予你生命的人。

但是你却从来没有感谢过他。

你反过来占有了他的精力，剥夺了他的时间，消耗了他的生命。可以说，你毁了他的一切，而且，你还任意地埋怨他，利用他对你的爱泛滥自己的粗暴和任性。

难道，世界上还有比这更不合理的事吗？

只有父亲，可以这样。在他强大的时候，他庇护你、容忍你；在他衰老的时候，却耻于依靠你。而且，在人们不约而同地把一切美好的颂歌、养育的恩德奉献给母亲时，父亲微笑着，觉得理所当然。他丝毫不觉得自己也应该享受一点，常常是他倒觉得自己做错了什么。他完全不知道，在这一点上，他无意中又表现了真正男性的襟怀和品格。

我爱父亲。虽然我平常最恨他。

虽然每次和他在一起都免不了争吵、埋怨和发火，虽然他看不惯我尾大不掉、放任不羁的作风，我也看不惯他的主观、固执、农民式的自私和对权力的崇拜。

像许多人的父亲一样，我的父亲完全是现实人生舞台上的彻底失败者。但这并不妨碍我对他的爱，更不妨碍我对他无条件地承认，他是任何人也不能替代的。自从我成熟以后，我就从没有羡慕过那些有着显赫父亲的人。

父亲是一个失败者，虽然他从不认账。

在吉木萨尔的几年间，正是他失败人生的辉煌顶点。但是他并没有自杀。

我当然知道，他是为了我们。

……十六年前，当我坐在那个村口的大石碾子上吸烟的时候，有一个纯种的农民正远远地眯着眼朝我看。然后，朝我走过来，一直走到很近，站住了。

那农民穿一件黑布棉衣，戴了一顶破皮帽子，手里提着个筐子。

我看见了那个注意我的农民朝我走过来，但没在意。我在想，大概就是这个村子没错，还得打听打听，究竟住哪儿。

那个农民站在离我很近的地方，竟伸着脖子弯下腰凑到脸前来看我，而且，笑出声来！

咦，奇怪。我定睛细看面前的这个人。一张完全陌生的农民的脸孔在几秒钟之间骤然变幻，风霜雨雪，皱纹白发，劳累痛苦，希望孤独……几年分离后的风尘变化，在几秒钟内被揭开、剥去，还原、定格。

定格为那个原来熟悉的父亲。

“爸爸！”我一跃而起，高兴极了。

“信上说是这几天回来，我就每天到村口上打望。今天看见有人坐在石头上，可是不敢认。哈哈，果然是！太好了，太好了。”父亲说着，抄起筐子就领我回家。沿着满是残雪和牛粪的村子，一直走出去，离村不远处有一座孤零零的屋子，正冒出笔直的灰白炊烟。

朴素的柴门院落，孤独的土坯泥屋，在乍暖犹寒的天气里默默升空的烟缕，我的脚在雪地上咯吱咯吱地移动着，跟着父亲，像很久很久以前小时候的某一天一样，朝着那里不知不觉地走过去。

我对这座陌生的屋子充满了信赖。这就是这个寒冷的世间唯一可以让我得到温暖的地方。这没错儿，父亲不会错。这就是家，家就是父亲居住的地方。无论这地方被安置在哪儿，是石家庄还是北京，是乌鲁木齐还是吉木萨尔，我都将跟随它，寻找它。无论它是楼房地板还是土屋柴门，我都用不着敲门，用不着征求主人的意见，我有权不看任何人的眼色，睡觉、吃饭！

我父亲就这么一边拎着筐子朝前走，一边扭回头来和我说话：“村干部给调换了一家上山挖煤的人的空房，借给咱们暂住，条件好多啦！”我跟着他，看着他的背，觉得有一股说不出的纳闷、奇怪。人的这一辈子是怎么过都能过去的，什么样的命运都能接受，什么样的生活都能适应。但有个前提，就是不能有太多自己的思想，谁有独立的思想了，谁先绝望！就说父亲吧，这个1938年的决死队员，这个1950年准备出国的外交官，打过别人的右派，反过自己的右倾，一辈子对党忠诚得没话说了，结果倒给开除了党籍，下放到这地方安家落户来了……

父亲是一个普通的人。所谓普通人就是那些没有力量支配现实社会的人，就是只能受现实社会的各种力量支配的人。

多少年来，我总是力图以不含偏见的立场来认识父亲，解释他的行为，总结他的一生。结果我发现,根本不可能。我总是由于他在现实中的失败而低估他,而忽视了他作为一个人在本质上具有的优秀品质。我无法认清自己的父亲,谁叫我是他的儿子呢?

看着眼前的这个提筐子的人,我就想起少年时在机关院里与一群顽童舞枪弄棍鏖战正酣时,突然出现在楼前怒喝我为"疯狗"的人;想起星期天逼我帮他冲洗全家无穷无尽的衣物,水寒刺骨,手冻通红,而他不把最后一点肥皂沫冲净决不善罢甘休;还想起那个原先穿军官制服而后穿中山装干部服最后又穿上农民黑棉袄的人;而且想起曾经风采翩翩然后神态庄重终于苍老迷惘成现在这个样子的父亲……我看到,从说话的声音到走路的姿势,还有身材和五官,还有习性和灵魂,我都酷似他。我悲哀地发现,无论是成功或是失败,无论社会环境是有利还是不利,我都摆脱不了他给我的模式,摆脱不了他对我的一生所注入的遗传基因。

我将一天比一天地趋近他,越来越酷似他,直到有一天,彻底成为另一个他。

新陈代谢,世道循环,如此而已。

所有的新叶和新花,都不过是上一代的花叶在新的季节里的翻版罢了。觉得新鲜,那不过只是"觉得"。

…………

就这样,我已经远远望见柴门外站着一个又瘦又矮的女人。那就是父亲的妻子,我的母亲。母亲也望着,朝我们走过来,一边走,一边用她的手擦眼睛。待到走近,她只叫了一声我的名字就哭起来。

在早春无望的寒冷薄暮中,母亲的哭声使人心碎,并且使碎了的心渐渐凝固成一块水泥疙瘩那么硬。

漫长的冬天使母亲的头发变得灰白，炊烟般在冷风和哭声里飘散，在多皱的额顶纷披；而母亲又是那样瘦小，那样善良。

这不是逼着这位瘦小女人的儿子怀恨在心吗？我想，我们虽然四散他乡，无立锥之地，却在默默忍耐中滋长着憎恨。

我似乎很平静地笑着，却本能警觉地回过头来，环顾了一下周围：空无一人，只有野地里凄凉的枯树，向空中伸出无望的指爪。只需要一眼，我就把这景象记住了，再不会忘。

当我走进家门的一瞬间，我听到，黑暗像幕布一样，"唰——"在背后骤然降落。

村夜听风

你是跟着我跨进这个门槛的，磨得发白的木头门槛。这是几乎每一个女人一生中总要跨过的东西。这就是生活里的刻度，或是生命成熟的标志，界限和季节等等的含义都在这可怜的门槛上了。

你也许没想到，你竟是在这样一个门槛上开始了新的生活，告别了自己的家门，成为那里面的一个陌生的成员。

你挽起袖子在一个花花绿绿的脸盆里洗手，你听见我母亲用怜悯而略带评价一只羊腿的口吻说："看看这胳臂瘦得……"

你按照规矩和我母亲一起去拜访几家村邻，农村妇女的狡猾的奉承方式是极力装扮得更土更傻。你还没跨进门，她们就满脸堆笑故作惊讶地叫："哎呀呀，城里的鲜花来啦……"

你还看了我父母早已为你收拾好了的一间作为新房的屋子。里面摆着一个双人床，铺着干净的被褥和毛毯，然而墙壁上却结满了霜，水缸里的水结了浮冰……这是一种怎样的“寒冷的温暖”呵！

我也正看着这个被一盏煤油灯的光亮所照耀的家。两年来，我已经习惯了煤油灯，我已经忘记了电灯。

这是个一明两暗的农家屋。一进门就见屋里堆着柴草，安着灶火，灶火用来做饭，还烧左边房里的土炕。房顶上没有糊纸，露出一排被烟火熏黑的椽子，椽子上悬着几个用木杈做成的钩，用来吊装鸡蛋和咸猪肉的篮子。

我想，这就是我家。我一点儿也没觉得我家有什么变化，虽然在社会的现实面前，我的家庭已经一败涂地，毫无振兴的可能，但是我的家还在，我家的人都活着。他们的语调笑声，他们的习性气味，那种特殊的骨肉情感，生命活力和温馨生动的一团光热，活泼泼地在我身边洋溢着。它并不因为政治上的落难和困顿，收敛自身乐观的天性。这就是，我在人世间航行的船。只要我的帆还在，舵还灵，只要我的船还能够载着我漂浮，一切险恶的风浪都不是致命的。

我一点儿也没觉得我家有什么变化，而且，我一点儿也没觉得我这个吉木萨尔的家有什么让我难堪的。政治的史无前例的巨掌，一下把我们打进了另一种环境，我却有幸体验了更朴素的生活。一种环境和一种环境之间，有着无形的深刻的墙，虽然同在一个大地上，却有时终生难以逾越。这回，我可是没费劲就穿越过去了，我不知我该谢谢谁。

“爸爸，你猜我最担心你什么？”我一边问着，一边很快又接着回答，“我最怕你想不开，自杀！”

“哼，我怎么会。比这困难的时候我也经历过，我还会那样？！”父亲说。

但是你以女人的细致，看见父亲眼神和嘴角上一闪即隐的凄楚和阴郁。你甚至觉得，这位老人肯定不止一次地想到过那样。

岔开话题，父亲话还是很多。他说：“你弟弟回来时，呆头呆脑的，变木了。

十四五岁就插队，回来都不敢认。结果在家住一个礼拜，又叫我给喂活了。看那脸，铜盆一样圆鼓鼓的，放光！"说罢，得意地大笑。

"你可不行，太瘦。"父亲指着我，"怎么解放军农场不给吃饱肚子啊？光让干活还行吗！这次回来，主要任务就是给我好好吃。"

他用右手一个一个地点着左手伸开的指头，数点起来："已经杀了一头猪，自家养的。肥肉炼了油，瘦肉腌在缸里，等你回来吃。她不吃猪肉？不怕，咱们还喂着羊嘛。还有鸡蛋，多少斤？对，满满三篮子，不够再从村里收购，很便宜的。你妈喂着一群鸡，鸡也下蛋。粮食尽够吃。菜，我就在队上管卖菜记账。咱们还养了猫，不养不行啊，有老鼠害人呀。"

数完了。"还有什么？"他问母亲。

母亲轻轻地笑着："这就够我侍弄的了，还有给你做饭。"

土屋柴门，红泥火炉。父亲的口气还有那么一点领导干部似的，说起解放军农场，就像说起什么老部队或老朋友那么亲切、放心。他不知道，那时候已经变得和从前有点不一样了。何况我们这类不穿军装的学生……我暗想，现在是世道大变啦。

只有这温暖的土炕，还算避风港。

一只脸上巧妙地勾着对称脸谱的黑白花猫，卧在母亲身边打呼噜，表现出一派两耳不闻窗外事、一心只读耗子经的样子。

窗户外边的小院落里，隐隐传来猪的哼哼唧唧声，间或夹杂着轻微短促的尖叫，就像小孩子撒娇时发出的一声"嗯——"；还有鸡的喉管里滚动的叽叽咕咕的声响，翅膀扇动时的碰响。

无边的黑暗已经笼罩了整片大地，这时的寒风是冬天的尾巴，在空旷的深夜里不停地穷扫。扫呀扫，像个爱扫地的肮脏老婆子，嘴里发出呻吟一般的唠叨声。有时,它溜近人家的墙根下偷听一阵,听见没有它需要的内容,就用它的臭脏指头“嘭”地弹一下窗户纸,溜走了。然后它用它的烂扫帚一撑,撑竿跳一样,飞上另一家的茅草房顶,在上面跺脚,打滚,学狼叫,装鬼哭,直到把那家的孩子吓醒,“哇”的一声哭起来,它才心满意足地飘然远去。

在无边的黑暗里,在人们被恐怖压抑着的想象中,它游刃有余,格外精神。它原来无形的力量只有在黑暗的协助下才能在人们的想象中变幻无穷,被赋予千奇百怪的形体。它喜欢这样,它需要这个。

整个村子都熄灭了。

每座房子都像一艘船,沉沦在黑夜的波涛里。它们全都麻木地、谦卑地陷落,渐渐被彻底埋葬——仿佛从来没有存在过。

这时,你像一只鸟那样钻在我的臂弯里睡意正浓,而我却在假寐,似睡非睡,听着窗外村野的风响。

肉体的风暴过去之后,身心变得大海那样平静。是一处海湾,沉静明澈的海水稳稳地在大陆架上晃动。偶尔在这平滑的筋肉下面,在血液深幽莫测的地方,闪过一丝痉挛。那痉挛从极其遥远、非常原始的角落发射出来,尖锐、敏感,像一根带电的游丝、一只快乐而又痛苦的精灵,一瞬间就击中遍布肉体的每一根经络,使之战栗。然后,也只一瞬间,它消失了,谁也别想再找见它。

哦,这才是肉体的上帝,永恒的主宰!

在黑暗中,我将笃信你,也只能笃信你。当一切都沉沦陷落之时,当你还不曾麻木、谦卑之时,记住:生命,我是你的崇拜者。

猫的本事

本来,猫可以统治人以外的整个世界——我这么想;只是可惜它被造小了——假如当初它的形体被造成牛那么大,那它就不会成为人类脚边的驯顺之物,而会成为消灭人类的大地主宰。

我这种想法,是在我看到我家的这只勾着黑白脸谱的花猫时产生的。它正在土炕上打哈欠、伸懒腰。在这一刹那,它咧开猛兽特有的黑嘴,露出尖利的牙齿,展示出豹子一般柔韧有力的细长身躯……四个伸直的软蹄上图穷匕见,充满杀机。

谢天谢地!我想,亏是它造小了,不然,被追杀得四处乱钻的将不是老鼠而是我们人类了。我这不是偶然突发奇想,也不是我没见过猫,而是因为回到吉木萨尔家里几天来,已经接连目睹了这只花猫惊人的能耐,它的确令人惊叹不已!

只有在农村,猫的重大作用和高超本事才能如此一览无余地被发现、观赏,而且分别以正剧、喜剧和暴行三种形式演出。

第一次,我家的猫成功地扮演了正面英雄形象。那天黄昏,我们全家坐在土炕上闲聊,而猫,蜷卧在广阔土炕的一隅昏昏沉睡。

黄昏是农家美妙的时刻,尤其是闲坐在温暖的土炕上。夕阳在窗纸上涂染着最后一点淡黄,有一种明亮的安详对暗淡的转换所表现出来的礼让。时光在这个时候像一位谦谦君子,它似乎有一刻停留,有一种仪式,像在等候什么,并不匆忙撇下这一切就走。

然而在这种美妙的时刻却有一种不美妙的东西悄悄蠕动,不幸被居高临下的土炕上的我们同时发现了:一只老鼠,正顺着土墙根悄悄回洞。洞就在墙角,可以看得见,那鼠,已经离洞口不远了。

看见老鼠的我们不会抓,会抓老鼠的猫却正在睡觉,急得我们直喊:"猫!老鼠——老鼠——猫!"全忘了那猫听不懂人的语言,而老鼠听见喊声就会逃得更快。

不过，喊声还是惊醒了猫。它稀里糊涂东张西望，等它看见时，那只老鼠眼看着已经在进洞了。“嗨，来不及了！”父亲像看一场足球赛错过了绝好射门机会时的球迷那样，痛声惋惜。谁也没料到，猫就是猫，猫的本事竟如此大幅度地超越了人的想象。它从土炕的一隅到墙角的鼠洞，恰为这间房子的对角线，中间必须跨越横七竖八的我们杂乱的腿，必须在老鼠全身钻入洞口的一瞬扑出一丈开外。这太难了，但是它奇迹般实现了！它几乎是一个闪电，一个极快的念头，一个超现实的幻觉，用右前爪把完全入洞的老鼠给掏了出来！

看着这一幕场景，我目瞪口呆。说真的，在人类任何一种运动中，我从未看见过像猫这样矫捷不凡的身手。

有趣的是，没过两天，我又目睹一次这只猫逮老鼠时上演的滑稽戏，它像个小丑，简直可以说是笨透了。

那天是一只耗子在面柜附近折腾，弄出了声响。猫听见了，绕着面柜底下的缝又堵又掏，像和耗子捉迷藏。结果，那耗子爬上面柜，不小心，掉进面柜里，全身成了白的。花猫不知道，还在下面费精神。还是父亲着了急，把猫抱到面柜上，说：“老鼠在里面！”

花猫很固执，坚信耗子还在柜底，又跳下去寻。

父亲又把猫抱上去，就差把耗子抓住送给它了，它还想往下跳。如此三番五次，终于，面柜里的耗子白乎乎的一动，它看见了，扑下去咬住，弄得满身面粉，像掉进了石灰里……惹得我们大笑。

猫是挺有趣的。这个小开本的猛兽好像是专门为耗子而生的，捕食的才能出神入化。然而在沾满面粉的化了妆的白耗子面前，它失去判断，固执犯傻，进化了几十万年的才能碰上了难题。细细想想，会觉得上天心真好，他把老虎的祖师爷造小，让它依恋人，卧进人的掌心，成为“咪咪”叫着的可爱小动物，丝毫用不着害怕。这是上天的恩赐，把最凶猛的变成最可爱的，袖珍老虎，它的厉害只是指向老鼠。这使我们在逗猫玩时，享受到了类似逗老虎玩的乐趣。

我家的房檐上有一个野鸽子搭的窝，这当然很吉利，是鸟类对善良人家的信任。窝不算很高，因为房檐就不很高。可以看得见，一对恩爱的灰鸽子很忙，窝里常传出小鸽子的叫声。花猫常在屋檐下仰看，然而它这个特警队员对付不了空军基地，无奈，渐渐习以为常。一天中午，由于我的百无聊赖和恶作剧心理，一场在灿烂阳光下人猫合作的暴行，终于发生了。

当时我只是想逗逗那猫，馋馋它，并不想满足它嗜血的本性。我把一根粗木柱斜架在墙上，故意离那鸽巢很远，大约有一米多，我估计花猫够不着。

它像是打招呼征求我的意见那样，仰起脸朝我可怜地叫了两声，见我鼓励它，就立即行动起来，爬上木柱。木柱有点转动，它谨慎地维持平衡，杂技演员一样，上了顶端。它在上面观察一下，就扭回头来，看着我叫起来，叫得既委屈又让人怜悯。那意思很明白，是说：“这么远谁能够着呀？这不是太过分了吗?”

我把那木柱朝上靠了靠，最多靠了几寸，我依然认为它够不着。

它从柱顶上立起来，前爪抓着土墙，这样，它离那窝的距离就又缩短了将近半米。“不行!”我看出了危险性，喊它。已经无法挽回了，喊声未落，它像美国职业男篮队员双手扣篮那样，一跃而起，两只前爪抓住鸽巢，凌空悬在下面，摇摇欲坠！它两目间已经完全没有一丝温驯和可怜，闪耀出一派果决、勇猛、精神抖擞的杀气和置一切危险于度外的野蛮！它用一只前爪抓紧鸽巢吊住悬空的身体，腾出另一只前爪来，伸进窝里，一掏，掏出一只羽毛渐丰的小鸽子，然后放进嘴里，咬住，翻身跃向柱顶，连滚带爬地下了地，呜呜地叫着，在墙角吃起来。

我后悔莫及，暴行已经成了恶果。我辜负了灰鸽夫妇的信任，致使花猫咬死了它们的独生子女。在完全慌乱、失控的情绪下，我顺手捡起一块石子，从十几米外一扬手，准准地击在花猫的嘴上！这一下是太准太狠了，打得花猫一蹦蹿起老高，扔下鸽子落荒而逃，怪叫着有好几天没回家。

但是小鸽子还是死了。

罪责在我，我用了很多话向父母检讨，求得原谅。然而，我怎么能得到那对灰鸽子的原谅呢？它们咕咕咕咕的叫声，使我黯然低头，产生出一个良知未泯的战争贩子应有的悔恨。

结论：不能小看猫。猫虽然是人温顺的、可爱的奴仆，可它却是老鼠的克星，鸽子和平生活的破坏者。它的兽性一旦发挥出来，本事惊人。

那么，由这样的结论，我们进而还可以生发出一些什么样的联想呢？当然是关于人。在人的社会里，有时那些重要的人物产生了一个念头，就会把木柱架过去，诱发一部分人的兽性；当暴行发生了，他又会顺手捡起一块石头，扔过去，打击这部分人……和我对花猫做的一样。

麦　子

我想说："亲爱的麦子。"

我想，对这种优良的植物应该这么称呼，这并不显得过分，也不显得轻浮。

而且我还想，对它，对这种呈颗粒状的，宛如掉在土壤里并沾满了土末儿的汗珠般的东西，人类平时的态度是不是有些过于轻视和随便了呢？

它很美。尤其是它的颗粒，有一种土壤般朴素柔和不事喧哗的质地和本色。它从土壤里生长出来，依旧保持了土壤的颜色，不刺目，不耀眼，却改变了土壤的味道。这就使它带有了土地的精华的含义。特别是它还保持着耕种者的汗珠的形状，这就像是大自然给予我们的某种提醒、某种警喻，仿佛它不是自己种子的果实，而是汗珠滴入土壤后的成熟。

这一切使它更美。麦子，它是如此地平凡，然而却是由天、地、人三者合作创造的精品。它使我们想到天空的阳光和雨水，想到土地默默的积蓄和消耗，想到人的挥动着的肢体……所以有的民族在饭桌上面对面包时，会产生感恩的心情，感激这种赐予。所以还有的民族把麦穗作为了族徽或图腾，以表示某种崇信。麦子，它还可以使我们毫不费力地想到镰刀、饥馑、战争、死亡等等之类最关乎人类生存的问题，但是面粉不容易使人想到这些。这就是麦子掩藏在朴素后面的那种深刻的美。

我是一个热爱粮食的人。因此，我非常乐意在春天的吉木萨尔翻弄麦子。我们住的地方没有面粉厂，也没有粮店，庄户人只能分到麦子，到一个河上的磨坊去磨成面粉。

连续几天，我和父亲把一麻袋麦子倒进院里架起的一个木槽里，然后倒水冲洗。我们选的是阳光非常明媚的日子，也没有风。晶亮晶亮的水珠闪着光芒，渗进麦粒中间，慢慢升起一股淡薄的尘雾，有一点呛人，仿佛使人闻见去年的土地散发出的温热。然后再倒水，搅拌，冲洗，直到一颗颗麦粒被洗出它本来的那种浅褐色的质朴，透出一股琥珀色的圆满的忧伤。然后晾晒几天，再装入麻袋。

我看得出来，麦子的色泽里含有一种忧伤的意味，一种成熟的物质所带有的哲学式的忧伤。这种忧伤和它的圆满形态、浅褐色泽浑然和谐，与生俱来而又无从表述，毫不自知而又一目了然。正是这，使它优美。

于是有一天，我们起得绝早。我们向邻居借来了一头驴和一辆架子车——这像是农户人家的一个重大行动似的，很早，我们就把装麦子的麻袋搬上驴车，朝磨坊去了。

我和父亲坐在车上。我驾驭驴车的才能无师自通。我很想驱使那头毛驴奔驰一番，以驱散田野小路上的那种寒冷的寂静。然而父亲不允许，他害怕“把人家的驴累坏了”。磨坊相当远，农村的早晨也相当漫长，我们的驴车仿佛慢吞吞地走进了一个久远的童话故事。驴将突然开口说话，告诉我们它原来是一个公主（大队书记的女儿），被磨坊的巫婆变成了驴，只有从遥远的城市来的勇士才能破那妖术，它就会还原成人。于是沿着这思想幻想下去，满满两麻袋麦子会在公主手的点化下成为金子，一切都很圆满和快乐……在农村天色微明的田野上，一切景致和氛围都酷似原始的童话或民间故事。只是驴低垂着头，丝毫不准备回过头来对我们说话。

当时，我突然觉得我和父亲像是两只松鼠，或是连松鼠也不如的什么鼠类，正运载着辛苦了一年收集来的谷物，准备过冬。我们所如此重视的两麻袋麦子，其实正相当于老鼠收集在洞里的谷物。我感到了滑稽，有点哭笑不得，人一旦还原到这种状态时，生存的形象就分外像各种动物了。

这就是我们的麦子，一粒一粒的，从田亩中收集回来的养命之物。颗粒很小，每一粒都不够塞牙缝儿的；但是我们就是靠着这样一些小颗粒，维持生命，支撑地球上庞大众多的人群发明、创造、争斗、屠杀、繁衍、爱憎……不管人类已经进化到了何种程度，它还在吃麦子——这就够了，这就足以说明人类依然没有摆脱上帝的制约，依然是生存在地球上的无数生物种类中的一种，而不是神。

被小小的麦粒制约着的伟大物种啊！

假如有一天，大地突然不再生长出麦子，那该怎么办？这虽然是杞人忧天，却并非毫不可能，因为我这种年龄的人经历过一次大饥馑。我因此而懂得，源源不断的粮店会突然没有面粉，母亲会对没有吃饱的儿子说“少吃一点”，乞食者会骤然间遍布城市的各个角落，人们会为了一个大饼而去抢劫……这就是麦子的威力和制约，在这个意义上，麦子就代表了主宰者。

磨坊终于到了。

磨坊里没有巫婆，有一个老头儿。磨坊是那种最古老的中世纪式的，靠河水带动，在“轰隆轰隆”的沉重响声中摇摇晃晃，像一排老人的牙齿，已很松动。这是一座架在河上的木头磨坊，里边大概除了碾子，其余的全是用木头制成的。木杆、木柄、木轮，因年久而被磨得光滑油亮，渗着乌黑的手渍。和看管它的这位老头儿酷似，它俩都一样是年久失修的、松动勤勉的、喉咙里“呼噜呼噜”带响的。

我们的麦子就倒进这令人可疑的陈旧作坊里，缓慢迟重地在这生活的水磨上被磨损，被咀嚼，被粉化。我想着那一颗颗麦粒被压扁、挤裂、磨碎时的样子，想着它们渐渐麻木、任其蹂躏的状态，有一丝呻吟和不堪其痛的磨难从胸膛里升起，传染给我的四肢，我真真实实地感到了我和它们一样……和这些麦子一样，我正在一座类似的生活的水磨上，被一点一点地慢吞吞地磨损着。

然而水磨却在唱着一支“轰隆轰隆”的雄壮的歌，用它松动的牙齿、哮喘的喉咙，唱着一支含混不清、年代久远的所谓进行曲……这就是我们每一粒麦子的命运。

我就是麦子。

我正面临着古老民间故事一般的现实。

我芬芳的、新鲜的肉体正挤在历史和现实两块又圆又平的大石盘间，在它们沉重浑浊的歌声中，被粉化。

我欲哭无泪，欲喊无声。

因为我就是泪水和汗珠平凡的凝聚物——麦子。我将一代代地生长，被割掉；成熟，被粉化；被制成各种精美的食品，被吃掉；然后再生长。

这一切都是因为我没有感觉，没有思想。我是圆的，颗粒状的，人们把我叫作“麦子”。只有一个诗人这样称呼我，他说：

“亲爱的麦子。”

一匹难忘的猪

我起了床，在院里刷牙。天气十分晴好，阳光刺目而又温热。屋外裸露着泥土的墙根，已经蒸腾起“日照香炉生紫烟”般的热气。是啊，我想，是春天啦！春天的农家小院里，充满了生气。

我家的院墙是用各种荆柴和树枝围起来的。猪圈和鸡窝并排垒在右墙下，左边是菜畦。猪圈里只有一头猪，是半大的小猪；鸡窝里有十几只鸡，母鸡居多。靠窗的房檐上有参差不齐的木椽子伸出，其中有一根较长的木椽子上用粗绳悬吊着一只篮子，不知是干什么用的。

刚刷完牙，就见到一只母鸡“咯咯”地叫起来，急着要下蛋。那褐黄母鸡东张西望，似乎有些犹疑，偏起脑壳想了想，终于下了决心，一跳，先上了鸡窝顶，然后鼓足勇气扑喇喇扇着翅膀飞起来，一下竟飞了十几米，奇迹般准确地落进了粗绳悬吊的篮子里！篮子在房檐下晃来晃去，那只鸡，却安详地卧下去，悠然自得地下起蛋来，像个吊床上的产妇。

这不是把鸡养成篮球了么？我想，而且还投得挺准，每次总能留下一只鸡蛋。我母亲不是一个幽默的人，而且没有这种创造性，她老人家怎么想出了这么奇妙的养鸡绝招呢？我一问，母亲也笑了，说：“咱家的鸡呀，就是怪，放着鸡窝不下，偏要飞起来高空作业。那个篮子就成了专门给它们下蛋的啦，还引得别人家的鸡也飞进来下。”

“村里人也都说周大老家是怪，”母亲又说，“养啥活啥。夏天闹鸡瘟，家家死鸡，就是周大老家的鸡非但不死，还飞进篮子里下蛋。掘上个猪娃子吧，也精神得不行，长得还比别家的猪漂亮。别人的猪都卧在地上哼哼呢，周大老家的猪娃子一向就在门口上坐着，和狗一样！”看得出，母亲为此感到非常幸运和自豪。当然，一般说来，猪没什么了不起的——我也这么认为：蠢猪、脏猪、猪猡！猪很难让艺术家产生爱而把它塑成青铜雕像矗立在中心广场，它只能作为猪排以佳肴的诱人形象被端上盛宴，让人们用舌尖品味，牙齿咀嚼，肠胃欣赏。猪是哺乳幼崽最多的也是最常见的动物，但人们从不用它作为母爱精神的象征。人们吃它，但是瞧不起它。这真是个倒霉的东西，在人眼里，它只是一堆能活动的、会哼哼唧唧的肉！

比如我吧，吃了它们几十年了，要是算一笔账，恐怕至少吃掉几百头猪是有的了。但是吃得有滋有味，吃完了照样蔑视它，从来不屑于区分它们之中的任何一个和别的有什么不同，更不会记住被我吃掉的是哪一头猪。猪还有个性吗？猪就是猪！就像白菜就是白菜花生就是花生一样。

但是这家伙——在我刷完牙回屋拿起一本书时——发现随在母亲身后堂皇跨门而入的竟是一头猪！我觉得这简直是乱了朝纲，起而轰之，那小黑猪噘嘴瞪眼，坚持不走，小眼睛一直以轻蔑的神情注视我，不时发出“哼哼”声，好像不服气，在“哼哼”着说：“你算老几？你有什么权力撵我？”

母亲说：“让它待着吧，已经惯出来了。”

惯，我们从小就是母亲惯的，怎么它也叫“惯”？这一个字，突然使我意识到了这头小黑猪在这个家里的重要地位。两位老人被发落到这里，平时儿子四散，孤独凄凉，膝下养了这么个大活物，也是一份生趣。难怪惯养得和猫狗一般呢。

拿这眼光一看，果然这猪是不一般了。它浑身黑亮，皮毛干净，身躯滚圆，娇憨可爱，和周围的猪一比，简直超群脱俗，称得起有几分俊秀了。我几乎怀疑它是猪八戒家族的嫡传子孙了，很快就喜欢上它，叫它“黑猪”。父亲也很喜欢它，只要端出盆来给它拌食，它就兴高采烈拿头拱人的腿，像狗一样摇尾巴，活蹦乱跳地围着人转！何况它还小，小东西即使是猪也一样天真烂漫。

闲居无事，便和弟弟到村外一条小溪沟里捞鱼玩。溪不宽，一步可以跨过，也不深，手臂可以触底。可喜的是水极清冽，人在溪边走动，可以看见惊起的泥鳅在水草里四窜。于是我们制成捕蜻蜓用的三角网，提一个桶，在溪边消磨一上午时间，便能捞半桶泥鳅。可是这指头粗细的小鱼没经济效益，提回家里，养之无益，倒之可惜。一打眼瞅见小黑猪百无聊赖地瞎转悠，突然来了主意。

拿出一条泥鳅，扔过去，在它嘴前蹦跳。它嗅嗅，抬起小眼睛望望我，满心疑惑，不吃，再扔一条，还是不敢吃。看来猪不杀生，那好，把它的食盆拿来，倒点汤食，然后抓一把泥鳅放进去。泥鳅游窜在汤食里，小黑猪吃起来，吃着吃着，它突然一愣，边嚼边抬起嘴来，看那盆，隐隐有波动者，便扎进嘴去追。咬住一条，就摇头晃脑，有时不小心泥鳅又钻回水里，就喷着气再捉。它尝着了味道，吃得汤水四溅，呱呱作响，嘴巴伸在汤水里不时地猛抖，逗得全家人哈哈大笑，好像在欣赏表演。不一会儿，一桶泥鳅告罄。

捞鱼这件事，一下就因为小黑猪而从无意义的闲玩变成了有意义的劳动。我们便每天去溪边捞泥鳅，把喂猪当成一天中最精彩的观赏节目，弄得周围的农民感到不解，他们议论说：“周大老家用活狗鱼子喂猪！”

后来母亲说喂鱼喂出毛病来了，小黑猪不管吃什么，都要翻江倒海瞎折腾，以为有鱼，结果弄得撒食。

有一天，父亲被分配去队里看场，远远望见一群猪成进攻队形缓缓移来，渐近，父亲猛地一声吆喝。见有埋伏，猪群纷纷向后逃窜，独有一猪，不但不逃，反而泰然行至队前带头，边走边回头哼哼，猪群马上重整队形跟随而来。父亲细看，原来是我家那头小黑猪，它不慌不忙，胸有成竹，不断回头用猪语鼓励同伙，自己却故意表现出一种随便而大方的样子，跟人在请客做东时的样子差不多。它表现出了一种猪的潇洒和庄重，好像它认定，它的主人看场就等于今天它请客。这显然会使它在猪群的地位迅速得到承认。不料，父亲满脑子大公无私的思想，在小黑猪即将被确认首领的关键时刻，一点儿面子也不讲，坚决地用木棍把它们轰走了。

这使小黑猪很委屈，用一天半的时间对父亲表示疏远和装不认识，大概它想不通这件事为什么那么不通猪情。

父亲把这件事告诉了我们，大家都很奇怪，说猪蠢是没道理的，猪连后门都会走，这几乎已经达到了与人相当的智力水平了。

可惜的是，我在吉木萨尔只住了十几天，没有能更深入地了解这个油黑发亮的偶蹄动物丰富的内心世界。临行那天，它竟像一只狗那样尾随着我走了好久好远，小眼睛里充盈着对泥鳅贪婪真挚的怀恋。

之后若干年里，我们家的人还谈起它，这是唯一的一头我们自己喂养大的猪，提起它，我对猪所怀有的厌恶心理就不知不觉地消失了。虽然它早已被吃掉十几年了，我却仍然觉得它还活着（精神不死？），活在吉木萨尔农村我家住过的离马厩不远的低矮农舍院门口。

其实猪是挺有意思的，假如你了解它。

难怪哈里·S·杜鲁门曾宣称：“不该允许不了解猪的人当总统！”为了这篇纪念猪的文章显得庄重些，我特意对它用了“一匹”。

印　象

后来，一座谦卑的村庄终于在我的视野里消失了，消失成一个残碎的梦，一个不可靠的传闻，一团渐渐远去的声响……仿佛，只是一扭头的工夫，它就不见了，好像从来就没有存在过似的，从我们全家人的生活里消失了。

我不知道你是否也有过这种类似的体验，对于一座你曾经生活过的村庄，那种难以磨灭的淡忘。那些荒凉的、贫穷的，那些丰富的、色彩烂漫的，小小村落和孤独家门像黄昏和暮霭那样，被你淡忘却融入你的心境，离你远去却泊在你的灵魂里。是的，从那以后你也许再没去过一趟，再没去看过它；也许也很少对别人谈起它——它没什么可炫耀的，何况你总在怀疑它是否真的存在过，或是随着你的离去它也就消失了。说到底，你恐怕还是不敢去看它，你害怕珍藏在记忆里的这个艺术品被另一种现实击碎。

我也始终在怀疑，怀疑我的记忆是不是对它进行了艺术提炼和加工。它是不是为了欺骗我或安慰我，把那个村庄给美化了？那些焦灼的痛苦的日子，那些挣扎的无望的岁月，为什么没有留下痕迹？那些喧闹一时的貌似强大的政治力量，为什么变得无影无踪，而一座可怜谦卑的村落却扎了根似的抹不去、拔不掉？

谁更强大？

“谁更强大、有力而永恒？”我不得不这样问自己。

说老实话，无论是导师、哲人，还是算卦者、预言家，谁也看不见明天。说看见了的，不过是猜测和吹牛。谁都只能感受着现实，而现实带着天然的无法改变的痛苦；谁都只能怀念过去，过去是一坛逐年发酵的酒。我不相信世间有神奇的超人，我只相信神奇的命运和生活以它的流向所做的安排。

吉木萨尔是一个渺小的地方，关于它，最近有一个流传的笑话。

说两个吉木萨尔人到了广州，昂然欲进某豪华饭店，被拦住，问："你们是哪儿的人？"答曰："吉木萨尔。"问者不知是哪里，便问另一个："你呢？"另一个回答说："一搭里的（意为一块儿的）。"问者听为"意大利的"，忙说："原来是外宾，请进。"

我们的荒唐的吉木萨尔人被编派的这个故事，显然是不真实的。但是把这样的揶揄指向吉木萨尔人，却应该承认是真实的。吉木萨尔是那样荒寒，这个当年让成吉思汗威震中亚的军事重镇，历史上闻名的北庭都护府，早已度过了它豪华的岁月。它威风凛凛的青春一去不返，现在像一个可怜虫，躲在当年的遗址旁边浑浑噩噩，种地、挖煤，偶尔也有淘金的欲望和梦想。它的县城和那时的很多县城一样，肮脏、凌乱、愚蠢、呆板。这就是二十世纪七十年代初叶的县城，一个十字路口，一座语录牌楼，一个只有带着老茧一样厚皮的又冷又硬馒头的破食堂……面对这样冷漠无情、愚昧傲慢的县城文化，你不能不从心里发出由衷的哀叹、彻骨的怜悯：人们啊，你们这究竟是怎么生活的呀？为什么，你们活得如此无知麻木，难道你们天生就是这样缺乏生气的一群？

我不想诅咒你们，相反，我深切地同情和理解你们。

只有这个谦卑的村落对历史不负任何责任，谁也怪不着它。它坐落在这偏远的地方，它的默默无闻和任何时代无关；而且在任何时候，它都以土地、道路，日出、鸡鸣，五谷杂粮、野草芦苇……拥抱人们、温暖人们，让人们生存。它半是自然，半是社会，一切时代的热潮和影响也会涌涨到这盲肠似的角落，使之发生变化。因而我没有说这里的村民都是超然世外的君子隐士。

他们在我的印象里已经十分模糊了，我记不起他们的脸孔，只记得一些被太阳和土地混合的力量所染出的肤色，记得被一种村野生涯塑造出的气质——蒙昧未开的混沌样子。

然而他们却是非常精明的，现实的，会盘算的。谦卑和精明构成了这种弱者的双层防御体系。谦卑使人可怜他、同情他，进而愿意帮助他并对他失去警惕性；精明却使他一步步地接近目标，绝不放过可能得到的好处。在他们衰老的时候，他们是彻底谦卑的，他们会让人感到土地一般谦虚厚实的质朴和仁慈。但是你注意他们的儿子，那些年轻的从农村生活中走出来的人，他们带着自己的文化和方式，带着这些特征，在社会生活中演变、改进、修饰……

我这么写，也并不是在责怪吉木萨尔。它没有什么好责怪的，对这一切深刻的后果，它毫不自知也毫不理解。它是那样偏远，孤立，那样茫然自在。

直到最后我离开的那天，我也没能对它留下一个全景式的印象，它仅仅是一个村落，和北方的所有农村大同小异的村落。它拥有土地然而它简朴，它拥有四季然而它泥泞，它就是那样，你一扭头，就会感到它的消失。

谁也别想在地图上找见它——那个村落，就像谁也别想在地图上找见自己的家。

伊犁秋天的札记

一

对大家来说,伊犁是个好地方。对我来说,伊犁则是个留下过不好记忆的好地方。

那些令我不快的记忆我现在不想说它,因为它足够那些想编故事而苦于生活经历贫乏的人写一部长篇小说。而我,恰恰不会写小说。但是我喜欢画画——不用颜料的那种画,另外我还喜欢一点点哲学之类的东西和历史、动物学及幽默等玩意儿的杂种,总之是个四不像。

我想画点什么,从伊犁回来以后,我一直想画点什么。但是我又不会画——这的确是个天大的误会:这个世界没有把我引向一名画家的画室是它的一个重大损失,这不怪我。这种职业的遗憾对别人是不是终生耿耿于怀我不知道,对我,仅只是些微的、些微的惋惜。一个人从一个完全无从回忆的地方来到人世间,摇摇晃晃孤立无援地走到了人生的路口,道路千条一下子向你涌来,向你邪恶而彩色地招手……你也许还有更合适的职业,但你当时还太年轻,你紧张慌乱,所以就按照你的虚荣心去做了,当然也可能是本能,你在选择的同时就丧失了尝试其他道路的可能。

几乎每种职业都可以让人走得很远很远,几乎每种职业都可以用魅力或习惯吸住你，几乎每种职业都不是用常人的一生所能穷尽的，除非天才。所以天才一般都死得很早，上天说，你已经穷尽了，你必须结束。所幸，我直到现在还不是天才，所以我还能活着。

可是我对我的职业已经开始有了厌恶感，这当然也包括对我自己——我厌恶自己在生活中扮演的这个角色，我当初肯定是有意识去这么做的，渐渐不知不觉地就扮演到了今天这种地步。现在，我停下来，回头仔细地审视着过去的一系列的自己，有时偶然能听到一些断断续续的自言自语，那好像是说："我该怎么回去呢？"

回是回不去了，这我知道。人生是真正的过河卒子，只有拼命向前。向前是向哪儿？终点当然都是死亡，谁也别想悔棋。

就这样，我们对很多东西无法选择，不仅是职业，我们鬼使神差地被固定在世界的某一点上，单线条地过一辈子。这不，我又到伊犁来了，伊犁还是伊犁，而我已经非我。我像一个和从前的我有某种契约关系的别人那样，我面目全非，心态大异，我和原来的我之间相差了十年二十年的漫长人生经历，我现在的容貌气质也和从前大不一样——我有时十分惊异的就是，人们怎么竟然还能够偶尔把我认出来呢？这的确是一桩奇怪的令人百思不得其解的事。

二

我到伊犁来过三次，每次都能非常强烈地感觉到某种异样的冰冷和温暖。这不是伊犁的自然所传达的，伊犁的自然环境永远有着它刚健的妩媚；也不是伊犁的风俗所赋予的，伊犁的风俗民情是全中国最有味儿、最鲜明也是最幽深的。某种异样的冰冷和温暖，是伊犁州府所在地的伊宁社会散发出来的像气味一样无法看清的面部表情。这里含有风景这边独好的骄傲和自负，也带着边陲重镇见多识广对什么都不再以为然的轻漠,同时还有点新疆人“我不尿你”的特殊心态。

这也许没什么大不了的不好,可能每一个地方都有那么一点排他性以显示自尊。伊宁也不例外,只是稍稍有些露骨。然而很快,当你一旦深入进去,这种社会组织呈现出来的态度很快就会被它卓越的自然风采和宁静的民间情调所融化。

因此,伊犁具有非常鲜明的三种层次:官方的,民间的,自然的。虽然这三种层次(我竟然也使用了这个时髦得发霉的词,请读者原谅)在当前任何地方都存在着,但是似乎哪儿也没有伊犁表现得那么鲜明,那么诗意,那么独立成章而又混合为一体,像是一支变奏着三重旋律的乐团。它们分别代表着三种象征,即现实、历史和永恒。这三种时间概念如同三种颜色的水在同一河床里流动,使伊犁显得比别处丰富多姿,使伊犁有一股缓慢舞蹈着的移动感。它仿佛随时都在消化掉尘世的噪音和骚动,又随时都在制造着当代的律动和尘土,它的现实因此蒙上一层恍惚的意味,有隔世之感,一切活动的事物都有顷刻滑入变成风景的危险。

它是个供人观赏的旁观者,是个把历史无意中写在脸上的现实主义者,是个不受理论指教的随遇而安的会过日子的古典艺术家(请允许我姑且这么说说)。其实我也知道,想把伊犁弄清楚或概括出来这种事,完全不是我这种没知识的人所能做的,我之所以使用了“层次”“历史”“永恒”之类的词,完全是为了文字显示的庄严性,真正的意思我完全不懂。假如有人一定要我解释这些词,我大概就傻了。

我刚才说过我到伊犁来过三次,这三次之间相隔的时间依次递减。不知这里面含有什么象征意味或命运启示。总之,给我留下的最简练的印象是:第一次我丢失了一个皮箱;第二次我被一匹拉套的马磨破了屁股;第三次就是这次,我觉得伊犁不太喜欢我。虽然我写出过“伊犁河是我的河”这样英勇蛮横的诗句。当时,这句诗像名言一般不胫而走,震慑住了不少善良小心的灵魂,但我今天为它羞愧,我为我年轻时的无知而羞愧。即使人们没有责怪我,那仅仅是因为人们的宽容和健忘,但是自己,难道也应该是宽容和健忘的吗?

羞愧,就是对过去肤浅的狂妄所付的代价,我羞愧了,但我却决不因此而去修改我的这句诗,这句诗所贡献于世人的并不是它的真实程度,而是它强烈的自尊态度和对生活有力的拥抱。诗就是这样,一方面忍受着现实无情的嘲弄、践踏,另一方面又以它强有力的攻击力在倏忽之间命中庸人世界的灵魂。诗是没有等级的,它没法相当于哪一级,因为它本身就同时拥有了最低贱和最高贵这两极。它唯一的生命力就是它有一颗真正自由驰骋的心灵!因此,藐视诗是一件容易的事,它要比藐视金钱、权力、汽车、房子以及豪华酒吧等等东西容易得多。明白这点,当今为什么会有那样众多的无知的豪杰、轻浮的妄人一致地把自己嘲弄的矛头指向诗并进而指向文化就不是一桩难理解的事了。

有人对我说,其实你的散文比你的诗好。

我理解这种称赞并且也相信,因为我的散文是站在诗的肩膀上的。我花了二十年,经历过痛彻心脾的疑惑、思考、实践、寻找,而终未能真正完成诗。那是因为在诗的领域内,我的对手太强了,他们以惊人的洞察力和才气及对现实的直觉把握向我摆出一个又一个阵势,尽是些我前所未见的棋局。

我感谢他们——这些未曾谋面的影子对手。他们帮助我战胜了一部分自己,同时也使我享受了一段时间的散文领域里的轻松自由。懂得感谢高明的对手,这可能就是绅士精神,在中国,相称的就叫名士风度。这是人的自我观照态度的一种进步,较之对对手的嫉恨、偏见和死不服气、打肿脸充胖子当然明智坦荡了许多，因为后者不过是文场中的牛二或王妈。不行就不行，这没什么可耻，可耻的是不行还硬撑，还装得挺行，还进而要领导别人。

十亿中国人里没有不行的，这真是当今一大令人感到恐怖的社会现象。我不懂为什么这现象还没有成为当今的“热门话题”，现在的“热门话题”总是离每个人的痛处太远了些。

三

写到这里，我耳边已经警铃般地响起了某些文学内行的急躁指责声：

——你已经离题万里啦，难道这就是你所谓的“伊犁秋天的风景”吗？

——请问，你这究竟是杂文呢还是创作谈？散文难道是可以这样随意东拉西扯的吗？

我本来想回答一下，但假如我一回答，这篇文字就多了一条不像散文的理由——成了答客问。何况这问题原本是不值得回答的，倘使我能使多种文体融于散文，那是我的造化。至于伊犁、秋天、风景，我写的不正是这些吗？我写得如此丝丝入扣，文风严谨，我所展现的是一个人的内心的风景，我甚至还要倾听风景的独白，追忆河流的往事，模糊时间的视线和撷取暴雨的花朵……我有一支听话的笔，它一旦在稿纸上任性起来，就是一匹天生奔放的神骏，颠跑、奔腾或弹跃，都浑然自成为美，精神若有神助，它似乎凭着天性的力量就可以踏着现实的头顶飞跃过去。

可惜……的是，我，快老了。

中年是一个异常痛苦的年龄段，是个转换得难以适应的时期。成熟是需要适应的。人的全部思想和才情都不过是肉体的“这一个”在发展过程中的产物。谁能听到秋天的叹息？谁能懂得秋天苍凉的表貌后面隐藏的内心裂变？

谁又能破译生命在秋天发出的低语呢?

每一片落叶,都曾经历了繁华的季节,饱尝了生长的过程,欣赏或被人欣赏,残缺或完美,承受光芒或迎接风雨,被全部天空和大地照耀、养育,每一片叶子都是珍奇的。每一片叶子都是一枚由自然精心铸造的金币,在万物中发行。可是谁曾珍视过它呢?

现在,它飘落了,告别母体。

谁又能听到它断裂的一瞬间发出的惊叫声呢?

四

这里就正是秋天。

它辉煌的告别仪式正在山野间、河谷里轰轰烈烈地展开。它才不管城市尚余的那三分热把那一方天地搞得多么萎蔫憔悴呢,它说“我管那些?”,说完,就在阔野间放肆地躺下来,凝视天空。秋天的一切表情中,最核心的就是:凝神。

那样一种专注,一派宁静。

它不骄不躁,却洋溢着平稳的热烈。

它不悲不怨,却透出了包容一切的凄凉。

在这辉煌的仪式中,它开始奢侈,它有了一种本能的、发自生命本体的挥霍欲。它一夜之间就把全部流动着嫩绿汁液的叶子铸成金币,挥洒,或者挂满树枝,叮当作响,掷地有声。

谁又肯躬身趋前拾起它们呢?在这样豪华慷慨的馈赠面前,人表现得冷漠而又高傲。

只有一个孩子,一个女孩子。她拾起一枚落叶,金红斑斓的,宛如树上的大鸟身上落下的一根羽毛。她透过这片叶子去看太阳，光芒便透射过来，使这枚秋叶通体透明，脉络清晰如描，仿佛一个至高境界的生命向你展开了它的五脏六腑，一尘不染，经络优美。“呀！”那女孩子说，“它的五脏六腑就像是一幅画！”

还有一个老人，一个瘦老头儿，他用扫帚扫院子，结果扫起了一堆落叶。他在旁边坐下来吸烟，顺手用火柴引着了那堆落叶，看不见火焰，却有一股灰蓝色的烟从叶缝间流泻出来。这是那样一种烟，焚香似的烟，细流轻绕，柔纱舒卷，白发长须似的飘出一股佛家思绪。这思想带着一股特殊的香味，黄叶慢慢燃烧涅槃的香味，醒人鼻脑。老人吸着这两种烟，精神和肉体都有了某种休憩栖息的愉悦。

这时的每一棵树，都是一棵站在秋光里的黄金树，在如仪的告别式上端庄肃立。它们与落日和谐，与朝阳也和谐。它们站立的姿势高雅优美，你若细细端详，便可发现那是一种人类无法模仿的高贵站姿，令人惊羡。它们此时正丰富灿烂得恰到好处，浑身披满了待落的美羽，就像一群缤纷的伞兵准备跳伞，商量，耳语，很快就将行动……大树，小树，团团的树，形态偏颇的树，都处在这种辉煌的时刻，丰满成熟的极限，自我完美的巅峰。很快，这一刻就会消失，剩下一个个骨架支棱的荒野乞者。

但是树有过忧伤么？

但是树有拒绝过落叶的离开么？

当然没有。它作为自然的无言的儿子，作为季节的使者和土地的旗帜，不准备躲避或迁徙，这是它的天职。

当我们在原野上看到一棵棵树的时候，哪怕是远远地，只看见团团的、兀然出现在地面上的影子，我们也会感到这是自然赐给我们的一番美意。当然随之我们就会遗憾太少，要是更多一些该多好，要是有一片森林该多好！但是毕竟是因为有了这几棵树才引起我们内心更大的奢望。

对森林的奢望，恰恰反映了每个人对远古生活本能的回忆和依恋。

荒野是那么寥廓。

荒野上的道路是那么漫长。

原先驻守在这片荒野上的树呢？它们曾经无比强大，像一支永远不可能消失的大兵团，发出密集的喧哗的笑声，仿佛在嘲笑一切妄想消灭它们的力量，而且它们拥有鸟类和众多的野兽，这些鸟兽类也不相信森林会消失。

但是时间被人利用了。

时间使人成了最强大的。

人类坚持不懈地努力着，一斧头砍死一棵树，就像杀死一个士兵，最终，整个兵团消失了，连骨头也不剩。

后来的人，谁还记得荒原不久以前的童话呢？关于树的呼吁已经很多了，我不打算重复了。我只是觉得，树在中国北方像流窜深山的小股残匪一样悲惨。

我忽然想到，当地球上砍伐掉最后一棵树的时候，人类肯定是更发达，更神奇了。但是那时人类将用什么办法复制一棵树呢？复制一棵真正的树——会增长年轮的，会发芽、开花、结果，叶子变成金币自动飘落的树——假如有谁可以做到，那无疑会成为科学史上的崭新一页。

但那将是多么滑稽的一页呀！

因此，对树充满敬意吧——从现在就开始，对任何一棵树充满敬意，就像对自己的上司那样。

五

这纯粹是一次秋天的散步。

倘使把城市当住宅，把自然当庭院，把一年当一天，那么，这种散步该多么有趣，多么必要。人们每天散步，我每年散步。

我愿意以散步的方式徐然缓行，或低头漫想，或凝神远望，虽然我并不能望到什么和想清什么。高瞻远瞩是伟人的事，计上心来是小人的事，都与我无关。我是凡人，在不冒充伟人和不冒犯小人的前提下，我喜欢独自散步。这是一种多么难得的自由啊，因为二十年前，就在伊犁某部农场，我曾经在"不许离开营房二十五米外散步"的禁令下生活了一年多，这使我略微知道了自由是什么意思。

这样散步挺好。

通往博乐的那条三十公里岔道，可以当作一条通往庭院僻静一角的幽径。

昌吉呢，是从住宅走下来时的一个台阶。

到了石河子，就算台阶走完了，踏上了出入庭院的主道。

果子沟应该是院中的一座保留完好的、长满了自然植被的小丘。

赛里木湖这一小池水，在院子里保持着它的清澈的生机。

牛羊、马匹、骆驼、狗和毛驴，是你在散步中遇到的蚂蚁和小昆虫。

只有太阳是原来的，只有月亮是原来的。

这样散步挺好。

我已经过了奔跑呼喊的年龄，我说过，我有些老了。老和不老不完全表现在年龄，而有时表现为步态——人生步态。

散步就是一种渐入老境的形态。

不再匆忙、紧张、拼搏、追求或探索什么了，已经经不起激烈方式的折腾，受不了热火朝天的刺激。什么男子汉啦，什么西部啦，让人眼晕得厉害；或者有没有现代意识、具不具备成为大师的条件之类的全方位检查，也让人不胜其沉重。

成了又怎样？不成又怎样？天底下的章法多得很，你有你的通行证，他有他的护身符。兔子和乌龟赛跑，兔子永远是失败者而乌龟永远稳操胜券，为什么？因为兔子要睡觉而乌龟不骄傲——这就是辩证法。

兔子和乌龟赛跑本身就是可笑的，你不跟它赛不就完了吗？

不行，据说乌龟非要缠着和兔子赛跑，你不赛它就咬你的耳朵——这叫兔欲静而龟不止。

最好还是去散步。

历史上著名的散步已经不少了：

“莫听穿林打叶声，何妨吟啸且徐行。竹杖芒鞋轻胜马，谁怕？一蓑烟雨任平生。”

这是苏东坡的散步，放达潇洒的失意者，外表的泰然掩不住内心的慷慨激烈，这就叫本性难移。东坡大才，气贯长虹，他的全部失败就在于他不善于掩盖自己的强，即使散步，他也势如奔马之惊风。

还有一个孤独的散步者，他是在另外一块大陆上散步的，他叫卢梭，他的那本题为《一个孤独的漫步者的遐想》的书，是值得妄图弄清自己灵魂的人一读的。他这样说道——

“我准是于不知不觉中完成了一个跳跃：一个由清醒到昏睡，抑或更确切地说，由生到死的跳跃。我不知怎么越出了事物的正常秩序，兀然堕入莫名其妙的混沌中。在这一片混沌中，我什么也看不见，我越是琢磨我眼下所处的位置，我就越不能明白我身置何处。”

看来，不论是东方的还是西方的散步者，都不像竞走，都同样是一副随意而松弛的步态。

在身体放松的时候，思想才有可能四通八达，飞驰狂奔；相反，身体高度紧张如短跑时，思想便集中成一个简单的念头。

散文就是文学中的散步，因为它最平常，最自然，也因为谁都会。散步散到被认为炉火纯青的地步就变得非常困难——除非那人的步态丝毫也不造作和模仿别人，而且在简单的散步中可以显示出深厚的训练。

相比之下，诗是追逐灵感时闪电般冲刺的短跑或者使速度在一顿时产生的转换、跳高或跳远。而散文是散步，散步没法比赛，却更无拘无束，有益身心。（这种比喻显然不是定义，勿信。）

秋天是适宜于散步的季节。

六

应该让思想的水散漫成湖，特别是当你处在人生的秋天。

让溪流聚集起来，让河水交汇起来，让雨水或雪水贮蓄起来，根据地形自然的状态，造成一个非人工的海子。那就是湖。

湖不是海——它没有那么伟大。

湖也不是水库——它要柔和自然得多。

一般说来，它躺在那儿，有一种女性的味道。这除了因为它美，还因为它使周围变得潮湿了一些，滋润了一些，更因为它使天空也变了，变得涂上了一层神秘的蓝，使近处的山呈黛色，阴坡的松林幽静，使远处的山白发肃然，如老翁之守处女洗浴。

一般来说，它躺在那儿。

它不像山那样远远地就跑过来迎接你，而是躺在那儿，等着你突然发现它，它喜欢静静地微笑着看你吃惊。

一般说来，这就是赛里木湖。

一个思想就应该是这样，经过无数条水系源源不断的补充，经过地貌之下的颅骨加固合拢，就这样自然而然地，形成了一个圆或椭圆的、深邃的内陆液体领域。

思想之所以称为思想，就因为它是圆的。从它的任何一点出发，走完全程终点都复合在起点上。所以，思路是细长的，思绪是云烟状的，想法则呈尖锐三角形状的，灵感是狭长闪电状的，而重大的灵感接近思想，故呈球状闪电。

瞧，被称为思想的这个东西有多么深邃，同时又有多么清澈透明！

它深邃到使人不敢轻率地跳下去游泳，仅挽起裤腿在岸边浅涉一番，就足以使人领略到它的内涵，它强大而令人畏惧的吸力；而它的清澈透明，让人一望见底却倒吸一口凉气，那见底的明澈里，反射着无数层游动的光影、光环、光斑，造成无法分辨的幻象，使真实与虚幻浑然一体，因而更加捉摸不透。这是那种比浑浊更深奥百倍的明澈！

赛里木湖——多美的名字！

这名字本身就有一种清澈的深邃，有一种高雅的韵味，有一种特殊的蓝，令人心醉。

你是伟大的海洋在撤离时留给伊犁河谷的一滴巨大的泪珠。汪汪的，闪闪的，既像美人腮边泪也像英雄颊上泪，刚健而又妩媚。

你就是我们的海。在亚洲腹地远离海洋的地方，你给了我们一个海的缩影，一个海的模特儿，让我们按照你的面貌在想象中放大去理解海。因而，你又是本关于海的初级教科书。

当我们散步在你身边的时候，可以看到成群的水鸟翩飞降落，成为浮动在水面的一片黑点，同时浴着水色和光影。身材修长的马正垂着颈、披着长发，小心翼翼地亲吻你的水面，唯恐不慎弄皱了你的面容。

你与牧人的世界如此和谐。他们爱你，你也爱他们，你从不曾因为他们贫穷而鄙弃他们，相反，你把自己当成他们当中的一员，和他们气味相投。你就是在他们当中找到平静的，你必须平静才能生存下去，而这，只有牧人才能给你。那些城市里的“湖”，你当然知道它们的窘状和自得难解难分，它们是供人娱乐的一池，而你，才是真正的湖。

总是这样，在远离喧闹的地方，思想默默地积蓄、沉淀，变得清澈起来，辽阔起来。

所有的游客和路人，在你的身边赞叹、夸奖，似乎在这片刻，你成了他们的一样东西，而与牧人毫无关系。然后，他们拍拍屁股，驱车远去，你仍留在牧人身边，谁也带不走你。

在众多的游客和路人当中，有人感觉到一丝惭愧吗？面对你，有人照到自己灵魂深处的弱点吗？若有，他可能会想到这些。

赛里木湖，人们是多么肤浅又多么自以为是呀，我愿意代替他们向你道歉，说：“我们对不起你！”

它听也不听。

脸上犹自泊着宁静神秘的微笑。

七

斧头向树借一根斧柄，
树便给了它。
形状美观的，裸露的，青白的武器，
从地母的内脏中伸出头来，
木质的肉，金属的骨，只有一个肢体，
只有一片嘴唇。
…………

印度哲人和美国热情洋溢的泥水匠诗人，他们两个究竟哪个说得更对呢？倘使是矛盾的，为什么两个都让人感动呢？

一柄斧头。

一个最初的人类用来改造世界的孔武有力的武器。

慈悲的佛祖的使者，东方白发皤然的诗歌圣人向我提供了前者——一幅可怕的图画。斧头的柄是向树借来的，然而斧头消灭了树。这是一个阴谋，树明明知道，还是给了它。庞大的千年古树般的东方文明，在小小的“一片嘴唇”下无可奈何，轰然倾倒。这是东方近百年来的悲哀。

那个身穿紧身工装、头戴草帽的美国劳动者呢？他才不管斧柄是不是借来的呢，他浑身洋溢着乐观蓬勃的活力，他热爱开拓，他歌唱斧头，他赞美用被伐倒的树建造的崭新生活。从某种意义上说，他就是斧头，他偶尔也会有些伤感，断断续续，但他总的来说是进取的，轻装前进的。

树和斧头各自唱出了自己的歌，组成了人类完整的声音——多么让人哀愁又多么让人振奋!

诗人们!

假如你是树,你就不要伪装成斧头。

假如你是斧头,你也不要伪装成树。

这是我在经过果子沟时想到的。

果子沟是个树的乐园,因而容易让人想起斧头。

八

我在想,我以前来过这里吗?

我若来过,为什么我对这一切那么陌生,感受和理解会如此地迥然不同?我若没来过,那就怪了,难道过去的记忆是一团无从证实的梦?

过去的事情一旦过去了,就和从没发生过一样,除了记忆留下一些斑驳的年久失修的印象,一切都无从考证。大地不会做证,它不会记得你的名字和脚印;湖泊也不会,它给过渴饮者一捧水,过后就忘了。

你只是你,形影孤单。你以为你有过去,你匆匆跑来寻找,过去没有留下一丝踪影,它悄然飞走了;你以为你有将来,将来藏在你的眼前,你却徒劳地向前伸出手总也抓不住。

你蓦然明白,这一刻你才是真实的,除此而外你根本不拥有任何时空。而这一刻也在消失、剥落、衰亡。你只是一个可怜的小点,被无形的力量推动着,也被无形的轨道制约着。

你用手抹了抹鼻子,有点怆然。

“我就这样被注定了吗?”你心里喊了起来。但是徒劳,所以第二声你就没喊。有许多东西，人是无法想明白的，就像一只羊永远不能弄清它的命运一样，否则它首先会用绝食气人。

因为你无法漫长下去，你无力拒绝时间分配给你的那一小段，这就是人生最大的局限。你要是根本不想这件事那就好了，生老病死，人之常情，大家都一样，也没专门亏待你。可是你偏偏放着大家都想的事不好好想，专爱想别人不想的事，这就是你的毛病。

你轻视现实，就必遭现实的惩罚。

你钟情历史，却不见得能获得历史的青睐。

为什么？这不是太不公正了吗？

得，这又是你的傻处了。现实翻过去的那一页日历叫什么？历史。你——一个自以为聪明的书呆子，正自寻烦恼。

睁开眼睛看看吧，伊宁已经快到了。热气腾腾的现实生活正在展开，它像刚切开的西瓜那样鲜红水脆，也像刚出炉的烤包子那样暗香浮动。

饿了吧？

嗯，饿了。

历史不再需要吃饭，思想却会和肚子一起挨饿。

吃饭的时候，幻象消失了。一切都很真切，喉咙在食物的刺激下发出震耳欲聋的声响，胃像水母般欢乐地舞蹈起来。我听见我生命的全体部属、全部细胞都活跃、行动起来，这些亢奋的子民发出齐心协力的呼喊：食物万岁！

这时候，思想睡着了。

九

在雪岭宾馆的电梯旁，我碰到一个人。

那人有一张窄长的脸，还有一对发黄的略含悲伤无告的眼珠，除了头顶没有生角和下颌没有蓄胡子，那张面孔很容易使人联想起一只山羊的脸。

“嗨，是你吗？”我走过去拍了一下他的肩膀。

“难道是你吗？！”那张脸惊愕了三秒钟，突然松弛下来，笑了。

我们都忘了对方的名字。

但是我们都在一瞬间分辨出了对方那张久经岁月摧残而不折不挠的脸孔。

记忆真是奇怪而伟大，它总是能记住一些更本质的东西，不管那本质怎么变化，却抛弃掉那些看来重要而实际上不过是附加的东西。

我们坐下来，仿佛有一些话要说。但是我们都小心地避开对方的名字，装出这不是个问题的样子。可是我们的谈话似乎没法集中，两个人都有些心不在焉，好像一边走路一边老是左顾右盼寻找什么东西。

原来我们都在极力想对方的名字。

其实，二十年前我们在一间屋子里生活了整整一年多，一块儿吃饭，一起劳动，一起经历了从冬天到春天的全部季节，一同经受了当时政治风云毫不留情的打击和重压。有一个夜晚，我们一起听到“林彪出事了”这一令人目瞪口呆的小道消息，那是一个神秘而恐惧的夜晚，我们一起不知所措了一整夜……那正是在伊犁巩乃斯草原的时候，伊犁的岁月和这张脸有密切的联系。可是，他叫什么名字呢？

他说，听说你现在当了“斯人”了。

我说，是“夏伊尔”么？

山羊笑了，说你的维吾尔语很好。

我说，好个屁，我这个大学中文系的毕业生就记住了这一个词——诗人。

然后,我们没有更多的话好说了。

再然后,我们匆忙地互相留下地址和房间号,告别了。

这一点儿都不奇怪,我们谁也没从对方身上找到什么,我们虽然有一段共同的日子,却各自怀有不同的记忆。两个记忆像两部电影,环境一样,主人公不同,而且是两种语言的版本。

山羊上了电梯。

我上了汽车。

在汽车里我一直在使劲地想他的名字,他叫什么名字来着?那个非常熟悉的、一天到晚叫无数次的名字,那个名字是这张窄长的脸孔在社会组织中相应的符号。

我终于没想起来。

十

那天早晨起来,她突然问我:

“昨天晚上你梦见什么了?”

她眼睛里有一种狐疑,带着审查的味道。我有点紧张。我觉得仿佛她昨晚站在我的梦境边上看清了一切刚刚回来。她好像比我醒来得早,看到我醒来,就问了。

她是怎么过去的?一个人的梦境肯定应该比国境难逾越得多——虽然没架铁丝网。她是怎么过去的?她窥见了什么?

我有点紧张。我想,梦怎么能被人看见呢?怪了,梦难道可以拆看吗?而且我仿佛记得宪法里有一条,就是保障公民的做梦权不受侵犯的。可是……现在她一问我,反而让我感到无地自容。我觉得她问得义正词严,很有必要,我觉得她问我梦见了什么是她的权利。

梦是不可告人的，因为它和白天的现实是那样矛盾。它完全不受理性、品质、思想等东西的操纵。它是荒诞的，无逻辑的，甚至是下流的，因而它只配在夜间、在睡眠状态中出现。梦有一座神秘的舞台，它只让一些小偷似的鬼鬼祟祟的演员恍恍惚惚地演一些荒诞剧，没头没尾，只是一些片段，而且无法搞成连续剧。

在那个世界里，理智被唾弃，道德被扔进垃圾堆里去，界限消失，神圣的篱墙被拆除。

你弄不清为什么在厕所、澡堂这些严格划分性别界限的场所里，竟然男男女女进进出出习以为常。你窘迫极了，这时恰好进来一位平常熟识的女同事，她蹲在你旁边，扭过头来笑着问你借手纸。

还有，你光天化日下在熙熙攘攘的街市上走着，可是一低头，突然发现你忘了穿衣服，全身一丝不挂。你想找个墙角赶快藏起自己，才发现周围没有人对你大惊小怪。

……这就是梦。

但是我想了想，昨晚我睡得很平稳，没有一丝梦的残片。我已经很久不做梦了，我有时甚至怀疑自己是不是已经丧失了做梦的能力。我对她说，说得很肯定："我什么梦也没做呀。怎么啦？"

"那你为什么在梦里哭了？"她说，"哭得很伤心。"

"啊？"我惊愕极了。

我拿过镜子，看着自己。脸上没有泪痕，眼睛黑白分明，没有任何哭过的痕迹。我很坚强，鼻梁挺直，眉骨高耸，面部棱角凌厉，嘴唇薄滑善辩，哪儿像个爱哭的人呢？

对天发誓，我确实没有梦到过什么伤心事，而且，我似乎什么梦也没做过。

可是为什么会在梦里哭呢？

整整一天，我都在想这件事。

后来，我想起来了，昨天晚上是有过一个梦。一想起来，就觉得那梦境很清晰了，它非常简单。

我和一个写小说的朋友摔跤，他先摔倒了我，我一用劲又翻了过来，骑在他胸上。这时，我咳嗽了一下，有一口痰涌在嘴里（梦里我还想到了这是因为吸烟太多的缘故）。我不想吐在地上，我害怕把地搞脏。我四下张望着看有没有痰盂，我没找到痰盂。

这时，我看见了他的耳朵。

我觉得挺合适，就把痰吐进了他的耳朵里。

这是一件很滑稽的事对吗？

可是她说我在梦里哭了。

十一

在广阔的草原上驱车奔驰，那是一桩最没有压迫感的事情。特别是当草色还没有完全憔悴；特别是当起伏的低冈下、道路旁、屋舍外出人意料地长满了茂盛的树木；特别是车子绕过了一座矮矮的山冈，出现一大片坦荡美丽的河谷；特别是在这片河谷里躺着一条无声蜿蜒着的河流——伊犁河。

见到河流或想起河流，都是令人愉快的事。尤其是见到那种著名的河流，就像是见到一位著名的人物，你总是容易激动起来，急切地想看到些什么，证实些什么，进而获得些什么。

这条河就是这样，它著名，它的名望使人容易和一位出身农村家庭的未经多少打磨而以其质朴天才震撼整个舞蹈界的小姑娘联系起来。

它不是那种伟人一般的河，这说明。

但是这个小姑娘在她的条件下所展现出的丰富、完美、超出一般人的想象力的程度，却比那些河流更让人钦佩、喜爱。

它不算太长，因而它曲折回环的舞姿更紧凑，更能让人看到全过程。

它的水色不是那种清澈的像泉水一般的，也不是浑黄奔泻的，而是灰白色的。二十年来我每次看见它都是这种颜色，灰白色的。

这就使它像个不懂得化妆的美村姑，它依靠本色，依靠它和土地之间的相互养育，还依靠头顶的这块晴朗蔚蓝的天空的映照，保持着平稳而充沛的水量。从不见它干涸。

伊犁河不仅仅是单独细长的一条河，这是它了不起的地方。它成了一个系统，一个影响着周围事物的活物，它把周围的一切都纳入了它，成了它的一部分。

比如，天空是因为它才这么蓝的，要是没有它，天马上就变成灰色的。

比如，河谷和草原是因为它才这么茂盛兴旺的，不然，将立即成为沙漠。

比如，村舍、房屋、房屋前的长廊、窗饰的雕刻、庭院里的夹竹桃花、地毯和壁毯、铜壶和银具。

还有那些沿岸生活的人。你来的时候他们那种平稳的表情，你去的时候他们那种平稳的态度；孩子们的笑声，妇女们走路时的姿势，以及所有居民过日子的那种安详。这一切都因为有了它，都因为是它的组成部分。它给了他们韵调、情趣，以及平稳而充沛的生活态度。

他们是它的风景，因它而贯穿流畅。

这种河，就是那种喜欢在沿途画油画的河。它的灰白色的河身像是镀着一层月光似的游动在草丛里，草丛吸收了它的声响，使它看起来性格内向，像灰白的蛇一样无声、灵活。

蛇其实是很美的，特别是泛着灰白色月光的这条大蛇。滑动、轻盈，缓缓扭过草原，钻入河谷，掠过村庄，爬过城市，直入国境线的那边，渐渐远走隐去，谁也不惊动，不打扰……

这是一条善良的会舞蹈的美蛇，它丝毫也不阴险，只是阴柔。它把那个性格内向的农村小姑娘的舞蹈天才一直保留下来，留给所有到草原来的客人看。

你即便不喜欢伊宁市，即使不喜欢伊犁人的某些方面，你还是不能不喜欢伊犁河——说真的，你别想从它身上挑出缺点来。

十二

我也有一本自己的历史资料，那是一个巴掌大的小采访本，上面记载着1971年至1972年间的片段日记，蝇头小字，整齐而生硬。

小本的封面上，贴了一帧金鹿牌香烟盒上的商标。里面不时有些从上海牌、中华牌、飞马牌香烟盒上剪下来的商标，还有一些糖纸也剪下来，做了插图。

翻看了一下，几乎找不到自己的影子，看不见一点儿真实的农场生活。那时我二十六岁了，为什么连自己度过的真实生活的一点儿片段也记载不下来呢？我的小本本本来就像一个五平方米的地窝子那样空间狭窄，里面抄满了导师、领袖、“某副主席”的讲话。

夫以五千之卒，敌十万之军，策罢乏之兵，当新羁之马，如此而欲图存，非奋斗不可。

（《毛主席青少年时代论体育》）

当然，里面也有一点点零碎的个人感受记录，但极少，有些只有自己的记忆可以补充，像备注似的。

这是一节耳朵听到的：

“听一位维吾尔族果农在园中唱歌。大约是什么民歌，歌词大意是：爱情是什么？——两个青年的春天。”

还有一节眼睛看到的：

“黄昏时分，在去苹果加工厂的路上。衬着灿烂的夕阳余晖，从过人高的草中缓缓地‘游’过来一匹白马，那白马望见汽车，一声长鸣，追赶起来，满车为之欢呼。”

（备注：高草齐胸，风吹如浪。马行不见腿蹄，故用“游”。此字甚妙，可惜从高尔基某篇小说中袭来，特说明。）

另有一则记人的：

“哈勒克，这是一位林区工人的名字。黝黑的脸像鹰一样坚韧，腰间插一把匕首。无论什么时间卸车，他都会出现在楞场上。原木在他手里驯顺地转动，变得像小孩手里的积木。”

（备注：记得那是一个神情阴郁的人，浓眉，眼窝深，目含杀气，却从不多说一句话，对人恭顺避让，只埋头干活。他很容易让人想起南斯拉夫一部电影里的那个阴沉的杀手。别人问他的上司：“他会笑吗？”）

最后一段记了这样一件事：

“六班班长，原政教系学生吕继烈因病于8月5日去世。享年二十八岁。据说临死前，意志很顽强，表现了一个优秀共青团员的革命精神。”

（备注：吕继烈，面白、肩宽，瘦高身材，系烈士遗孤，故名继烈。因学政教，又年龄稍长，故较一般学生老练，常含笑，不多语。任班长，已负有学生最高职务，因为排长以上均由军人担任。此人根红苗壮，属于难得的可以信任的学生干部，虽已腹痛难熬，仍坚持带领一班人忘我劳动、拼命锻炼改造。后，腹疼甚剧，便每日取一土坯，在炉上烘热，揣于腹前自镇。又后，数次请求去师部医院疗救，未获准。有次得机赴医院看之，被军医反馈回连队曰“害怕劳动装病”，于是该连指导员郑万和便以阶级斗争新动向的社论体口气在晚点名时不点名地点出，尖嘴利齿，含沙射影。自此，吕心生腹诽，沉默不言，再不含笑，坚持劳动如常。忽一日，倒地打滚，不像装的，送师医院抢救不及，死了。死后，全场开追悼会，副师长华某亲临讲话，面目阴沉如临大敌，讲话中有一句至今记得，“不许借机闹事”云云。）

那就是二十六岁的我记录的生活，可以说，我那时已经非常老练，我的日记无懈可击，比社论还正确。随着以后“革命形势”的变化，我在“某副主席”的姓上作了标记，这就更正确了。

可悲的是，我等于什么也没记。

“梦！永远是梦！并且，心灵越是充满妄想，梦幻越是把它和现实远远地分开。”

我想起波德莱尔这句话，口中充满了苦涩的滋味。

十三

在伊犁草原上，毡房是相当分散的。

毡房不是村落，它总是孤独的，像是在躲避什么。它总是散落在一些很远的、不容易找到的地方。

但是你知道的，远道来的客人在当地人的陪同下，又总是能够找到它们。

在世界上，谁也藏不住，这你知道。

有一个节目要在这里上演，一个对城市人来说十分有趣的、难忘的节目要上演，谁也无法推辞，所有的毡房都知道，这件事它们都懂得。

会在某一天，某一个时辰，这说不定。草原孤独的角落响起喧哗声、谈笑声和汽车引擎的声音，声音混合成一股力量，向毡房走来。

一般来说，狗会先叫的，但是很快它就理解了主人的呵斥，知趣地走开，卧在一辆木轮车下。

一般来说，羊群开始交头接耳了，当然声音很低，不会让客人听见，羊们开始预感到某种不幸。

一般说来，毡房的门帘将被掀开，客人们互相谦让一下，便走进去，踏上花毡，盘腿而坐。客人们开始谈一些离毡房十分遥远的事，开始喝茶，互相让烟，然后很耐心地等待着什么。

毡房的主人全数到了外边，只有两个妇人进进出出。她们为客人烧奶茶，一碗接一碗。一般说来，她们不插话，态度谦恭但是不笑。她们并不非常热情，但没有失礼的地方。

大约要过很久，正式的节目才会开始——一只刚宰的煮熟的羊被用托盘送上来，客人将发出一阵欢呼，仿佛他们全没想到节目会是这样精彩。其实他们心里有数。于是，一场吞食肥嫩羊肉的表演开始了，只不过是，这是客人向主人表演。

主人们看大家吃得兴高采烈，似乎表情也有些开朗。这时，客人招呼主人一起来吃，主人有些羞涩，似乎不好意思。一般来说，他们只吃一点儿，而且是边角料。

最后，当节目演到尾声，客人纷纷起身，临别时会说许多比刚宰的羊肉还新鲜美好的语言。一般来说,是这样一些话——

“欢迎你们到北京的时候来我家做客啊!”

“亲爱的朋友,你们真是我的好兄弟!”

“各民族大团结真好啊!”

“到了乌鲁木齐不到我家,我可不高兴啊!”

但是,一般来说,谁都不会记住对方的名字。对于毡房来说,所有的客人都是一个人;对于客人来说,所有的毡房都是一回事儿。事情就是这样,除了节目还会演出,其他的,都会被双方遗忘。

所以,毡房总是散落在一些很远的、不容易找到的地方,但一般来说,又总是能够被找到。在世界上,谁也藏不住,这你知道。

十四

有人告诉我说,他现在当了一个州的州长了。那人说,他当初和你在一个农场锻炼,你记得他么?

我说,记得,当然记得。

许多人都被我忘了,为什么偏偏记得他?是因为和他很熟吗?不是,我和他几乎很少说过话,而且也很少在一起。

但是我对他印象太深了。

那是一个哈萨克族小伙子,英武,个子不高但很结实,像一个足球运动员。他有一头褐黄色的头发,脸上的线条有力而充满生气。那时,他得到一份令人羡慕的好差事,就是当了师里到农场的通信员。他每天的任务是骑一匹快马来往于农场和师部的土路上,不用劳动。

这使他非常像个骑士。

而且他骑的那匹马简直神气透了,像他一样无懈可击,那是一匹威风凛凛的马。他每次路过我们连队时,都下马,和大伙一起聊聊。他没有一点儿得意的样子,而且,没有怜悯我们的眼神。他每次都潇洒地从骑士马鞍上下来,一下来,就让我们感到他是自己人。

他不拒绝我们骑那匹马,只是说:"小心点儿,它很厉害!"

马身上流着汗,弯曲着强壮的脖颈,口吐白沫恶狠狠地咬着马嚼子,我们不再坚持骑它了。

有时候,我们对他说:"表演一个!"

他会让我们把一个旧麻袋扔在地下,然后他纵马奔驰过去,一俯身,伸手捡起麻袋。大家赞扬他,他也高兴,但很得体,末了他会说,哈萨克族人都会,都会这样。

那时农场的土路上,经常看见他的骑影。英俊、热情、生气勃勃的他骑在强壮的骏马背上,奔驰着,驾驭着自己的命运。我们谁也不妒忌他,每次看到他,都感到某种安慰,仿佛是一个希望骑在生活的背上……

有人对我说,你不去看看他吗?

我想了想,说,不去了。

并不是因为他现在地位高了我就有意躲避他,我觉得自己的心理没那么虚弱。那是为什么呢?我想了想,大概是因为担心。

我害怕那个非常优秀的哈萨克族小伙子消失了,害怕看到一头褐黄色的头发变成秃顶,结实的筋肉分明的脸变得臃肿,害怕看到一个威风凛凛的骑手钻进汽车里的样子……将近二十年的时间,会使许多东西发生变化。只要你没有目睹这变化的结果,那个年轻的哈萨克族骑手就依然活着,在你脑子里。

你会觉得,他还是骑着那匹马,奔驰在草原的土路上——视察工作而不是送信。

十五

现在，我很想为伊犁的酒徒们写一点颂歌，也许你们不会介意，不会认为这是一篇对普通人的号召书，更不会把这当作是酒徒们的纲领性文件。

的确，他们没有委托我把他们写下来，他们仅仅是请我去喝酒，把我当成朋友的朋友，一见如故。

他们都知道李白，因而他们对不会喝酒的诗人有些犯疑："不会喝酒还咋样写诗呢？"

他们互相望着，好像征询不同意见。

我对其中一位说，你那么能喝怎么不写诗呢？

"我们是黑肚子么。"他爽快而不无羞涩地低着头说，用手摸了摸自己的后脑勺。我看见那只手，肥厚、短粗，不仔细看几乎分不出五指。

伊犁的这一部分的著名酒徒陆续到齐了，真是济济一堂，民族荟萃，虎虎生风。酒徒的风采有如绿林好汉的聚义，个个魁梧粗壮，绝无一个文弱苍白的。他们仿佛身怀绝技，豪气纵横而又遵循着一些看不见的规矩；他们知道在哪些方面可以放肆，哪些方面绝不可造次；他们当中隐约有一种排座次的东西，但是外人看不清。

他们喝得很稳，话并不多，但场面也不冷落。用一只杯子传递着喝，一饮而尽。

酒过三巡，已经有好几个空瓶子摆在那儿了。他们喝着，很少动筷子吃菜，虽然菜肉瓜果很丰富，但他们仍然吸着烟，用眼睛盯着喝酒的人，心迹不露。这样一群老练的成熟的酒徒，多在三十到四十岁之间，像一伙能战惯斗的老兵，也像一些久经沉浮的政治家。

他们观察着，保持着某种状态的平衡，好像政治家等待时机，也像瞄准的人调匀呼吸的时候。

伊犁河水是怎样变幻成这种烈性、透明的瓶中物的呢？

这种清凉的液体为什么在通过人的喉咙和肠胃时变成了燃烧的烈火呢？

它为什么这么苦辣呛人而又使人渐渐上瘾，愿意为它冻卧雪地沿街踉跄呢？

在生活和命运中久经跌打的人们哪，你们为什么摒弃了软性饮料，而偏爱上了这一杯杯、一瓶瓶穿肠的毒药呢？

为什么成了酒徒？

——酒的崇拜者和忠实的门徒。

——酒的奴隶和仆人。

——酒的战败者和俘虏。

酒的不倦的情夫和被遗弃者。

在魁梧粗壮的这些人的心灵深处，在这些貌似强悍的人心灵深处的一角，一定有一处柔弱的、稚嫩的、干涸的地方，而这地方，需要用酒浇灌。

伊犁深沉的夜晚，酒徒们在传杯递盏，像一群圣徒在长桌边围绕着耶稣。

这时，庭院里的花香气弥漫，与酒气相渗透。

远处，隐隐可以听见，伊犁河水源源不断地流淌着。

酒徒们一点儿也不比别的徒差。

他们用自己的唇舌琢磨，用自己的肠胃研究，耐心、细致、坚持不懈。几乎每一次都是失败的，呕吐、昏睡不醒，然而他们不灰心。

他们是认真的，和开会没什么两样。

成为酒徒需要天赋、深厚的功力和修养，这并不是很容易的事。在许多方面，和造就一个诗人完全一样，尤其是达到峰巅状态时，诗人和酒徒更一样——都是头脑失去正常状态的人。

为什么要轻视酒徒呢？世人！

这是不公正的。

十六

1934年时，美国诗人考利给海明威写了一首小诗，我想抄下来，作为这篇散文的尾声。

诗很短，只有八行：

> 轻率的人大踏步走到
> 尼日尔河边上河马跟前，
> 或者急忙搜索草原，
> 扒狮子的皮，这倒安全。
>
> 但是坐在家里的人

搜索枯肠，严酷而昏昏然，
在那儿和思想上的豺狼鏖战，
却非常危险。

蠕动的屋脊

前方灶头，

有我的黄铜茶炊。

一日，我从梦中醒来，仿佛……咿儿呀儿哟地听见一个声音对我说：你应该到屋顶上去看看！我纳闷极了。我知道我不曾信仰过天主教或伊斯兰教，《新约》《旧约》和伊斯兰教经典也从未读过半页以上，何以竟能偶然听到这伟大的神谕呢？

神谕隐秘，空灵如同无物，如同疯癫痴语，但却语调平静、声传幽谷、无所不容。这神祇的声音已经对你说过了，就不再重复，你爱信不信，爱做不做，那是你的事。俯察万物的神已经向你谕示过了，他当然也正在空中注视着你。

我感到一阵战栗，一阵满足。无论如何，我总是听到了比命令伟大得多的声音，而且我正受到这声音的关注。虽然我暂时尚不能领悟这句重要的话中所蕴含的全部意义，但我决心去做。我平生最大的优点就是，不管我多么狂妄，多么随心所欲，却能对庄严的劝示俯首遵从，哪怕我一时没有完全听懂。因为我多少还记得歌德这样一句话："真理和神性一样，是永不肯让我们直接识知的。我们只能在反光、譬喻、象征里面观照它。"

我深为自己的这一重要的优点而庆幸，就像一个不可救药的人发现了自己竟具有某种无所不能抗御的奇异生命力一样。为此，我当然瞧不起那些在嘈杂的声音面前毕恭毕敬却公然藐视或根本听不到这庄严神谕的人。

先是飞喀什，然后取道叶城。离开叶城之后，我搭乘的北京牌越野车已经行驶在空旷的戈壁上了。远远地，土黄色城垣般的昆仑山余脉已经在右车窗外升起。

我开始为自己的决定兴奋，爬上“屋脊”，离开那间让人厌倦和烦闷的现实的屋子，也许无险可探，无迹可寻，但总比死守着斗室有趣些，或许，倒真能找到一点什么属于我的东西呢！

“前方灶头，有我的黄铜茶炊……”想到这句话时，我可能自言自语了。

“你说什么？”同伴问。

“我说什么，我什么也没说呀。”我没听见自己的声音，因为我一直在想这句诗。为什么忽然在这时候想起它？我也奇怪。

这句诗是“王昌龄的弟弟”王昌耀1983年9月8日题在我的小本子上的，那时，我满怀信心，以为他将给我题赠一句什么样光彩夺目的醒世格言，不料竟是这么平淡寻常的一句，“前方……有……黄铜茶炊”。如若不是上面已经讲到的我平生最大的优点的话，我几乎大失所望，但是幸亏我对庄严的劝示异常尊重，于是我记住了这句话。

当我在通向“屋顶”的路上猛然间想起它的时候，我才觉得它妙极了。“前方灶头，有我的黄铜茶炊。”又是一句神谕。

前方没有巅顶，不是终点，更非领奖台和极乐园，而是“灶头”；人生所能真实求得的东西，也不是封号或冠军，而是“黄铜茶炊”。这是好诗，难怪被我记住了。这固执的彻悟，平静的珍惜，把远的、大的看近看小，把朴素的、寻常的看出辉煌来，时隔几年我才掂出这平淡诗句里所含的分量。

如此看来，前方的庞大昆仑山脉正可以视为一个“灶头”，但是那儿果真“有我的黄铜茶炊”吗？

然后它慢慢地走动一会儿，
在天亮前重新蹲好一个位置。
山和山全都相似，
挪换了地方谁也看不出。
（旧作）

海拔高度原来就是一种境界，进入卓越宏大的山系，就是在接受对人生各个阶段的模拟演习和暗示。以前我一直想不通为什么会产生“登山家”这样可笑的职业，理解不了走路这样平常的活动有什么了不起的意义；登山家所攀登的山峰，往往并不见其险陡，仅仅是海拔高罢了。这和我对天下许多事物的肤浅认识是一样的。我不理解伟大的山，正如我们不易理解伟大的人和事物。它们离我们太远，我们往往惊喜于近处的一座突兀而起的山丘的险峻奇峭，欣赏它，赞叹它，辟为一座公园，闲暇时借以使自己站高些，不甚费力地使自己也稍微变得高尚起来一刻钟。这很容易，这仅仅是玩一下，所谓“游山玩水”，只是出于另一种需要，把山和水当作精神意义上的妓女罢了。

所以有了“桂林山水甲天下”之说，这句话里所流露出的戏狎的态度，有那么一些嫖客的口吻。

喀喇昆仑也有山有水，但不好玩，更不能戏狎。有个年轻的架线兵从电线杆上下来，看看只剩一米多高，就势跳下来省事，不料这一跳落地，竟再没能起来。在昆仑山，不可猛跑狂跳，不然，十步之内，轻可以使人头晕恶心，重可以使人丧命。“莽昆仑，横空出世”，来到这个躯体庞大的巨物身上，小情趣和小欢乐或许会少些，但有可能得到把生命置于大境界的考验之后的坚实认识。

我们这台车子从叶城到狮泉河走了五天，运送物资的车队却要走九天，这些天的路程是够难熬的。不过想到斯文·赫定是骑骆驼来的，当年阿里支队的官兵是骑马或步行来的，也就乐天知命并且惊异于人类忍受大自然暴虐的无尽潜力了。

入昆仑山口，第一道门槛就是四千八百米达坂，海拔四千八百米，人称“黑卡达坂”；然后住“麻扎兵站”（“麻扎”意为“坟”），是夜见月在山头仅只一丈余高，似位于山顶伸手可触；之后可以看到著名的令人难以置信的高原湖泊“班公湖”，群峦之上碧波浩渺，碧波之上竟有“水兵”翩翩；继而抵达名为“甜水海”而实际异常荒凉残破的兵站，此地既无甜水也无海，天空却呈异象，颜色仿佛是被毒液浸泡过的暗黄，嗅嗅若有怪味，望之即觉晕眩；再向前，翻越新疆和西藏的交界“界山达坂”，地名就由维吾尔语变成了藏语。像昆仑山这样大气磅礴的山，摆出来的似乎也是一个“八阵图”，江流石不转，里面藏着多少种意思，悟不透，但它总会不同凡响地折磨你。

第一个也许是最肤浅的阵势，就是险。四千八百米的黑卡达坂集惊险之大成，巨石悬顶，一侧凌空。巨石似可弹之滚落，路面上散乱着的石块像是刚刚滚下来，还很新鲜地保持着自然落体的姿态。路窄，几不容会车，常需远远望见盘山道上有车行来，提早在一较宽处等候。路盘旋无尽，像大寨梯田，如摩天大厦，而我们，如乘登山缆车，心总被一根细发从空中悬着，一步一担惊，一旋一受怕，就这么整整一天，才算稳住。

第二个阵势，就摆出一片彻骨的荒凉。麻扎兵站用人世间最后那点热烘烘的汤面打发了你，让你看见几棵绿树，最后一顿有新鲜蔬菜的晚餐，然后就爱莫能助了,由你进入比戈壁更坚硬、比沙漠更无望的荒凉。这地方叫三十里营房,开车的到这儿都变小心了,说是闹鬼,平白无故不知怎么弄得老翻车。原来这地方曾是聚居着上千柯尔克孜族人的大村落,还驻有国民党一个连。有一次起了民怨……从此,这里房屋街道犹在而炊烟灭,人声绝,生活突然中断。

这一段二十世纪发生的残酷故事,使昆仑山的荒凉更荒凉。人类即使在这样险僻艰难的环境,仍忘不了互相仇杀、报复,看来冷酷无情杀心不泯的并非昆仑山而是人类自己了。万户萧疏鬼唱歌,怨魂拦道闹翻车,所以驾驶员到此,停车,拿锹,铲土掩埋暴露于路边的白骨,意为求鬼放行。

第三个阵势,是"惑"。那就是班公湖,一望无际如海,在海拔四五千米之上像只蔚蓝色的眼睛望着你,鸥鸟翔集,阴云低垂,细浪轻柔。在这干燥的高原上,奇迹般呈现出这一湖深情,诱惑你,迷醉你,湖心岛上有数不尽的野鸟蛋俯拾皆是,湖中的鱼傻得用大头针可钓。碧波如斯,何不一跳?但是高原上有句兵谚,足为后来者戒。兵谚说:"班公湖里洗个澡,界山达坂撒泡尿。"这貌似鼓励的话,其实后面有一句潜台词:你有本事试试!界山达坂撒泡尿,就上不了车了;班公湖里洗个澡,就爬不上岸了。这说法实在太玄了,但面对七月飞雪的昆仑山,我们谁也不愿到班公湖的满腔雪水中去一试肝胆。

甜水海是真正的迷魂阵,这第四招是:晕。看样子这儿不算高,可是气候险恶,天色暗黄,一般车子都不愿留宿。我们赶到时,正该吃午饭了,一下车,马上就感到甜水海所传不谬。这没有半点夸张,但是更玄,几分钟后,指甲盖发青嘴唇发紫,头晕如醉酒,脚软如踏云,解大便,蹲下就好难站起来。

一问兵站指导员,回答说:梯队要平均五分钟躺倒一个。越听越觉得难受了,大伙包括司机,一致宁愿再赶几百公里翻越界山达坂去住多玛,无论如何不在这地方过夜，在这儿睡上一夜，谁也不敢保证自己明早能活着醒过来。何况两百多公里的路，在新疆说起来叫作"近得很"。

海拔六千米的界山达坂，是个大阵地。上山一百公里，下山一百公里，那么高了，却一点儿不见险陡。人倒不觉得怎么缺氧，汽车反而承受不住了，十分钟一停。因为缺氧，汽油燃烧不充分；因为海拔高，水箱里的水八十摄氏度就开锅；我们的北京牌在爬向达坂的慢坡上三步一喘，五步一歇，像一头可怜的病牛。还是赫赫有名的界山达坂厉害，它干脆让机械这样强硬的钢筋铁骨害了高原病。

爬上达坂界顶的时候，才看见一个大境界。

界山达坂，简直就是一个浑圆坦阔的大馒头突兀于众峰之上，四面的天空都似垂挂在它之下，唯有头顶一片天，被它撑起来几丈之遥；周围一派寂静，只有一座座的山峦积着雪，一语不发地望着你，望过来一阵阵的寒气。天风擦着灰玻璃一样的天空，从山脊的积雪间轻盈无声地掠过来，袭人魂魄……让人觉得自己太单薄，像张纸，一吹就透。尽管如此，壮壮胆，还是在界山达坂顶上撒了一泡尿留念。尿既出，并无异样感觉，只是觉得自己形象很滑稽，像在西天如来佛手指缝间撒尿的孙猴儿，用自己幽默可爱的渺小为人家的崇高浩大作陪衬。

有趣的是，在这样的大境界上发现了小生趣。一只灰百灵子，总在我们停车的路边飞来旋绕，叫声也焦急，这就无意中出卖了它自己的秘密，它不懂得"此地无银三百两"这种经验。我们跑过去一看，石板缝底下，果然正有一窝羽毛未丰的雀雏。轻轻掀开，就全暴露在我们手掌之下了，捧起来，那灰百灵叫得更急切。

有人提议说，放在路面上，用汽车轧着玩。

想想，不忍。小生灵在这大境界里生存繁殖得不易，它们的娘又叫得比李清照的词还凄婉，何况我们在昆仑山的手掌心里并不比它们在我们的手掌心里强多少，都是脆弱的东西，应该互相怜悯。一说，大伙全同意，轻轻放回窝里，把石板重新盖好。再见，好好活下去！车子开动了，一眼瞥见那只灰百灵，还站在石头上，正含泪目送我们远去。

远去，远去，远去岂止两百公里？

这一天的路，在感觉上像是走了整整一个世纪。一直，走进了黑夜。在昆仑山腹地的漫长的、忍饥挨饿的黑夜之海洋，体验到了人世间极难感受到的滋味，历史的夜长廊，世界的大黑暗，空旷的凄凉和永恒的悲哀全都涌上来，所有在夜暗中凝固的峰峦全都被一轮低垂的月亮唤醒，它们慢慢走动起来，缓缓移动着，成了一群蹲伏在凝固时空里活转来的巨兽，目送你，尾随你，有时竟出人意料地赶到前头等着你，看你还能不能认出它来……

昆仑山的鬼月亮，又大、又圆、又低。这月亮本是同一个，看起来却像是昆仑山自家独有的一轮，苍白的第一，凄清的冠军。一看就知道它准是那“秦时明月”，夜深还过女墙来。想告诉我们什么，却又不语；不告诉我们什么，却又满面清光如泣如诉。

这纯粹又是一个夜半钟声到客船，月光的钟声，明亮的无言，是跨越了一切界限的永恒诗句，超脱了一切现实藩篱的伟大音响，是叮咛，是怀念，是生者对死者的拥抱，是死者对生者的接见……只有在这样的月光下，在这庞大而又宁静、蠕动而又肃穆的世界里，才能产生奇幻，产生比真实更可信赖的奇幻。山峰在角逐，山峦在移行，我们在巨大坚实的土地上，在周围一片黑暗无所依托的天空中。黑色的历史的时间已经被我看到，苍白无力的月光的文字却永远无法读懂。我们是谁？是蝴蝶化成的庄周还是庄周化成的蝴蝶？是无尽的群山驮着我们移动还是我们其实和这些山一起在月下蹲伏了三百万年？我们从哪里来?(问得好!)我祖宗是伟大残忍的马上取天下的帝王,也是善良愚钝土里刨食的农民。我们到哪里去？不知道也不相信。(今夜地球变得真像地球……)

只有月亮。只有山。

而山,绝对走动过了,不然它们老那么蹲着会很累。在夜间,它们移动,在天亮前重新蹲好一个位置。

山和山全都相似,
挪换了地方谁也看不出。

在深夜四点钟,我终于看出了山的这个秘密。但是我没说,因为当时我们的车子正摇摇晃晃,睡意蒙眬地驶在“死人沟”。

挂铃铛的小小藏马,
在我的视野里一跳一跳地
远了。
(旧作)

有一个简单的道理,长期生活在城市繁华里巷的人不易知道。那就是,当人被置于阔大的背景之上时,就很容易原形毕露。孤独的人,被放置在海洋、天空、茫茫的荒野或群山之间,他的社会联系被隔断,文化的鳞片一点一点剥落,这时候,不管他是绝顶地聪明还是高度地愚蠢,他都会有一种不可言传的情绪升起来，笼罩住他，使他凄凉、悲哀，感到自己是那样地软弱、空虚、无力，仿佛一下子失落了整个早已习惯了的文明意识……

我们所营造的经数千年或数万年积累而形成的文明，那些让我们赖以生存同时又妨碍我们更好地生活的东西，不见了。我们非常不习惯被还原成自己的原形，也不能接受失去现有的秩序而重温远古的生活方式。天似穹庐，笼盖四野。这原本是大自然赋予万物的一间共同的大房子，最华贵的屋舍。有无比辉煌的太阳的大吊灯，月亮的夜明珠灯盏，周围有星星的装饰图案，清风不须钱买，雷电雨雪变幻无穷，比舞台上的假造的布景壮观百倍。而大地上，设备也已经相当豪华，原本有草原的大地毯，山峦的沙发和靠背椅，河流的道路直达沧海，森林的被褥和床榻，万物的乐园和战场……

这个啊这个世界，是同一个世界，
有着退潮和亢进，有着悔恨和暴风云；
黄道带的发明者，天穹的冒失星；
在黄道的边缘，到宇宙的远境；
这同一个世界，这世界是
一只喇叭、一只喇叭和一团遥远无用的云！

我喜爱那位希腊诗人花了十一年时间写成的被译为《俊杰》的诗。不错，原本是“同一个世界”，是今人的也是古人的，是人类的也是鸟兽虫鱼、花草树木的，甚至苍蝇老鼠也有份儿。可惜这共同的世界被时间分隔开，被距离分隔开，被狭隘自私的占有欲和粗暴愚蠢的统治欲分隔开，彼此竟无法理解。我为什么来到这“屋顶”，这号称“世界屋脊的屋脊”的地方？在这里，我呼吸着只有北京的一半的氧气，倾听着宇宙间唯一的回声……

我用了整整一个星期的时间才来到这坐落在昆仑腹地的地方，这沦陷在荒凉屋脊上的狮泉河。把这地方叫作城市更合适呢，还是叫作镇子更贴切呢？这阿里地区的首府，虽然设有门卫警戒的军分区和党政机关，有办公楼房和街道，但它仍然给人以阿拉斯加淘金人小镇的印象：有一种临时的热闹。它是那么不和谐地出现在这里，被周围的荒凉衬托得很凄惨，格外容易引人伤感；它的那一点小小的生气，几千人的活力，像放置在无边雪野里的一块红木炭，热劲儿一下就被周围吞吸淹灭了。它几乎没有多少居民，全是些公职人员和军人，这就不像个地方，就显得既没有深厚的根基也没有可信的明天。很可能，因为什么它很快出现在这里，说不定又因为什么它一下就不见了。所以，我总觉得这些水泥砖房不如那些被散乱牛羊围绕着的帐篷和糊着牛粪饼的泥巴土房更让人心里踏实，长久可靠。关键在于不和谐，商店里堆积的大量物资与这里的购买力不和谐，当地首脑人物的首长气派与近在眼前的荒山野岭不和谐，艰险困苦的环境与人们松散怠惰的工作态度不和谐，原始的自然形态和人们内心的某种心理也不和谐。

老实说，我不喜欢狮泉河。它像个从别处撕下来粘贴到这儿的地方，显得别扭。它没有一点儿自己的文化，没有那种从土地里生长出来的悠久的风味。我喜欢看的是那些上城来的藏民，他们黧黑的脸孔和这高原的气色一致，身上散发着一种温暖的土腥味，好像他们是从这众多山峰的哪个山缝里诞生出来的。他们眼神呆滞，和我们无法用目光去彼此领会更多的东西。我们和他们的内心不一样。所以我看他们有时像看一块站立着的岩石，他们看我也大概像看一道水泥墙壁。

人和人的隔膜，有时比人和山之间的隔膜还要厚。你若有灵性，你或许有时可以听懂天籁，理解一个湖泊或山峰，在精神上与一朵云挽手共舞于瓷蓝的天空舞厅，把握住一只鸟的性格或一条河流的神韵……但是，有很多时候，你看不懂一个人的那张脸，无论他是呆滞的还是灵活多变的，你透视不到他的内心，透视不到他人生的旅途留下的那些感情灰烬……

在一处墙角，有一个藏族老头儿正默然无语地坐在那儿摆地摊，他穿得简直稀奇古怪，打扮得纵横交错令人费解，你弄不清他把几多个年代和地区一股脑儿地弄到自己身上了。他头上梳着清朝的辫子，穿着袒臂的藏袍，叼着一只水烟铜壶，套一条蓝干部裤，足蹬军用解放鞋。这个五花八门的老头儿，地摊上摆着的与其说是一些货物，还不如说是民情风俗展览的好，有火镰、藏刀、兽皮、草药……更让人吃惊的是，你看他那副漠然麻木的表情，以为他不懂你的话呢，不料他一张口，竟是四川话！你怎么能想通，这个神秘古怪的老头儿究竟是为了卖他那几件无人问津的东西呢，还是被一种固执的职业天性鬼使神差地弄到这地方来了呢。

这就是藏族人了，他们在高寒的世界屋脊上，却被晒得皮肤黝黑，像赤道上的黑人，而并没有被冻得晶莹惨白；他们住着低矮单薄的帐篷，那帐篷之单薄完全像一个支起来的床单，根本不能和哈萨克族人厚实的毡帐相比，似乎高原的风吹一口凉气，也能把它掀飞到国境线那边。但是他们好像被一个什么看不见的根系着似的，在终年积雪的屋脊上，用晒干的牛粪饼烧奶茶，吃糌粑，并且建造了布达拉宫。对于那次和亲，我们的了解也显得过于少了一些，除了文成公主和松赞干布那场婚礼之外，我们对此还知道些什么呢？历史和它们的统治者一样不负责任，它不惜墨宝极力渲染了那次和亲盛事，讲述了盛大、排场的婚礼，剩下的就讳莫如深了。后来，文成公主想家的事，吃腥膻羊肉捂鼻子而挨揍的事，统统被历史——这个虚伪而又冷酷的记录者当作罪证给销毁了,连一点儿影子也没留下来。

第二天中午,光线很好。我没有再去逛街道,而去沿着一条两旁栽种了灌木丛的土路散步,随便走走,歇歇,或者坐在一块石头上吸支烟。

不远处就是褐红色的山峦,一层套一层,像蓝天下的一幅背景极深的群山油画,刺目地一下推到人眼前。阳光慷慨大度地照射下来,使山野间时起时落的灰色野鸽子背上镀了一层银子般的光泽;它们旋飞在看来十分贫瘠的高原山峦旷野上,就显得珍贵而又异常美丽,像一些被抛起在空中的不知忧愁的发亮银器。

这时我看见,有一匹矮小而精神抖擞的藏马,正拴在一座土屋外的木桩上。那马,打扮就显然与塔什库尔干高原的塔吉克族人的马不一样,藏马脖颈上挂着铃铛,额上系了红绸,尾巴有的扎成结,模样很像汉族人走江湖要把戏的马,而尾巴的扎法,很像唐三彩的马尾。从这些外形上,可以看出藏文化和汉文化的接近,马不仅是游牧民族的文化标志,它和人类相处了这么久,其实本身就已经成为一种文化了。塔吉克族人的马和藏马不同,它不挂铃铛,因为它不是用来要把戏招摇的,而是用来作战,马鞍下垫着一块色彩富丽的长毯直铺到马屁股上,极具古骑兵风采。那些高原马,也细长高贵,短毛油亮筋肉凹凸可见,头形非常精巧优雅,像安娜·卡列尼娜一样美丽而脾气骄躁。这种马天生就是为了奔跑杀伐的,只为一位英勇的骑士显示傲慢的英姿,它根本不是用来拉车的。我有些惋惜的是,这种马在我们中国的土地上已经越来越少,几近绝种了,到处都是一匹匹垂头丧气、在长鞭下任劳任怨的拉车者。

一会儿,土屋里送出一条汉子,他头戴藏青色不伦不类之礼帽,鼻梁上架一副价值昂贵却土里土气的水晶石墨镜,穿着袍子,里面好像是故意露出很白的衬衣领子。他和屋主人告了别,跨到马背上,大身躯骑在小藏马上,显得滑稽可笑，好比一匹肥大汉骑辆女式小凤凰车。但他毫不介意，依旧摆出一副雄赳赳的样子，大声吆喝着，兴高采烈地打马跑起来。四只可怜的小马蹄像四个敲木鱼的和尚的手，在土路上敲得清脆悦耳，但根本不像我在伊犁草原和塔什库尔干高原上见到的那种震撼大地的强有力的马蹄。

土路不长，很快就穿绕进山峦里，那马，却一蹦一跳地，老也钻不进去，速度不行。它颈上的铃铛哗哗地响，很好玩，在我视野里晃动、晃动，突然一拐弯，像是连人带马钻入石头缝里去了似的，不见了。

山峦浓重刺目的色块，一层层重叠、堆积，向人眼前又推进了一步，沉浊威重地矗立着。

从它渐渐合拢的山缝里，隐隐地，还能听见一丝若有若无的铃铛清脆的声音……

在那些厕所的土墙上，

画满了业余艺术家们的作品。

（日记）

往往是，越原始的东西越让人触目惊心。尸体让人触目惊心，汽车肇事后遗留在地上的一摊鲜血让人触目惊心，因为它一下就把“死亡”这个最古老的原始课题摆在人眼前，不管你在人世间正活得多烦恼或多欢乐，你都不能不心头一颤，受到它的提醒。我想诞生也是触目惊心的，因为它也原始，越是原始的东西在人们眼里就越丑陋，因为它与人们对自己已经被提高了的理解相违背。

有一次，我和一位作家聊天，我说我写作时最讨厌有人凑在边上看，即使最亲近的人看，也觉得别扭（写工作报告时不在乎）。他说，我也有这个习惯，而且很多人都这样。

"为什么？"

"因为……"他想了想，说道，"写作恐怕和屙屎一样，有人盯着看，还能屙出来吗？"

之后很长一段时间，我都在想这个屙屎和写作之间有什么内在联系的命题，因为这个现象是那么真实而有力，原始而深刻，凭着直感就能知道它对一个从事写作的人所含意义的重要。后来，我就觉得想通了。不管先贤们对文学艺术本源的解释有多么神圣或奇妙，我都不能不认为，文学艺术是一种人类精神上的排泄方式，是精神上的屙屎。还有一位作家朋友也曾挤出满脸痛苦的皱纹对我说："屙屎时，我体验到一种极大的快感！"

写作也有这种快感。写作之所以能够使人坐卧不宁、欲罢不能，就因为它本质上是精神的排泄，感受的倾吐，比之为屙屎是再恰当不过的了。屙屎是那样地为人回避且视为不洁，越是高贵的人越把自己装扮成无法想象他也像普通人那样屙屎的样子，只有最朴实的人，农民，不嫌弃屎，也不轻视这些贯穿了人体的黄金之物。

最原始的，也就是永恒的。

人类无论还能发明多少伟大奇妙的东西，我相信，都解决不了让人进化到可以不用再屙屎的境界，因而，文学是永恒的，诗是永恒的。古典时期的艺术家们，为了提高人的文明，故而回避、美化原始的东西，他们创造的艺术至境为典雅；现代艺术家们为了冲破发达的物质繁华世界更准确地把握人类情绪的本质，使人的精神返璞归真，他们的作品中传达的常常是原始的骚动和不安……

这是我在狮泉河想到的和昆仑山离题万里的问题，因为每逢上厕所，都要目睹军营厕所的土墙上扑眼而来的、原始冲动的、线条稚拙却极有表现力的匿名画家的壁画奇观。这类画可以雅称为“匿名画派”，常出现于公共厕所、破旧旅馆、火车解手间，既不登大雅之堂，又缺乏基本训练，还不好作为反标立案。

以后我认识了几个战士，他们都年轻，脸色紫红嘴唇皴裂，除了高原强光的紫外线印记，我还看到一脸青春的焦渴和折磨。开始他们有些拘谨，后来混熟了，有的说了笑话，有的说了心里话。战士，都是些又世故又老实的年轻人，他们平时憨厚听话，私下里装了满肚子的带有浓厚乡村风味的笑话。“昆仑山上连耗子都是公的”就属他们的语言。毫无疑问是他们之中的一些人偷偷在厕所画了那些匿名画，可是你要问他有没有女朋友，他反而不知所措面红耳赤。军区歌舞团来做过几次慰问演出，骤然间来了这么多漂亮姑娘，反而把这些战士震呆了，看傻了，拘谨得连泡好的茶水也不敢大大方方递到姑娘们手里，几乎到了马上就要夺门而逃的地步。演员们随便惯了，嬉笑如常，他们倒羞涩得比农村大姑娘还别扭，头也不敢抬，使劲搓手，像在受审……

这真是叶公何其好龙也！

叶公也是在家里画满了壁画，龙来了，他连招呼也不敢打就吓晕了。

据说上过昆仑山的演员们也感受颇深，她们总结时说：“昆仑山的战士最纯朴，最可爱，是新一代最可爱的人！”纯朴也好，可爱也好，愿意嫁给昆仑山战士的演员却没有一个。何况她们没进过男厕所，没参观过土墙上的壁画，要是见了，连这些好听话也不能说出口了。当然，壁画归壁画，压抑归压抑，演员们还是完好无损地下了山。

昆仑山上的军人们，被最可怕的荒凉和寂寞包围着、压榨着，被自然的和自身的两种险恶的处境所折磨、所攻击，他们长年累月的坚守是可以想见的艰难困苦了……军人的天职，据一位外军将领总结出的，是两个字：服从。我恨这两个字，我认为这两个字极大地污辱并践踏了军人的人性、名誉和战斗精神！军人应该是最不善于服从的，有顽强个性的，最有创造精神和进攻意识的，无压抑的阳痿状态，而是充盈着生命力和阳刚之气的，好男人。

至于那些壁画，也没有什么了不起的，留着，也是昆仑山一景，虽然画的全是炮兵。

遥远的伤口被岁月掩住，
等待为智者的目光重新撕开。
（旧作）

古格王国。

这里，才是屋顶上的神话——一个留在高原上的谜！

传说这个西藏历史上赫赫有名的王国，大约一千年前，奇迹般出现，却又在三百年前，突然消失了。

世界上总有这一类古怪的事，你不用想就能理解，可是你越是细琢磨就越想不通。这座位于札达县二十公里处的古格王朝遗址几乎没人不知道，上昆仑山之前，叶城、疏勒的人们就传说着它，一脸的神秘样子，好像它比冈底斯山、喜马拉雅和喀喇昆仑这三大山脉还奇异似的。可也正是他们，把无数造型优美、形态栩栩如生的小铜佛装了几卡车运下山，堆在仓库里，最后化了铜水。

有什么办法！没有人不知道它的重要，也没有人知道它究竟重要在哪儿。一切古迹，都能唤起人们的好奇心、想象力和历史感，但仅仅是短暂的，很快，人们就发现自己的想象力无法穿透时间蒙在上面的厚壳，不但灰心，而且产生出盲目的破坏欲，很多古迹都是这么毁了的。人们对自己无法用认识占有的事物，总是生出相反方向的力。

车到札达，夜已很深。

我们被雪亮的灯光引进一座土墙围着的院落，是县武装部。在这个墙院里，有两个物件使我感兴趣，一个是树，另一个是小泥佛。

树是一般的白杨树，高大、挺直。茅盾先生为这种西北树写过礼赞。但是自从上了昆仑山以来，我就再没见到过一棵能被当之无愧地称为“树”的植物，偶尔见到的只是些灌木。这天晚上我们见到这排碗口粗细的白杨时，就难免产生出激动，仿佛在异域突然没想到地遇上了老熟人，亲切得很。

夜风温柔地摇动着树梢，发出一阵阵叹息似的声响，好像这些树也认识我们。我的手抚摸了一阵圆溜溜的、有时卵石般光滑有时粗糙如皱的树身，觉到从未有过的惬意。树是人的亲人。陪伴你生活的树更是你的亲人。树是大地伸向你的亲切温存的手掌，它总是叉开五指向你摆动……这时，我突然好像在一霎间理解了树，定神一想时，又不见了。我才知道，真正的灵感是无法捕捉住的，它只向你显现一瞬，然后就潜入混沌。羚羊挂角无迹可寻。我们所能捕捉住的所谓灵感，不过只是羚羊的角而不是羚羊。

小泥佛就随意被人和布鞋晾晒在一起，摆在窗台上，巴掌大小，非常精致讨人喜欢。凸出的莲花座上有一俊美的佛，盘腿而坐，左手在胸前护住一乳，右手优雅地举起一柄长剑。背面，几百年前那制作人的掌纹历历在目，清晰地留在泥面上，似可嗅到那纹脉间渗出的汗味儿和生命的气息……泥佛犹在而那只手掌早已化作尘土，飘飞在空气中了。

札达县与其说是一个县城，不如说是一处村落，且还算不上大村子。如若没有军人，这里人就更少。周围一副衰败、寥落的景象，古迹垃圾一样堆放在不远处。有两座寺，一座尚完好，里面堆着些粮食，四川来的包工队住在里面，寺里的建筑虽已陈旧，气势和规模却在，可以想见鼎盛时期经幡飘飞、黄袍匆匆的样子。墙上留有残缺的壁画，大门红漆剥落，隐隐可见“文革”时标语的一些断句。两种崇信和造神互不相容，最后却成了相互注释。

活着的人好好地活着吧，

别指望大地会留下记忆！

在一切遗迹面前，我以为，都很难再生发出比老诗人艾青这两句更悲凉、更清醒的感触了。古往今来几乎所有大彻大悟的英雄和智者，都在这历史的提醒、时间的警告面前悲从中来，辛稼轩清楚“休去倚危栏”，陈子昂也忍不住“独怆然而涕下”，就连一世豪雄的曹孟德也感到在这苍茫浩大的空间里“绕树三匝，何枝可依”……噫！狮子的悲哀，麻雀的欢乐，谁能说得清哪个更深刻呢？

次日，我们乘车去看离札达县二十公里的古格王国遗址。一路想象着那遗址的模样，一待到了山下，还是大吃一惊。谁能想象在这荒山野岭之上，竟有如此一座依山而筑，规模宏大、与山浑然如一体，虽已没有人影但仍然藏兵十万雄视千古的伟岸宫殿呢？

几乎分不清这是想象的幻化，还是一座真实的存在；是山自己长成这样让人来居住，还是人按照山的形态修凿了它。

天衣无缝，鬼斧神工。

十万洞穴，烟熏火燎犹有人间烟火味；一座宫殿，散盾弃镞尚带帝王威严气。远处烽台报警，峰顶议事厅开会。石磴明达山顶，暗道幽通卧榻。高二百米，殿四十间。真是“黄鹤不知何处去，此地空余黄鹤楼”。

遥想千年，争权失势的王，带领亲信臣民来这崇山峻岭之前，一勒马，立在这里，背倚无尽无穷的滚滚齐天的山浪峰涛，胸前一脉河湾似的小平川，一眼看中这座二百米高的山峦，指山为室，凿洞铺石，直把整座宫殿盖在了山峦的头顶上，修进了绝壁的眼眶间！

这才真是不可思议的如山的魄力！

败了的王败在人手里，为了生存，却又跑来收拾这无所谓胜败的山。不料，反而造成了比夺得王权更重大得多的业绩。古格王宫绝不比古罗马斗技场更宏伟，也比不了布达拉宫壮丽，但是在这种地方，见到这样的遗迹，就让人，在无生命的坍塌宫殿脚下，升起对人类顽强生命力的崇敬和惊叹！虽然只不过是人类渺小的蜂房，却同时也毫无愧色地堪称荒山上的伟大建筑；虽然一个十数万人的王国已经烟消云散，但依然留有一座废墟证明它们的存在。

洞穴里，人的骨殖与兽骨几乎难以分辨，让人弄不清是人吃了兽而死还是兽吃了人而亡。但是人用泥土雕塑了自己丰满神圣的神态在佛殿里，并且用五种颜色在墙壁上描绘了自己的生活，兽却没有文化。

壁画，可怜最后只有由你来证实生活了。画你的人呢？你画面上的那些人呢？他们创造了你，结果反而要靠你才能证实他们曾经存在过，我真不知道这究竟是生活的悲哀还是艺术的悲哀，抑或就是两者之间永远不可弥补的不幸？壁画上的人物是那样一种容貌和风采，典雅，秀丽，胸部丰满，肢体圆润如藕。无论是砍伐树木的还是驱赶牛羊的，挥戈征战的还是收割青稞的，甚至躺在丛林间被野兽撕吃的尸体，置于高岩上任兀鹰啄食的天葬者，从两腿间被一长矛刺穿直至头顶的受惩“淫者”，一律佛相庄严，面含从容宁静之态，毫无痛苦的表情。

我不相信这些曾经在地球上生存过的人们有如此美好，如此宁静，这宗教的伊甸园，世界屋脊的外星人营地……怎么可能是真的呢？我只相信大约在一千年前至三百年前，这里曾有过披头散发的肮脏的人群，他们的智慧和体力被制约在可笑的王权之下，他们自己甘愿钻进沿山而凿的洞穴之中，却为他们的王修筑了高踞山顶的雄伟宫殿。活着的时候，他们撕啃野兽的生肉，死了，又把自己的肉体还给飞禽和野兽撕吃。

他们仿佛没有头脑，没有思想，在我们今天的人看来，真是十分愚昧可怜的一种生存！

但他们其实比我们想象的要聪明得多。

聪明，健壮，充盈着思想和灵性的是我们不朽的祖先。简陋的穴居生活并不能阻碍他们思考领悟天体自然、星辰鸟兽的智慧，肮脏野蛮的外表也掩盖不了他们质朴的天性和美好的才能。我甚至相信，他们在对一些事物的本质的认识方面，比我们这些生活在二十世纪的所谓“现代人”也许高明好几倍！这些技法绝妙、形态典雅的壁画是他们留下来的，至今使我们叹为观止，难道这种创造力是那些只会梳画家发型装画家做派的人所能比拟的吗？而且，在这样绚丽的朴素、典雅的生动、概括的真实、宏大的细腻面前，我们岂能不为街前矗立的那些拙劣的电影广告画之类的宣传画羞愧呢？

人总是，在取得某种进步(甚至是划时代的进步)的同时，就不知不觉地以另一方面的可怕退化作为了代价。或许吧，每一个时代都会出现那么几个自以为空前绝后的人物，不是嘲笑先祖，就是教训后人，凛然把自己膨胀得顶天立地连自己也不认识自己了，以为历史必然是要用他的大腿骨来书写了。结果呢，总是又演一场安徒生童话《皇帝的新衣》。这，大概是自以为聪明的现代人荒唐的悲剧。被自己极力要抹杀的东西所抹杀，也是一种愚蠢的蒙昧状态。

古格王朝在三百年前突然消失了，留下了一座被剥蚀了三百年的山顶宫殿和一位名叫旺堆的老向导。旺堆像一只年逾七十的山羊，在陡峭的山道上蹦来蹦去就如同在自己的手掌上那么自若。他有时候也故意装出一点艰难的样子，我看出来显然是装的，目的是让我们得到一点宽慰不感到比他差得太远。

离这里不远的主山上，是战争留下的痕迹。《光明日报》1985年11月8日载有一篇《西藏古格王国遗址考察记》，对此有这样的介绍文字："遗址内有暗道、碉堡、城墙等军事设施。其暗道四通八达，路线复杂。在已发现的武器库中，除有大量的箭杆、盾牌外，还有一暗道，可通山下，通过它能很快抵达前方阵地。整个古格遗址，到处是散乱的盔甲、马甲，还有盾牌、箭杆、箭头等武器。盔甲系用牛皮绳编串小铁片组成，铁片光亮，似曾镀银，其形式有近五十种；盾牌系用藤条制成，装以铜饰，十分坚固，上面还绘有红、黑两彩的图案；箭杆多以竹制，亦有木制，有的已装上定向的羽毛……"据这篇文章说，古格王国是在三百多年前被清朝藩属拉达克灭亡的。

三百年前事，就已经成了"难解的谜"，那我们对这个世界还究竟能知道些什么更多的东西？那我们现在知道的那些陈年往事究竟还能有几分真实性呢？

比如古格王国的人，曾经在这座山上活过了，有遗址为证；但是他们当时的笑声、哭声呢？他们传了二十八代王朝的兴衰故事，那些比康定情歌还康定情歌的爱情，他们的哀愁、企盼、愤怒、狂欢，他们迎接过的日出和凝望过的月轮……就从此一笔勾销了吗？就像毫无意义地刮过一阵风、卷起过一阵尘土似的，没了吗？

这真是对于现世人生的一个可怕而又残酷的提醒、警示！

巨大的恐龙可以绝迹，三趾马的头骨已经成为精美绝伦的化石，浩瀚的海洋可以沦落成为戈壁，躲到了世界屋脊的古格王朝也免不了突然消失……那么，剩下的，类似我们这些人，还有什么想不开呢？

肯定，有一个比构成现实社会生活的全部内容更有力的东西，凌驾在空中，它驾驶着我们却常常被遗忘。我们现在掌握的所谓“知识”，不过如城市生活的人们掌握交通规则一样，只有应付现实生活的需要，用来伴随短暂的人生而已。大智若愚，因为大智慧已经摆脱了现实的制约，把它的触角伸向了那个更神秘有力的领域。所以，样样小事上都精明的人，准是个蠢货无疑。人生短暂，故何须弥足珍贵，该乐则乐，该醉酒当歌就醉酒当歌，该敞怀大笑就敞怀大笑，遇难不慌，临危不乱，全不须看别人眼色行事；不然，即便做到了将军、部长，一辈子唯命是从，趋前奉后，也真是打肿脸充胖子，只有自己知道自己有多么可怜。

“也怪这庄严的世界：寻欢是堕落，而堕落又是其乐融融。”的确庄严得是有些滑稽也还要庄严下去。因为那位俊美如天使的跛腿诗人拜伦还说过——

我们由国王治理，由牧师教导，
由庸医诊治，然后就一命告终。

他不听话，所以早逝；他若听话呢，世界上就不会有拜伦；世界上没有了他，就像古格王国没有留下那些壁画一样暗淡……

人类那些遥远的伤口并没有被岁月掩住，从那里流出来的，不是血，而是一种被称为“艺术”的精液，它总是能够突破界限的阻拦，在新的灵魂和肉体上，播种爱情！

有人的地方，

可能会有许多烦恼。

没有人的地方,

除了烦恼什么也没有。

(旧作)

后来,也就是当我离开昆仑山很久以后,有一天不知是因为什么事物的提示,我突然想起了我内心的一些杂乱的对话。当时我正沿着漫长难耐的原路下山,百无聊赖的几天里,每个人都沉默寡言,都在想什么。我相信,他们也许都和我一样,在内心,悄悄地同沿途的一座座酷似人面孔的山峦进行着一种奇怪的对话。

不过是内心的自问自答,但是一个声音是古怪的,仿佛不同的山峦借你的嘴发声,以它的某种灵性潜入人体,使你产生出内心问答的愿望。这使我感到了交流、理解和宽慰,不然,在这样一大群俯视着自己的、有面形有躯体据说没有生命但看久了也像活物的山峰面前蠕动过去,很像不辞而别的小人。可惜的是,这种无声的对话难以记下来,往往是,我一警觉的时候,对话就中断了。

我试着把那几天的对话整理了一些,抄录在下面看着玩。

山:你怎么不说话了?你那么远地跑来受了一趟苦,除了几个小泥佛,什么也没捡着,两手空空,提心吊胆,失望了吧?

我:我见识了您,就算朝拜了神。

山:我算什么?还值得朝拜?不过一堆土。

我:您是大地的塑像群,也是一切生活的源头和起点。山和海,土和水,是大地的两极,您老人家是那个阳极,永不停息地向海洋的子宫注射江河,以养育繁衍我们这些蠕动的万物。

我们向您致敬！向您膜拜！

求您，在我下山的时候别使坏，让我平安地离开您。我以后一定为您写一篇好文章。

山：你还会不会说几句老实点儿的话？

我：我觉得……就好像是——死了一次。

然后又活过来，重新睁开了眼睛，看——

山：死一次好。死一次再活转过来，就知道该怎样活了，要不，老活得腻歪。

我：我先是惊异您有那么多的山峦，把地球都占满了，剩下一些小小的空隙，作为我们人类耕种生活的空间；后来我终于看出来，您也不过是个盆景，摆在地球这个圆盆景架上，而地球，也只放置在宇宙的客厅里……我在盆景的缝隙间蠕动，思想却能飞翔，想象却能比您所有的峰峦更高、更庞大。我们的思想来自生命，而生命，虽然短暂却多么美好！因其短暂才越发显得美好！

不瞒您说，打从一登上头一座达坂，我就立即不由自主地注视起自己的生命。您大，我小，这才使我的生命在您巨大的衬托之下显现出一点什么，迫使我对它思考，而这些十分必要的事，却在城市忙乱繁杂的日常程序中被冲淡，被遗忘，被习以为常。"活得匆忙，来不及思考。"

城市是一个热闹的鸟笼子，而我需要整个天空……

山：去年冬天，有件事很有意思。

大雪封山的时候，有只动物饿极了，钻进你们一个哨所的地窖里，结果被捉住了。哨所里高兴极了，向上级机关发了电报，说"昆仑山里发现了老虎"！后来一看，不是老虎。

我:是妖怪吗?

山:是猞猁。在我这儿久了,连老虎是什么都弄不清,这就是我的好处。

我:您就是一只老虎,昆仑猛于虎。

您卧着,舒展开四肢和身躯,灰黄而又斑斓,威猛而又苍凉,吃人而又不露牙齿。您就这么静悄悄地等着,任凭人们在遥远的地方谈论您,传说您,编织一些根本不属于您的神话故事……最后,您卧成一个象征。

山:你来了,又离开了。不要说我无情,我送你了,用七月下山的雪水,一直把你送至峡谷开口的平坦处。喏,那是你来时见到过的叶城的村落,那棵大核桃树,你认识吧?那些分散开的枝丫和浓荫,几乎遮盖住了全村的土房子。有老人拄着核桃木的拐杖,坐在村头的石头上;尘土的细末儿中,几个光屁股小孩正用细土掩埋着自己的小鸡鸡玩;穿着破旧但却鲜艳的红裙的妇女,正顶罐去河边汲水……她们望着你们停车的人在路边撒尿,便悄悄交换了一瞬隐秘的目光。你注意到了吗?

这一切都没有变,万古长存在我们的脚下。

我:不,在我眼里全变了。

上山时,我视之如可怜的乞丐。

而现在,我看见的是一群人间天使。

山:你的轮子跑得真快,我跟不上了。

最后,亲爱的朋友,再对我说一句——要说真心话。

我:老人家,我相信这一辈子再不会第二次到您这儿来了。

忧郁的河

草原不管有多么辽阔和健康，它的河流，都是郁郁的。有一种无法说清的忧愁。

这条河的水面，还算宽阔，一石头扔过去，总到不了对岸。水也深沉，你亲眼见过有一次摆渡还没挂好链子，一辆载重卡车就往上开，结果前轮上了摆渡，后轮下了河，不一会儿，整个车就看不见了。

这条河是有点怪。坦坦荡荡的大草原上，百米外就看不见它了，而站在河边，对岸十里纵深却一览无余。水是灰白色的，被两岸的荒草、芦苇和白杨林衬上了一层幽幽的淡绿，水流平缓而有漩涡、寂寞而又自视甚高。它从另一个国家流过来，像一支忧郁的古歌，静静地在巩乃斯大草原伏行、扭动，好像是一个同时爱上了两个人的美丽少女，满面忧伤，一肚子不可告人无法诉说的痛苦。只有到冬天，她才能硬下心肠，凝成大理石一般的宽敞冰面。

你已经来到这儿第十三天了，每天的任务就是摆渡过河的车马行人。岸上有个大绞盘，铁链子一直从河面伸到对岸，河里是一座由两条船拼起来的平板摆渡。对面一吆喝“噢，有人过河啰”，哗啦啦，你就放铁链子，然后咯吱咯吱地摇，让船过来。铁链子的声音和绞盘的声音像它们浑身的铁锈一样陈旧，年代久远，听起来很容易联想到一位缺了门牙的、害有严重风湿性关节炎的哈萨克族老人含混不清的话音。

那年月，草原上空空荡荡，有时候整整一上午也见不到一个人。你独坐岸边倒也清闲，反而想听听生锈的铁链和绞盘的声响。那声响本来浑浊沉重，但是平稳的河水在下面起了什么作用，仿佛洗去了那声音里的杂质，露出了它金属的质地，空旷寂静的河面上，那声响便显得好听起来。很是悠然，还带着回音，特别是早晨，有薄雾和水汽，这声响就更好听和神秘。

你就像连队派到这条河上的一个观察哨，每天在这条河上转来转去，摆渡反而像是捎带着干的。其实你不过是临时来换工的，摆渡老汉会种瓜，连队请去帮忙，你就来替这老汉。你喜欢干这件事，没人约束，悠悠逛逛。好不容易摆渡一趟，过河的人都笑嘻嘻地感谢，似乎是你在干什么好事。那倒也是，你不像个干摆渡的，倒像个大学生。因为你本来就是大学生。你的连队就在离河不远的那几排土房子里，一百多号人，全是大学生——史无前例时期的倒霉鬼，男倒霉鬼和女倒霉鬼。

唯独你忙中偷闲，得了个没人监视的美差，来和这条河做伴。很快，你就发现这条河韵味无穷。

散漫着真好，百无聊赖着也很好。这么懒洋洋地、寂静地，你听着时间蛇一般地从草丛上爬走，浪费了的生命，鸟一样在树枝上停候了很久，忽然一蹬腿，飞了，一天的光阴就飞得无踪无影。真好，浪费有一种快感。把大把大把的被人们视为金子一样的东西浪费掉，就像挽不住的滔滔流水那样，任它散漫，任它拐弯儿，任它胡乱滔滔，把什么都割舍个干净，就真的无拘无束了。

一只白色水貂，银白的。

它从临河的一截糟树窟窿里露出了头，一对小而圆、圆而黑、黑而亮的眼睛正望着你，滴里骨碌的，自行车轴里的滚珠一般，转来转去，然后定住，直瞪瞪地盯着你，猜你的心思。

你纹丝不动，觉得应该变成一棵人形的树才好。不料，却打了个喷嚏。

它倏忽一闪，就从窟窿里钻出来，只一眨眼，就已经在一丈开外的原木堆旁，一动不动，盯着望你。你简直弄不懂它是怎么过去的，又是怎么停住的。

但是，它太美了。

它离你这么近，仿佛是让你欣赏一下它暴露在空地上的全身，全身的银白，白得像一只纯银制成的假物，毛色柔和地诱惑着你的手，想摸一下。它尾巴很长，身形也细长如黄鼠狼。大小却像一只老鼠，你想起来了，摆渡老汉说过，水耗子。

耗子？耗子哪有这么精神、漂亮、高贵、优美？唉，你遗憾的是人们偏偏给那些罕见的优良物种连合适的名字也舍不得起，他们给这精灵的称谓竟是如此丑陋、难听，因为他们见惯了的是耗子。那种蠕动的黑乎乎的东西，当然也是生命，但实质上是对生命的亵渎，是造物主生产出的大量废品。而它是精灵，是有独立生存能力的大自然的珍品，它不是水耗子，是水貂。它的头部，首先就不是老鼠那样的尖嘴贱相，而是有些略像狗头，银白的，勇猛而又机敏并且充满自信的头；眼睛也完全不像白鼠似的病态发红，而是黑亮有神；体形就更显得矫捷柔韧，猎豹一样。

这是一种缩小了体形的猛兽，可爱极了。

你试着朝前走了几步，想抓住它，养起来。可是你知道你抓不住它，它太灵活、太迅速，一眨眼就不见了。你不能不眨眼。这精灵就在你眨眼的刹那，一闪，躲开你，远远地又在一个意想不到的地方，露出银子一般优美的头。你要追急了它，它就往河岸的草丛里一钻，潜进水中，拖着一条水纹在宽厚的河流里游走，再不理你。

于是，巩乃斯河岸上的唯一一点可爱的生趣，被你赶走了。河流依然平静，忧伤地蜿蜒在土壁和高崖形成的深谷里。

黄昏时分，摆渡老汉的老伴从对岸的农场拾麦子回来了，满满实实的两麻袋。全是麦穗子头。

她一吆喝，你就哗啦啦，放铁链子，咯吱咯吱，往回摇。你不用问就知道，夏收的时候她故意不割干净，公家的地。完了往自己的麻袋里使劲捡，也不嫌腰弯得疼。她这辈子，饿怕啦。

再缓一会儿，摆渡老汉换工就转回来了。那老汉一张嘴就离不开个“球”字，好像在他眼里，这全世界上除了球就没剩下啥可值得说说的。你说，老人家今年多大年纪啦？他顺嘴就给你个烂顺口溜。“我？唉，”他装出一脸的倒霉相说，“老咧老咧没板咧，鼻涕多咧尿少咧，胡子长咧球短咧。”

有一回中午，球老汉（你心里这么叫他）的老婆煮苞米棒子请你吃，炊火在阳光下燃得美滋滋的，球老汉盘上腿就打瞌睡，头一点一点地朝裤裆里栽。一愣，闪醒了。

你说，做啥美梦呢？哈喇子都淌得像跑尿一样！

球老汉微眯着老眼，说咱们还能做出个啥球美梦？还不是老大和老二算了一会儿账么。这回没带“球”字，不过老大是指脑袋，老二还是个球。

球老汉啊，你自己整个儿就活成个球了。你兴高采烈地把看见水貂的事儿给他讲了，你说：“水貂。银子一样的白水貂！”你又恢复了学生腔调，你一忘乎所以就露出这一套。球老汉斜了你一眼：“水耗子么。”你说你想弄一只养起来，可是抓不住。球老汉说，可不敢抓，它又不是个耗子，人家是个捕活肉的东西呢。谁敢抓，一口咬断你的指头尖尖呢。

他不帮你抓，可是你感到了满足。因为球老汉承认它不是耗子，而且语气中透出了一些敬佩和珍惜。这和你认为它是精灵实质是一样的。

你感到了异常地充实。

这时，你猛然扭回头，朝河对岸白杨树隔着的驿道望过去。一片激烈杂乱的犬吠声和马蹄声正追逐着驰奔过来，在幽暗的黄昏闪动如影，有惊心动魄的战乱前的预兆。

你看过去，知道是你的顾客们过来了。真正的顾客，很久以前就存在的骁勇的顾客，正从远方的驿道上奔驰过来，他们将请求你，让他们渡河。

大约有五六匹马，驮着醉酒的人，被沿途所遇见的全体纠合起来的猛犬狂吠着追咬。醉汉们，已经在马背上前俯后仰，大声唱歌，并不时猛地探下身去，挥臂鞭打纠缠在马蹄前后的凶猛大头狗。一马鞭抡下去，空中便准定刺过一阵尖厉的似乎带着骂声的嚎叫——“嗷——”，你觉得那狗差点儿就能骂出来了。然后，一片马蹄声就变得更杂乱了，醉酒的人们隔河高叫，像一伙朴实的响马。狗们，追够了也就完成了任务，渐渐散去。

球老汉说：“这些个球，又喝醉了。”他说完就钻回他的木头屋子里去了，像见了另一种动物的动物那样，避开。

你觉得振奋。觉得感动。

你先是哗啦啦好一阵子，接着就咯吱咯吱。

醉酒的人，骑在马上从岸边上了摆渡。有的马小心翼翼，用鼻子嗅着前面试探，像近视眼一样谨慎地跨上木板；有的则昂起头嘶叫，屁股往后坐，不肯上船。醉酒的人一鞭子，那马一扬前腿，就蹦上去，马蹄上的铁掌落在摆渡的木板上很响，很清脆，像一群穿了高跟皮鞋的漂亮女人在甲板上焦急地走来走去。

你故意摇得很慢。那五六个骑在马上的醉酒者立马船板之上，移动的船体在河面上平稳滑动，载着这伙草原上的牧人，如一幅黄昏的油画，亦如一群坐在你掌心上的待渡者。你觉得那里面可能有葛里高利那小子,你故意慢慢摇,你舍不得眼前这一幕很快就消失。你要摆渡他们,从彼岸到此岸,中间是一条忧郁的河,河面还算宽阔。

你忽然觉得是这么回事儿,摆渡人们。更多的人,不仅是醉汉,而是更多的人。你用的只是两条破船拼接起来的工具,年代久远,浑身铁锈的铁链子和绞盘,但是那声音正因为久远而显得浑厚,正因为陈旧而显得有味道,它们被忧郁的河水洗练了之后,会变得清新、单纯,变得好听。

人呵,请注意谛听!

1987年11月16日

阳光容器

阳光从清冽、蔚蓝的天空中泼洒下来的时候，仿佛是被一个透彻的、空明而又高贵的容器过滤了。它看起来还是那样炽烈，那样明晃晃的，和所有正午的阳光一样炫目，但它其实已经不再灼烫闷人了。它从高空垂落下来，光芒四溅，游动跳跃，从这朵花转瞬蹿到那朵花，从这片草丛倏忽掠向那片草丛，依然可人和煦，但带着清新可爱的滋味，像一团充盈在天地之间的光芒的水流。

草原塌陷或隆起在一些山冈旁边，线条流畅自然地结合着，宛如床和枕头的关系。

远些的背景上，裸露出白岩石的山壁峻峭地雕刻出一些模糊粗犷的脸，奇特地、一动不动地盯视着草原，表情怪异。

再远，钢蓝色的山体便从浓艳的绿野中分离出来，组合成天边的一列坚硬而又披挂了深雪的高大尖顶营帐。它们总能被人一眼望见，却让人总也走不近它们。这些耸立天庭的雪峰和草原浓艳的夏天离得似乎是太近了，近得令人不敢相信，这就使这些巨大的实体看起来很像是假的。纯钢一般湛蓝的山体，耸峙并插进蓝得宁静明洁的天空。两种蓝，高度和谐而又截然不同，你无法说清这两种质地的蓝是怎样在空间里被鲜明区分的。

阳光正是从这样一种蓝得发亮的容器中倾泻下来，恣意地溅洒在草地上，饱满充沛，看样子不像是能够枯竭，不会有光芒泻尽的日子。

这些光芒的瀑雨无声地向下降落,无声而缓慢,均匀而有力。一俟接触地面,触碰到白的岩石和各种颜色的明媚的野花,便会在花瓣的光彩上惊跳起来,反弹并四处迸溅,光芒像是撞碎散开的水珠,向各个方向惊跳,划出优美的弧度,纠缠、交织,在宁静无人的夏季牧场上织出一片炫目的、灿烂的光芒彩雨。这奢华的、浪费的阳光,正独自毫无目的地倾泻着,仅仅是为了漫无边际的茂盛的牧草繁荣滋长。

牧草长深了。滩上或山坡上的草已经没过了足踝,偶然有些地方裸露出小块未被草植遮盖的地皮,好像是大自然的随意和疏漏;山冈顶上的牧场正透着阴凉之气,草长得更深厚,已经可以陷没人的膝盖。

草原这时是一位画家,但只是画家而并不同时又是音乐家。它在这块大画布上涂抹油彩的时候,是非常愿意宁静的,在它色块汹涌奔流的空间里,任何细微的声响都能成为注意的中心。光斑在花朵上弹射、迸溅,却在草色深浅中被吸收,被融入,阳光渗入绿色的时候就好像水珠渗入厚壤那么容易。

有时候蓦然间会从天空中跌落下来一两只黄鸭,嘎嘎地大叫着,扑喇喇扇动着两张短翅膀。它们从蓝色晴空的说不清的哪处缝隙间跌落下来,嘎嘎的大叫声和翅膀的扑扇声回荡震颤在原野山冈上,惊天动地,使人惊奇那么小的生物何以竟会发出如此之大的声响。黄鸭很像一个笨重、金黄的傻瓜不慎从云朵上一脚踏空,划着弧度栽落下来,穿过光芒交织的彩雨,直向下跌,它嘎嘎的怪叫声仿佛是在大喊“救命”。结果,它一着地,就摇摆着屁股跌跌撞撞地走进草丛里不见了,虚惊一场。

还有时候,会有三五只天鹅像一组大型客机在草滩上降落。它们不大怪叫,只是平稳地飞行着,渐渐降低,互相仿佛商量了一下,然后沿着一条看不见的斜度轻盈而下,保持着飞行距离,着陆。它们像银子铸就的一般,把自己优美的身体合适地放在碧绿草毯的陪衬之中。

然而这一切并不引起草原的格外注意。它仍然宁静,光芒炫目或者因一朵云影的移动而暗转阴凉。

山冈在远处盘绕着。

几匹像是失散的无家可归的马,悠闲地甩着长尾——尾巴上沾着刺球、草秆——驱赶蚊蝇。它们谁也不搭理谁,谁也不想独自走得太远,就那么吃着草,偶或扬起长鬃披散的颈子来怅望一下远方,像一伙子离家出走有些后悔但又想不起家来的流浪汉。

山冈依然在远处盘绕着,没有移动。

草的生机使它毛茸茸的、湿漉漉的,像是伏卧在那里的蜗牛,很久很久,它都没有动一下。巩乃斯河流得非常平静,随着地势的起伏偶尔闪露出一段水流,光芒并不耀目。它的拐弯处或平阔处长满了大片的芦苇,遮掩着它,使它像一个藏而不露、很有心计的动物。

离河不远的略微高起的坡地上,正露出一排土房子。

一个牧人的姿态和几种方式

这时候他正蹒跚地朝着那条被苇丛遮掩着的河走过去。他一步一步地走着，走得很慢，显得笨拙。他走路的姿势，有一种幼儿刚开始学步时的陌生，还有一种久卧病榻的人初次下地时的荒疏。每一步跨出去，都含有试探、不自信的意味，而他的身躯又那么沉重，这就使他很像野兽直立起来的样子，像一只熊。

他对走路的确是陌生的，这个牧人。因为他大多数时间是生活在马背上，他的腿已经有些弯曲，即便在行走的时候，两腿间依然仿佛箍着一个无形的马肚子。他肩膀宽阔，两条粗壮结实的手臂在行走时无所适从地放在身体两边，似乎有些多余。

这时候草原空寂得像一幅弃置已久的名画，天空像一面没人敲打但却擦拭得异常锃亮的铜锣。鸟儿的鸣叫声从灌木丛中传出来，合拍于微风使灌木枝叶轻轻抖动的节律，大地散发出的各种花草的清香正在阳光下弥漫。这一切使受到催化、刺激而蓬勃发育的生命形成一种氛围和情态，它们弥散的气息又反过来刺激、催化别的生命。

春天的某种特殊的活力就这样开始了，它仿佛是一只神秘的手轻轻揿了一下键钮，于是阳光把美丽的情欲注入万物。

他感觉到这些，目睹着这些，甚至可以说主要是呼吸到这一切。这无所不在的花草万物的芬芳渗合了阳光的浓酒，饱含了生命的启示和情欲的力量，随着每一口呼吸进入他的躯体。他的喉管在发痒，肺叶在鼓胀，如满风的帆，血液仿佛涨水的伊犁河那样汹涌激荡，他几乎已经能够听到血液的激流冲刷岸壁的声音，在日夜喧响的拐弯处，土岸和崖壁坍塌的沉闷声响轰然而起，然后长久地沉寂……他感到晕眩。

他约莫有五十岁，也许更大一些。他的头发是褐黄色的，前额上面有一绺是金黄的。他脸上的肌肉结实紧凑，线条和轮廓还很鲜明，鼻子并不大，但是棱骨明显，两翼匀称，颌骨非常有力地勾画出了他的脸形。眼珠，是那种棕黄的，透着某种准确。

他是一个有经验的牧人。

他像用一只手游泳那样，拨开苇丛，靠近那条河，粗重的喘息在密密的苇丛里似乎显得更响一些。

他知道这种晕眩，这种使他头昏的东西是一种力量，这力量的漩流就藏在他的血液里，涌动，旋转，撞击，纠缠他干扰他，使他不能宁静。他知道这不完全是春天的某种情欲，而是一股更强大的、模糊的力量，他说不清这力量源自哪一团浸透了阳光的云朵、哪一座曲线优美流畅的山冈，但他可以感觉到它，这过于强盛的力量使他晕眩而且变得软弱。

他觉得不可承受。

他跪下来，独自祈祷着，间或发出轻微的呻唤，仿佛在恳求宽恕。

"……您赐予一个牧人使用不完的力量，啊，请允许我归还于您！"

他朝向河边挪动得更近了，水是清澈的。

他从靴子里取出一把短刀，从刀鞘里抽出来，刀子很锋利。他把刀子浸进冰凉的河水里，然后拿起来，用刀尖翘起的部位抵住额头，一划，上额至眉心处被划破。宛如在一颗饱满的石榴上划了一刀似的，晶亮鲜红的血珠，石榴粒儿似的跳出来。

他把头垂向河面，让血滴进清澈冰凉的河水里。他看着一滴接一滴的血掉在水面上，一溅，向上散开，然后刚一落下去接触到水，就被流速拉扯开，拉成一条细长柔韧的红线，倏忽消失远去。

一滴。又是一滴。

他凝视着自己的每一滴血，看着它们离开自己归还给河流和土地。他感到安慰、舒适。

他看到那个力量的一部分跟着自己的血滴进河水时，离开了自己。

渐渐地他觉得自己轻松了许多，头脑变得清醒了，不再晕眩，那个饱胀在躯体内的汹涌的漩流，减弱了，血液的流速开始均匀，身体恢复了平衡。多余的力量的负担卸除了，他觉得自己清爽明快，精力充沛。

他掬起一捧河水，用水拍击额头，血就止住了。

他把刀子伸进河里冲了一下，熟练地在裤子上擦了两面，收进鞘里。

然后，他站起身，长长舒了一口气，用两只粗糙的手掌把自己的脸从上往下梳摸了几次，便离开那条河，朝山冈盘绕的草原深处走去。

他的心里充满了感激。

天　空

显然，天是空的。

对这样一件再明显不过的事，他奇怪的是自己怎么今天才第一次发现。他就这么懒洋洋地躺着，地很松软，有弹性，上面长满了草，草中杂乱地点缀着一些或明亮或暗淡的花朵，就像一群或是愉快或是忧伤的女人。阔大而又起伏着的草原真就像一个女人的身体，他想，软软的，托着你，欲陷未陷，若起若伏。这永远躺着的、老也不想站起身来的草原女体身上，散发着初夏的醉人气味，芳香、新鲜，还有一股撩人的腥臊。花香气，草鲜味，土地的肉感，更掺杂上了那些牛、羊、马匹、骆驼、牧羊犬等各种动物的粪尿味、尸骨味、交配繁殖时弥漫在空气里的臊味，纯净而又邪性地，醉人。

他也在那些寸草不生的黄土梁子山坡上坐过，烈日之下，可以闻到一股干燥的、土里巴儿的、傻头傻脑的男性气息，让人觉得又单调，又乏味。只有草原是男人彻底的安乐窝儿，他觉得躺在这地方仰望天空什么也不想，浑身松弛困乏无力却怎么也睡不着，最美得慌。

说不定躺着躺着，就能灵魂出窍。

那才好。你说人活着究竟是怎么回事儿？一躺在这草原的肉窝窝里，连傻瓜也会从脑子里冒出这号子烂问题，谁也弄不清，可谁也想。牲口不想。牲口比人聪明。牲口知道想不清的东西就别想，该吃草就吃草，连花也一块儿咽到肚子里，该吃肉就吃肉，管你什么讲不讲道理，这也自在。不过他认为连牲口也想这号子问题，他看见骆驼那副愚蠢傲慢的杂种样子，就觉得它想把自己装得像个什么哲学家，那两个烂瘤子就似乎是它的思想武库，一天到晚背着，舍不得放下。马也是一种相当可耻的动物，它想充当英雄，便显出整个急不可耐的焦躁样子，好像它是骑士而不是被人骑。当英雄很累，得表现得很英俊、很神气，有时候还得故意调皮捣蛋一下子，个性一番，然后再被什么人驯服，就心安理得，英雄也当上了，主子也有了。所以马连睡觉都站着，毫不松懈。当英雄真累。

只有这么躺在草芽铺满的坡地上，不累。

天还是空的。

灰而蓝，蓝而灰。若有变幻。使人越望越傻，越傻才又越觉得着迷。越觉得着迷就有点越想越觉得怕。这被人习以为常的天空，原来什么也不是，只是一个大而无当的空洞。空空荡荡，深邃莫测。就是这样一个虚无的空洞罩在头上，这么多年了，他竟然一点儿没觉察出可怕，没感觉到有什么不安全。太麻木了！太愚昧了！现在他躺在这一望无边的大草滩子上，天地之间无遮无碍，中间只有他，他平躺在它们中间，仿佛是被夹在什么中间。他才觉得身下托着的是一只厚甸甸的巨手，眼前的天空是一个大井，只要……轻轻一翻动，他就会被扔出去，扔进那个巨大的空洞里。啊……他恐怖的大叫在空洞里毫无声息，闭住眼睛，一种自由落体的跌落，跌、跌，一直往深处跌落的垂危和快感，又新鲜，又怕人。

赶快睁开眼睛。

他头一次尝到了这种草原幻觉的滋味，真是一次精神的解脱，一次灵魂的娱乐！他紧紧地贴靠住大草滩，环顾四周，仅仅十几秒钟就觉得周围完全陌生了，怎么变得这么呆滞、平板？这熟悉的世界一下就变成个死气沉沉的肉头了。

再闭一次眼睛试试。不行了，这次不灵，天空不再是空洞的大井，它恢复了原样。

他突然明白了，怪不得那些牧人们总爱这样躺着，仰着望天呢，你以为他们没事闲躺着睡觉，原来他们也在独享这份滋味呢，这些鬼！

你看见他仰躺在一个草坡上，你叫他，他不理，再吼他两嗓子，他哼哼唧唧翻过身来，用一只臂撑住半边脸侧卧着，看着你，眼神迷惘而又陌生，里边还有些怒意或嘲讽的味道。这就是说，这个穿皮裤子的放马人刚才正进行着这种游戏，这种哲学式的精神远游。他好像很不情愿被人干扰。他们——这些草原游牧者们，终生就是从日复一日的艰辛劳动中夺取一点悠闲和好日子，去做这种游戏。

天的生活和地的生活，他们就夹在这两者之间。谁要是以为他们像他们平时装的那么憨厚朴实，谁就错了，谁就太自以为聪明了。他们只是不说罢了，因为那滋味，那种一头栽进无底的天空大洞里的滋味，没法言传。谁要是自以为能讲清楚，谁就又错了，愚昧的人知道自己弄不清楚，因此不说，所以愚昧的人是聪明的。最不聪明的是那些不太愚昧的人。他想了想，很懊丧，自己恰恰就是这号人，非常令人沮丧。

你说读了那么一肚子破书，有什么鬼用？往这个大洞笼罩俯瞰之下的草滩上这么一撂，唰地一下，心里就全空了，像被什么东西掏光了五脏六腑似的，凉凉的，又孤独，又恓惶。精神啦，意志啦，理想啦……全都成了一些不堪一击的朽木。在天空的俯瞰之下，你烟消云散，只剩一副躯壳，躺着。

也许是那些烂书倒坏了胃口，十几年的残羹剩饭，吃呀，喝呀，全不顾身体需不需要。好了，弄得就像一口猪烂死在肚子里了，放出屁来死臭。谁闻见都得恶心得背过气去。屁都不健康了，何况肠胃？如今给打发到这地方来，说是治病。病倒是到了该治的时候了，青春期肠胃综合征，再晚就无药可医了。草原呢，也是个治病的好地方，静静地躺在这里，望望天空，尝尝大草滩子上的碎草野花，和那些穿皮裤子的老哈萨克们一块儿喝喝酒骑骑马，放放牛羊，扯开哑嗓子胡乱吼上一支所谓的牧歌什么的，兴许能治好……十几年死鱼烂虾灌肠弄下的病根，难治。一百个人里难保有一个能治好的。不过是医生一句话，灵啊，全都傻乎乎地来了，说不定越治越糟糕呢，全跑到这医院来了，还兴高采烈。傻瓜，全是傻瓜，就这一条足以说明十几年的书确实白读了，活该到这儿受罪，不冤枉。

这儿就是巩乃斯草原，因为天空之下只有它，你的目光绝不可能逃出它的疆界。而时间、纪元之类的东西已弄不清了，只隐约记得好像是一个什么喀喇汗王朝时期，是一个只有骑士和贱民的时期，可悲的是，你不是骑士而是贱民。如此，天空浑浑噩噩，大地纷纷攘攘；时间的心脏停止跳动，岁月的步伐已近衰竭；童话开始上演，荒唐的故事比一切都迷人。亲爱的，罪恶多么正派！

天依然是空的，却开始流泪了。

一滴，又是一滴。冰凉的，清新的。

他坐起身来，然后立起，拍拍屁股上的土。其实屁股上没有土，只有一些渗在上面的草的绿汁，印在屁股上，是绿乌乌的。

瞬时，草原的暴雨从空洞的大井里倾泻而下，如同有一千个高空巨神痛饮后一齐撒尿，浇打得铺满厚草的草滩尘烟滚滚，弥漫起一股窒息人的腥气！一股鱼腥味！

他惊慌失措，在暴雨中抱头鼠窜。跑了大约一里地，惊魂稍定，他反而不跑了，因为衣服已彻底湿透，像落汤鸡或落鸡汤一样。这还有什么跑头？反正一样。他干脆任凭豪雨浇头，胜似闲庭信步算了。路还远，共长约计三里许。旷野无人，独行独淋，颇觉凄凉惨苦之中有一缕悠长的英雄气概穿肠而过，很是有趣和自乐。他甚至有些害怕回到他们中间去，他既怕那些像他一样的贱民，也怕专门用来管理他们的骑士。他纵有天赐的矫健和灵敏也是贱民，而贱民是不许佩剑的，想到这儿，他禁不住在雨水中哆嗦，打了一个寒噤。

雨水已经在地上横流，稀泥在脚下淫荡地咕叽着，很有张力。这时，肯定是造化让他偶然间一瞥眼，发现了正在泥水中蠕动的一物！他原以为是一只野兔或可怜的黄鼠狼，黄乎乎的一团，蜷缩着也不逃窜。近前细看，竟万没料到是一只老鹰——天空的遗物！这家伙也许刚才盘旋得过分悠然自得、忘乎所以，它自以为熟习风云变幻，却不想竟被骤降的暴雨临空击落，成了这副倒霉鬼样子，全身湿淋淋的，涂满泥浆，比一只老鼠还糟糕。

它显得非常小，形体和一只半大公鸡差不多；而精神状态更渺小，淋湿的翅膀和羽毛塌陷下去，就现出了支棱着的嶙峋瘦骨。它的两只爪是用来抓捕猎物而不是用来走路的，所以它移动起来十分别扭，像个瘸子。就连那双眼睛，黄眼珠，圆圆的，外圈镶着一圈金丝，据说平时在空中相当锐利的眼睛，也毫无凶悍的光芒了，只剩下哀告无援的神色。

他捡它的时候，它丝毫也没有挣扎，很顺从地被他用外衣兜起来，提走了，一直提回他住的泥巴房，顺手把它放在堆炭的土房的顶上。那房顶很矮，个儿高的人伸手就能够着它。它像一截老树根那样，一动不动并涂满泥浆地被扔在那上面，任凭雨水冲洗着泥浆，它无动于衷，而且毫不引人注意。他这时的心情，就像意外地捡了个古陶瓷瓶，可惜碰缺了一角，成了弄坏的宝物，已经没多少价值。得来容易，便也没多少珍惜和遗憾。他把那只湿不拉儿的倒霉老鹰的事，很快就丢在脑后了。而且，应该承认，他是被那家伙的可怜相给蒙骗了，他完全忘了最重要的一点，那家伙会飞。

后来，天放晴了。

他忘了当时是被什么鬼名堂给吸引住了，大概是读一本哈萨克族大诗人写的《箴言》，那里边有些话他现在还记得："如果不了解世界上我们见到的或没见到的全部，至少是大部分奥秘，人就不能称其为人。"

还有："畜生是不懂，但它并不装懂。我们什么也不懂，但偏要装懂。"

当他隐约觉得似乎忘记了什么而伸着懒腰走出屋外的时候，矮屋顶上的声响提醒了他。他转过头，看见，那涂满泥浆的"老树根"活了。

它正拍打着翅膀，头颈向前伸着。

它已经完全晒干了，洗净了，在阳光下变得生气勃勃，每片灰赭色的羽毛都鳞光闪闪。它仿佛变了另一个东西，大了几倍，翅膀凌空扇动时有一种气势，一副雄姿。这是它离开屋顶的前几秒钟，恰恰被他看见。他站在那儿没动，根本没有打算扑上去抓它，只是眼睁睁地望着它起飞。他甚至心里还暗暗替它担着一份心，害怕它丧失了飞的能力。

它飞走了，先是低低地滑翔，有时候离地面很贴近，像个小孩做的飞行玩具。不一会儿，它就升起来，飞进了天空，盘旋，徜徉，就在这屋顶的上空，遥远成一个黑点。

他仰起脸，注视着它，看那黑点的移动，看那放晴了的天空中大朵大朵爆裂在阳光下的云，这时，他觉得那只鹰神奇而又陌生。

"它能在那么高的云中看见我吗?"他想，若是看不见，它为什么久久盘旋不去呢？它既然看见我，记着我，为什么又不愿意重新飞落下来，让我再仔细看看它呢?"荒唐!"他暗自发笑，而且有一丝惆怅涌了一下。

天还是空的。

那只鹰,那个黑点,已经寻不见了。

“肯定是掉进那个大洞里了……”

他望着天空,这样想。

天山的额顶与皱褶

有一年，我这个山西人回老家去登五台山。我欣赏五台山的那种佛教文化的氛围，但缺乏认同的心理。我看到山上的那些碗口粗细的小松树，心里就不以为然，心想，这算什么松树。如果与天山的松柏相比，五台山的松树只能算小孩子。在那一次山顶环顾之间，我忽然领悟到，山也是有地域之分的。山的风范容貌，往往与临山而居的那些人的文化形态相和谐，甚至与他们的文字、面形、体格相融。这就弄不清究竟是山川河流影响了人呢，还是人工斧凿改造了山？或者是两种因素都有，千年万年，互相影响。人有气，山有灵，渐通渐融。所以辛弃疾才会有这样的妙句："争先见面重重，看爽气朝来三数峰。似谢家子弟，衣冠磊落；相如庭户，车骑雍容。我觉其间，雄深雅健，如对文章太史公。"

真是天下读山第一人。

你可以说"登泰山而小天下"，也可以说"五岳归来不看山"，这不为妄言狂语。但是，中国大地上还有很多的山呢，该怎么说？

所以我想说一说另一种系的山。全长两千五百公里的天山山脉由东向西逶迤磅礴，贯穿新疆浩瀚的大地。与之毗邻的山脉个个不同凡响，个个独具风采，阿尔泰山、昆仑山、喀喇昆仑山，哪一座都不是矮子，而且哪一座都不是丑八怪，个个自成体系。

然而天山却是我们最容易亲近的山，它是西部山脉的众神之中比较亲近人间的一位。说它容易亲近，也无非是天清气朗的时候，登高临窗可以遥遥望见博格达峰的影子，云丝雪线，半空处横亘着一脉凝重而有质感的蓝色烟雾。海拔五千多米的博格达峰是众神中的小弟弟，也是天山之父派遣来观察守望乌鲁木齐的少年王子，它蓝袍镶金，白帽抹红，英俊伟岸，不可一世。

若是你登天池，便可一睹其浓眉秀目。美少年，眼神一晃，摄人魂魄。若是乘飞机飞临乌鲁木齐呢？千万记得坐在左舷窗边，降落前一刻钟，可以真真切切得窥天颜。的确是天颜啊，那是神的面容神的脸。永不融化的、干爽洁净的冰雪从它的头顶上倾泻纷披而下，如银的冠冕或头盔，也如白发三千丈直落胸腰之下。从冰雪之间透出峻峭的山体，岩石的蓝，仿佛钢的烤蓝，我谓之“钢蓝”。

你可以看到，它的鼻梁果然是高峻的，眼窝果然是深陷的，而嘴，总是紧闭着掩藏在浓须之下，一言不发。最伟大者，乃是它的额头，晶莹闪亮的白岩石一片高处的坦阔，是智慧的额，是勇士的顶。那是智者之相与王者之相的完美结合，是一颗雄性的头颅，冷峻威严但并不凶恶，就像泰戈尔的头，托尔斯泰的头，有一种艺术之王的风范。一个人平生只要有一次得窥天颜的机会，他就会终生铭记住这种伟大容貌，再也不会被人间的俗脸所征服。而且，他一定会在潜意识里要求自己长得接近那样，因为他见过了美。

然后就是皱褶了。天山的每一道沟都是它身上的一道皱褶，谁能数得清它有多少条皱褶呢？天山山脉分为北天山、中天山、南天山三部分，北天山一千三百公里，中天山八百公里，南天山自汗腾格里峰向东，沿塔里木盆地北缘延伸。如此庞然大物，光它的宽度就达四百公里，那它的一道皱褶也足够使我们流连叹赏了。

距离乌鲁木齐市仅几十公里处，就是一道接一道的沟，这些著名的天然避暑风景区，就全是天山身上的皱褶。白杨沟、庙尔沟、菊花台，还有许多幽深无名的美沟壑，全是风韵天成。这些地方现今称为风景区了，过去却只是游牧者的营地和牧场。在天山的皱褶里，只有这些光荣的牧人之子能够体贴它的冷暖，听清它的脉跳，嗅到它的体香。因为仅只是一道小小的皱褶，对我们来说也是太深太远太大了，步行者是难以深入和穷尽它的。

唯有骑于马背者与之和谐。

温暖的毡房与之和谐。

放牧羊群者与之和谐。

用粗糙的手在晨光中挤牛乳的老妇人与之和谐。

如此才体现了人对自然的初心正觉，才显示了人对自然的尊重。最初的游牧人之所以尊重自然，大约源于敬畏和崇拜。但我相信后来是出于了解和理解，越来越多地熟悉了山川草原，意识到自己的生存方式和生产方式依赖于自然。

所以他们不伐木，不垦殖，烧牛粪和枯枝，而决不砍伐健康的松树、杉树。

美丽的天山草场就这样保留下来，还有阴坡上成阵的黑松林，还有遍地的野菊花、芬芳的蒲草……因为放牧，牛羊马蛇吃草遗粪，使草场的土质肥厚油黑，加以草根的交织巩固，走在上面颤悠悠的，仿佛走在大地肥壮的肌肤上面。任何人夏日来到这里都会变得活泼开朗起来，像是童年的灵性重新回归了躯体。

干爽的高地

我习惯于自己的思想，一如习惯于自己的衣裳。

——《哈扎尔辞典》

正好我最近在读两本书，一本是大名鼎鼎的法国女作家玛格丽特·杜拉斯的散文集《物质生活》，另一本是塞尔维亚作家米洛拉德·帕维奇的《哈扎尔辞典》。相比之下，我更喜欢后者。我回忆不起来在我读过的成千上万本书里，还有哪一部比《哈扎尔辞典》写得更好。于是我引了书中的一句话，实际上这句话与本文的内容并无多大关系。如果乘机套用一下引文的句式的话，我会这样说："我习惯于这块干爽的高地，一如习惯于自己的身体。"

我们生息的这块大陆，无非区分为这样一些地域：高地、平原、盆地，沿海地带。我始终相信文明的起源和江河的起源保持着某些共同点，都源于高原，都迂回曲折，都需汇集各种水系才能始终保持活力，最后，都要归于大海。文明像江河那样，起源于高地的时候，是那样清澈、明亮、活泼，如同婴儿的眼睛，黑眸上充盈着水雾。直到现在，这种文明起源地上依然可以找到原始状态遗迹似的童真和可爱。

许多年来我生活在这块高地上。过去说它"荒寒"，是因为它的确人烟稀少，路途遥远。林则徐发配伊犁走了一年多，留下"几人绝域逢青眼，前度归程羡黑头”这样心哀志壮的诗句。林公少穆不愧是古今少有的完人。而今再说这块高地，荒寒不再，路途也因交通的便利缩短了。我有时难免会心中窃喜，我有何德能，竟因占了时代发展的便宜，比林公少遭了这许多苦罪！

现在，我不仅习惯了而且爱上了这块高地，正如我爱我自己。我诚心地祝愿沿海更发达，江南更秀丽，江汉平原和四川盆地更繁荣，但我还是更习惯于我这块干爽的高地。我不喜欢低洼的地方，也不喜欢阴湿潮霉的气味，而且极其讨厌老鼠。有一次我到吐鲁番，住在一个很好的招待所楼上，但当我打开窗户，一眼看到树的高枝上迅速爬动的一只大老鼠，我的情绪彻底被破坏了。几天当中我始终处于害怕和老鼠遭遇的忧惧中，永远心不在焉，环顾左右而言他。还有一次在成都一个酒店里与友人浅酌漫谈，酒店环境幽雅，隔窗是游泳池，很有情调。但是明洁镜亮的花岗岩紫星云地面上，一晃眼竟蹿过一只硕鼠，躲在餐桌下，安然无惧进食。这一下大倒了我的胃口，吾之惧鼠，甚于惧虎，急告酒店侍应生，答曰“经常有的，不用在乎”。我岂能不在乎呢？若是破屋柴门饥鼠绕床倒也合乎情理，这么漂亮的环境里忽出丑陋之鼠，实在让人恶心。

这也许是少见多怪吧，但是这个少见，正是因为长期生活在干爽的高地上的缘故。在我居住的一个城市里，也有老鼠，但很少见。它们像隐蔽很深的地下组织成员，可能是单线联系，绝少露面，压根儿没有川鼠那种主人翁似的气概。另外，我们这里夏天几乎没有蚊虫小咬，家家不设蚊帐，夏夜开窗，袒腹而眠，根本不需担心被袭咬。我觉得这真是天赐的一种福分，因为我在云南曾饱受小咬云团般的纠缠，也在西安尝到过蚊子叮咬和酷热的煎熬。

我总的来说不喜欢阴、湿、热、闷。这种气候也许适合于多种植物生长，但不适合我。而且我还相信气候不仅影响人的身体发育，同样还会影响人的性格和心理,饮食和文化。在更本质的意义上,我们这些所谓的“高等动物”和一般的生物一样受制于地理环境的影响,高等动物取掉自封的“高等”二字,就还是“动物”。

由此而产生的文化就有了明显的不同,所以我最容易接受的依然是高地上的文化。在我看来,布达拉宫气势是那么雄伟,那些筑在山上的宫殿与山势相融,借助山势而错落有致、俯临众生,使它显得更加独具风范。

电影《红河谷》里的那支歌,我一听就觉得至纯至美:“河对岸的草地上,姑娘的鞋子丢了。丢了就丢了吧,明天早晨再去买一双……”尤其到了“我的眼睛里含着你的泪水”这一句,真是直入人类良知的深处,由朴素而达深刻,启动天良,发掘本心,令人泪如雨下。什么时候听过这样好的歌呢?这就是来自高地的未经污染、不假修饰的声音。

我承认,只有它能净化灵魂。

可惜呀,现在那些狂热的追星族们,永远追不到真正的星。

我从来不敢自诩为懂音乐的人,何况我还患有神经性耳聋。但是我看到那些耳聪目明的人正为一些愚蠢的破歌倾倒时,我就明白了,他们用耳朵听,我们用心听。这就是区别,这就是为什么他们竟然听不到高地传来的声音。

作为一个人,一个生活在高地上的人,没有充分的自知、自信,就不能取得做人的自由。从心所欲不逾矩,充分展现自己的个性,就等于充分展现那块土地的光彩。这种自知自信,不一定非要以学问、地位、财富论高低,也不一定非要以文化论高低。人不是事事靠文化活的,人创造文化,文化却不应成为人的创造精神的囚笼。人最本质的东西比文化更厉害。

迁徙者的家园

走着走着哩,褡裢里的锅盔
少哈哩;
走着走着哩,眼睛里的泪花儿
飘满哩;
…………

——民歌《眼泪花儿把心淹了》

迁徙看起来仿佛是一个个家庭或个人命运的转折点,实质上却往往紧密联系着社会大背景的变化起落,折射出时代政治、军事、经济和文化的特征。于此大背景下的个人或群体的命运,便反射出某种特异的受难者或探险者的光芒,使个人命运笼罩上一层与恶劣环境搏斗以及创造奇迹的辉煌。

严格说来,人类没有永恒不变的定居者,世上的一切事物都在变化着,迁徙只不过是一次明显的变化;严格说来,西部也没有多少世居不移的当地人,自古以来,各个民族都在迁移中寻找家园,重建故乡。

和古代的民族大迁徙相比,本世纪以来的个体的或较大规模的迁徙都是平稳和安全的。这说明,今人对迁徙和灾难的承受力已远逊于古人,同时也证明,社会的确是从野蛮走近文明。

在西部的所有迁徙者中，真是各有其不幸和幸运、悲壮和顽强。其中锡伯族的大迁徙是令人钦佩的，这数千人奉命从东北钺边西北，拖家带口，行程万里。百年来，锡伯人永远是战士，以其剽悍、勇敢、善于学习、勇于自卫的精神使人不敢轻侮小窥。这是一支伟大的迁徙者队伍。前一段我有幸参加了一次以锡伯族人为主的各民族小型宴会，酒馆的小老板是维吾尔族人，锡伯族人中有诗人、导演、全国摔跤冠军，还有从澳洲归来的音乐家，还有一位因车祸撞碎髋骨治愈后戴着钢架的乐观主义壮汉，当然，还有蒙古族、朝鲜族客人和杭州的漂亮女士。

这些都是迁徙者或迁徙者的后裔。然而这些人脸上哪儿有一丝一毫的悲伤呢？男的一律是强壮、热情、豪放，而且全都有一副令人吃惊的好歌喉；女的也都文静、大方，善解人意、举止不俗。当悉尼归来的锡伯族人拉响手风琴，用蒙古语、哈萨克语、锡伯语和汉语唱酒歌和怀念故乡的歌时，雄浑而优美的歌声发自肺腑，令人热泪盈眶。

因车祸撞碎髋骨的人打起响亮的口哨，快乐忘形。他的头被我形容为“一截刚从森林里锯下来的松木墩子，正散发着生命的芬芳”。还有一位锡伯族政协委员，他说：“我们是弱小民族，汉族是老大哥。”我纠正道：“锡伯族是人口较少民族，但绝不是弱小民族！”

他们听了欢呼起来——“干杯！”

那天晚上我非常兴奋，因为我又一次巧遇了新疆真正的精神和新疆的美！在一个很矮小的酒店里，在一群陌生的各民族朋友中间，远古的迁徙者与近代的迁徙者会师了，歌唱与欢乐为任何别的地方所难寻！

谁说我们这里是没有文化的地方呢？我们的文化只是藏得比较深罢了。它不在舞台上、不在荧屏上，而是深藏在历史之中和每一位迁徙者的心里。它是一种久经打磨的真实感情，故而不能表演，无法演出，只有在特定的环境际遇下，交会碰撞出大真大美的光芒。

是的，命运交付给我们生存的土地是值得倾心去爱的。有一个从甘肃迁来的吴老汉，住在戈壁滩上，放了一群羊。他的土屋柴门之外不远处，突然被测定为亚洲大陆地理中心，东经87°19′52″，北纬43°40′37″，由新疆科学院竖标立牌。谁也想不到，整个亚洲的地理中心，竟是这个小小的包家槽子。

结果，吴老汉潜藏着的某种力量被唤醒了，他卖了羊，每天专心凿刻起大石狮子。他在这“无浪三丈风”的地理中心苦苦地、津津有味地凿了三年石头狮子，许多报纸报道了他。

这个牧羊人默默地在风沙里凿刻石头的举动，引发了城市里相当一些人的共鸣，他的顽强的“亚心守望”精神，他的对于某种不关生计的幻觉的妄念，成了人们对自己生存的这片土地难以割舍的爱的寄托。人们从吴老汉的痴情中，找到了一切迁徙者的归宿和家园。

也许吧，越是荒凉的地方，爱越是容易凸现出来，信念越是像背水一战的决心那样决绝地耸立起来——一如中国西部那些挺拔不屈的山脉。

帕米尔印象

帕米尔高原对我来说已是三十年前的旧梦了，时光把我拉得离它越来越远，记忆却把它变得越来越清晰。所谓清晰，就是枝蔓去尽只留下一些精准的印象，刀锋刻就的一般，想忘都难。

帕米尔是当今世界上最简洁的地域之一。简洁到了大约只需要这样一点词汇便可以概括：高原、石头城、塔吉克族人。清寒之顶，天外之域，人口一万，牦牛数只。它的夜晚只是一个剪影，石头城上月如钩；它的清晨只是一声啼叫，屋顶雄鸡唤日出。今年不是有一部炒得很火的贺岁片《天下无贼》吗？我去帕米尔的时候正是“天下无贼”的时候，帕米尔路不拾遗，东西丢在哪里就在哪里找到。

单纯之地，上古之民，生活简单朴素，民俗斑斓多彩，人的良知还没有“大大地坏了坏了的”。据说，本来设立的象征性的监狱，仅关过有数的几个犯人。

我去塔什库尔干是1974年，县团委的一位女干部和我是一个军队农场出来的，以前见过面，没说过话，就叫她E女士吧，交大毕业的，文雅，一脸学生气，这是全县我唯一认识一点的人。

然后，我们把严肃的工作迅速转变成一次学生味十足的夏令营活动。我用县团委的小口径步枪猎获了一只误以为是野鸽子的家鸽子，遭到了鸽主的指责，然后再猎乌鸫数只，到E女士家吃了一顿“乌鸫炸酱面”。这件事很容易使我联想到鲁迅《故事新编》里的那篇《奔月》。当然，我不是后羿，E女士也不是嫦娥，E女士白净的脸被高原晒得爆起了皮，有损容貌，但她毫不在意。后来听说她调回了北京，E女士果然是嫦娥，“奔月”了，我觉得她应该去北京，要不然可惜了。但我相信帕米尔的生活一定成了她记忆中的一角圣地。

隔了两年我又去了帕米尔，这次认识了县团委书记肖盖提，塔吉克族。他的坐骑给我留下深刻印象，那匹黄骠马，又野又顽劣，体形匀称，两眼精光四射。

我说他这匹马看起来不错，我想试骑一下。他说，它很厉害，一定要小心。他让两名塔吉克族大汉紧紧抓住马辔头，我踩镫上马，不料那马直立起来，竟使两名大汉被吊起悬空！我还没上马背就下来了，算了算了，我说这不是马，是一只老虎，从此再不敢动骑它的念头了。

离开那个村时，我骑在我的黑马背上等肖盖提，他光上马就费好大劲。那马就不让他近身，抽冷子踩上镫了，那马四蹄腾空，乱跳乱踢，肖盖提被颠得在空中俯仰窘迫，好半天才把住。他不好意思地说：“它是狼，不是马。”他说这匹马全县赛马跑第六名，为什么？别的马跑直线，它四处乱窜还得了名次。我们并辔而行，一路上肖盖提的马都咬着铁嚼子，眼睛里恶狠狠的，盘算着怎么找机会把善良和蔼的县团委书记从自己背上摔出去。

时隔二十年后，有一次我在自治区党校院内碰上了肖盖提，他变化不大，我一眼认出他，说了一些闲话，时间和空间终于还是隔得太久了。

平生两上帕米尔，时光已流三十年。如今生活在一座饱受污染的城里，想到帕米尔，心中一片清澈。那里离太阳最近，把白皮肤的塔吉克族人晒成藏民；那里的溪河最清，用肥皂洗头头发都是又滑又亮的；那里终年不化的雪谷中，肥胖的雪鸡鸣叫着从两山之间滑翔而过，鸣声回荡，令人难忘。

人一辈子还是应该到帕米尔高原上去体味体味，这比读什么孔孟之道，甚至比读庄子更让人返璞归真，更让人理解人类和自然。帕米尔是一本永远打开的、静谧的书，等着你去读。

你可以不读，但受损失的不是它。

塔里木河

每当我离开你的时候，

叫我怎能不忧伤？

——新疆民歌

一

谁都知道新疆人是乐观的，新疆人的乐观豪爽和能歌善舞已闻名天下。但是这种被宣传出来的新疆式乐观主义形象中，总是间接地给人产生出一种“傻乐”的印象，一种不知今夕何夕的、缺乏心灵深度的感觉。

那是因为在这种宣传中剔除了一种东西：忧伤。

新疆人的乐观的确是一种天赋，那是健康的体魄、生命的活力超越于生存苦难之上的自由飞翔。但这并不等于没有苦难、没有忧伤，更不等于心灵对苦难和忧伤麻木不仁。

恰恰相反，乐观和幽默是对付苦难的最有效的武器，只有面对大苦大难才能产生出乐观和幽默。所以，当那些表面上载歌载舞的人们吐露忧伤的时候，就会比那些整日郁郁寡欢、努力做深沉状的人更真实、更能触动人的心灵深处。

二

我心里珍藏着一支歌，我始终诧异的是这支歌为什么至今不能广为流传。更为奇怪的是，在新疆的很多民间性的文化场合里，许多人都唱它，而且不少其他地方来的优秀人物第一次听到这支歌时就会被它迷住，但它仍然只存在于少部分人当中。

难道这是至珍至美的事物不可改变的天性么？我不相信。

一个人一生应该拥有一支歌，这支歌不管有多少人会唱，但在本质上只属于那一个人，它和他灵魂同质，是他最高情感和全部生涯的概括，是他一生命运中最有代表性的季节天空中的云朵。这样的人生唯一的歌曲，能是由肖邦、贝多芬、施特劳斯笔下产生的么？我怀疑。

至珍至美的音乐旋律，一定和土地，故乡，个人命运，自己生活的气息，不可分辨的一致性和新鲜感，永恒的山脉与河流，果树和人，畜群和尘土，语言和心理……息息相关，舍此，便是欣赏而不是生命自己的歌。

自己的歌是多么优美而又忧伤的、可遇而不可求的神品至创啊！

“一声何满子，双泪落君前。”

是这样，正是这样，它正是这种徐缓迷人、令人无端泪下的声音。它并没有唱过苦难，但让你理解了苦难，而且理解了自己从未经历过的苦难；它也没有歌唱幸福，但让你感受到幸福，那是让心灵承受不住的大幸福。

它以优美达到哀伤，像一条河在你心里流啊流，流得一切都变湿润了，一切都变柔软了，一切都变得有生命了，因而你哭了，你的心被这条河感动得无以名状。你说不出你是被什么感动哭的，你只觉得你所见到过的一切，都活在河面上。

你的阅历有多深，河就有多深。

你的想象有多大，河就有多大。

它超越了真实的塔里木河，而成为一支名为《塔里木河》的民歌。从此，它不再从土地上流过，而是在爱它的人们心上流过，一代一代，永不消失。

三

它像一个梦幻中的情人那样神秘，不知从何而来，也不知因何而去。当它第一次出现的时候，你第一次听就惊呆了。你久已厌倦并失望于当今世界上那些翻来翻去的破歌，你相信你所期待的那种声音已不可能出现了，但是它竟然来了。

歌者唱前的神情已经预示，他表情庄重，他目光深远，仿佛他眼前正对着的是一座沙漠深处的村落。那里有他的亲人，有他的初恋，他要用心去唱，他不希望任何嬉笑亵渎了这支歌。

甚至掌声。

歌者出唇的第一句就直入我的灵魂了，“塔里木，河哎——”仿佛一年一度熟悉的戈壁秋风直入草滩，长驱千里，我心灵上的草叶瑟瑟发抖！“塔里木”这三个字唱得低沉、平稳，像在念叨一个熟稔的地名。但是“河哎——”像一只脱手的大鸟突然腾空，它拔高，一直拔高，深入长空极处，留下悠长不绝的凄凉。

接下来的一句是：“亲爱的塔里木河——”。这是一声叹息，一阵木轮车声，一段艳情，一段刻骨铭心的爱。岁月长逝，无法追回，低声叹息，无可奈何。

世间竟有这种歌吗？

宏大有如曹孟德之诗：“日月之行，若出其中；星汉灿烂，若出其里。”

苍凉有如敕勒川之风：“天苍苍，野茫茫，风吹草低见牛羊。”

自从一听此歌之后，每偶闻之，都如与巫山神女梦中相会，极尽情融。然而奇怪的是，这支歌的曲调和歌词，总是随人而异，不断有所变化。这个人这么唱，那个人那么唱，总的旋律差不远，可是每个人唱时都加入了自己的理解和愿望。

它像天空中的一朵大云，任风拉长、推圆，但谁都知道它还是那朵云。

四

这是一支真正意义上的、活着的民歌。我说它“活着”，是因为它目前仍在民间被无数热爱它的人不断赋予新的内容，但因此也有了另一种不幸，鱼目混珠的可能已经发生。

现在舞台上有一支《塔里木河》，歌词和曲调脱胎于这支歌，精神和气质却完全背离。歌中也有“塔里木河，故乡的河”，也有“哎——”，但是篡改了忧伤的底蕴。

我不得不指出：它的改头换面极大地降低了原来的民歌水准，偷换了原歌中最优美动人的那种忧伤的情调。

我们宁肯让动人的《塔里木河》永在民间，永不问世。因为这个原因，我想起了有关这支歌的创作者的一些传说。

是六十年代末还是七十年代初呢？一批维吾尔族知识青年，要离开他们接受再教育的塔里木河了。这些精通两种语言的、和当时的全国各族青年同忧共患的天山儿女们彻夜狂欢，长歌当哭。青春的磨难终生难忘，今后的岁月茫然一片，这些青年男女开始唱歌了。先是唱一些流行的歌，但都不过瘾，后来有人唱起了塔里木河，一遍一遍，大家都唱，唱一遍哭一阵，哭完了再唱！

一支歌就这么诞生了。

那些青年把它带到了全疆各地，在知心朋友的晚会上，它重现了那个离别土地、告别时代的夜晚，一经听过，永驻心灵。

五

这支歌的灵魂就是忧伤。

这是一种什么样的忧伤呢？

是悠悠岁月的白云滑过晴空时摩擦出来的声响，是南飞大雁的翅膀拍击北风时的音乐，是第一片雪花飘落在婴儿脸颊上时引起的轰鸣，是河流的拐弯，土地收割后的裸露，山峦雪峰永恒悲悯的目光……这忧伤比宽容还要广阔，比理解更要深厚，它没有具体的内容，也没有指向什么，它甚至连具体的爱情啦，美丽的姑娘啦都不需提到。

它的大忧伤直指土地和人，岁月和生命，而里面包含了无穷无尽的内容，像河水一样滚滚而来。你可以唱成塔里木河，也可以唱成塔里木，都行，那无非是一个倾诉的对象，那既是全部生活也是一个具体的人。

你一定能够感觉到，在这面对塔里木河的倾吐中，始终有一个姑娘的影子。她是那样窈窕妩媚，又是那样纯真无邪，她对这样的深爱毫无知觉……直至现在她可能还不知道这支伟大的歌是唱给她的呢！

这支歌因此而超越了个人和爱情，升华为优美的忧伤和忧伤的优美。它的美几乎是不可重复而只能重逢的，这绝不是夸张，因为最专业的歌唱家能不能唱好它都是可怀疑的。他（她）们嗓音太清澈了，他（她）们太训练有素了。

那种深厚的、带有摩擦感的低音能唱出来么？那种明亮的、不断拔高的、具有强烈生命活力的高音能唱出来么？那种适应于维汉两种语言的、只有极其熟悉才能发出的地名读音能唱出来么？

噢,还有那种忧伤……

六

因为有了这支歌,我的心踏实了;因为拥有和理解人间的真美,我就觉得和永恒站在了一起。

我的心不再会衰老,也不会被世界遗弃,因为我和这样一支歌站在一起。

什么都不用怕,什么都不用担心,人的心在怦怦跳动,最美的事物将在那里面永存!

谁也夺不走它。

1995年9月14日写于新疆

喀什寻梦

大约三十年前，我曾对生活了八年的喀什有过这样一句评论，我说："你可以一眼望穿乌鲁木齐的五脏六腑，但你永远无法看透喀什那双迷人的眼睛。"许多年来，这句话成了新疆当地的土产名言，多少人去了喀什，但至今没有人敢说读懂了喀什。

喀什静静地坐落在天山南麓，丝毫没有害怕被这个世界遗忘的忧虑。上下千年，风烟万里，喀什与时俱进而又风貌独具，高楼林立而又古巷幽深，纳五湖四海而又禀性难移，面向未来而又紧连着历史的根系……现在的学者们懂得了"二十一世纪最重要的能力是跨文化交流"，但是他们不知道，上世纪七十年代，我们就已经身处在这种能力的考验和冶炼之中。喀什之所以难懂，恰恰因为历史文化的跨度、反差着实太大。

有多大呢？细数国内，没有比喀什反差更大的；放眼世界，少有比喀什更陌生的。欧美文化离我们远，但百年来接触、研究得多，而喀什，反而成了自家庭院里的幽僻之角，了解不够，宣传不足，研究更少。

吐曼河浑红的河水从七里桥下流过，喀什地委大院依稀保存着大巴依（富有的人）庄园的风貌；宽平坦直的水泥街道和曲巷迷宫般的旧区形成鲜明对照；宁静哀婉的香妃墓池塘与吾斯塘博依商业街世俗的喧嚣热闹完全两个世界；身着空军军装的维吾尔族探亲女兵和穿着民族服饰匆匆行过路边的妇女的相遇，像海水和河水交碰在一起的瞬间！盛大节日艾提尕尔寺前万人萨玛舞的热烈忘情和幽巷院落中养了几十只怪猫的老妇的那份孤独寂寞……这些，都在喀什。

喀什是那样一眼望去就与众不同，它吸引你，迷惑你，但同时又让你永远难以深入。假如路边一个醉汉抓住你，让你和他再喝，你可以去，但你想不到他土巷深处的家布置得那么华丽。最后，他会亲吻你的额头，用半生不熟的汉语说："我们团结一起，敌人来了，把他枪毙！"这就是喀什人，他渴望得到尊重和友谊。

同样，喀什的汉族人也不同于乌鲁木齐的，他们当中有不少人操一口流利的维吾尔语，而且他们说汉语时也喜欢拉一些维吾尔语式的长音。比如"我说"这个词，他们的方言就成了"带一曼——"……在边远小城喀什，你可以看到湖南、湖北人，也可见到江西、江苏、四川、甘肃甚至广东和云南人。他们以各种方式和身份来到这里，有的融进去，扎根几代，枝繁叶茂，有的又回归故土或另觅新地。但是在他们的一生中，难忘的是喀什，喀什将成为他们永远值得回忆的地方。

与中国众多的大城市和发达地区相比，喀什是个小城市，但喀什不是个小地方。它依托着昆仑山和天山这样雄阔壮大的两道山脉，源源不断的雪水河流浇灌绿洲、滋养生息；它面对塔克拉玛干这样巨大浩瀚的沙漠，无尽的地下资源等待着它。这个产生过《突厥语大词典》的地方不能说没文化，这个古代喀喇汗王朝的故地不能说没来头。自古以来，喀什就是多种文明的交汇地和缓冲地，多种文明在这里碰撞，佛教文化和伊斯兰文化轮番在这里盛行，还有丝绸之路，还有欧洲文明和蒙古文化等，都汇集到这个离海洋最远的地方，形成它复杂的性格、多重的心理、独特的品质。

人说“不到喀什不知道新疆之大”，不错，但是不到喀什更不知道西域文化之深厚丰富。喀什是一个梦，是一个生活了八年回想起来仍然扑朔迷离、真假莫辨的梦。你很难搞清楚，那些存在于你记忆的人和事、城墙和涝坝、街道和民居、白昼和夜晚……哪些是真的，哪些是幻象。它们混在一起，像奶茶一样奶、茶难分，余香满口。

也许你已经走过了很多地方，甚至走遍了世界，但你还是应该到喀什去转转，品尝一下叶尔羌河的鱼、巴楚的羊肉和喀什的葡萄、杏子、无花果。走累了，在水渠边的树荫下坐下来，打个盹儿。

你会做一个与别处完全不同的梦。

—第二辑—

稀世之鸟

乌　鸦

四班有九个人。这九个人的大号名讳依次是:黑子、蓝毛、鲁塌头、志刚、老哈、赖皮秦俊、大胖子玉素甫江、瘦干艾买提和田样板。四班的宿舍在这排土房子的顶西头,班长田永生。

四班所有的人不论好孬,都极有意思。唯独班长田永生,好孬不论,堪称全世界最寡淡、最没意思的一个。他长得一点儿也不难看,甚至五官非常端正,端正到了一本正经的地步。也算难为了他爹和他娘,你看着他的面孔、身材,无论怎么也会相信他妈绝对是因为开会时听他爹讲话,忽然身子一颤,怀上了他。不然,若有一丝一毫的不轨行为也生不下这么个五官端正的人物来。

那时正好兴样板戏,大家就觉得他像"样板人"。田样板可能从托儿所时就开始担负领导工作了,从大队长、团支部书记、学生会副主席直到校革委会委员一路当过去,蚕吃桑叶一样勤勤恳恳,狗吃屎一样跑跑颠颠,终于在巩乃斯草原风吹草低见牛羊的时候,被正式任命为四班班长。

田样板虽然正经,但也有犯荒唐的时候。有一次黑子和志刚在学习"老三篇"时激烈地争论起秦始皇的功罪,忽然,主持会议的田样板一脸认真和严肃地探身问道:"秦始皇是谁?"全班九个人除了田永生全都愕然,一齐盯着这位班长,好似不认识他了,弄得他反而气愤不已,大叫:"这有什么奇怪的?真是!"他觉得冤枉,觉得大家总是联合起来不服从他的领导。当然他冤枉得也有道理,这八个战士是有点难对付。黑子是个绝顶聪明的恶棍,每隔三天怀念一次他老婆的大腿,经常咂着嘴说:“我老婆的那两条腿杆子……啧啧!”

蓝毛是没长恐惧神经的傻汉,不知道怕。造土手榴弹时期,有一颗就在他手里炸了,结果他没事,三十米外的人倒抱着头鲜血淋淋。赖皮秦俊是个每天晚上施放毒气的臭狐狸。老哈是阿尔泰山里摇摇晃晃好吃懒做的烂狗熊。鲁塌头是破罐子破摔专门和领导作对的典型。大胖子玉素甫江,体重九十多公斤,小拇指头和别人的大拇指头一样粗。他从来不打人,只是笑嘻嘻地用一根牛指朝人肋骨上戳戳就够了,没人受得住。瘦干艾买提为了维护民族团结,基本上光动脑子三天才想起说一句话……这个班里荟萃了全连体重最重的和最轻的,个头最高大的和最矮的,相貌最英俊的和最丑陋的,脑子最聪明的和最笨的,还有,就是八个最不安分的和一个最正经的。

时间虽然也还是时间,也还是照样在手腕上的那个带玻璃罩儿的圆形小体育场里练步子,但实际上已经老了,老成一张啰唆老汉的嘴,耷拉长了一倍,没完没了的精练不起来。

巩乃斯草原的冬天过了差不多有半个世纪仿佛才刚到,它的劲头还很十足,充满活力。纷纷扬扬的大雪下得像是忘了停,浑浑噩噩的鹅毛飘洒,茫茫凄凄的大地变厚,天空低垂,地球升高。

只有红泥小火炉和九个温暖的傻瓜,在这世界上活着。除此之外,你不相信还能有别的什么。

当然,还有。牧人在毡房里打瞌睡、喝酒。他的马拴在外面的木桩上,安详,一动不动,耳朵上、鬃毛上、鞍背上铺了一层厚茸茸的积雪。它像一块化石,血液缓缓潜流地承受着冬天。

球老汉的摆渡算是停了,巩乃斯河结了冰。冰上落了雪,雪上有各种各样的足印,也有白水貂的。白水貂这精灵是白对了,那么雪白,不可能分辨哪个是滚动的雪团,哪个是它。不知道它吃什么,活物?河里结了那么厚的冰,载重卡车都能开过去,它咋样才能钻进水里吃鱼呢?冰厚得像一道鱼儿们家里的大门,一关上,就是冬天了。

一只乌鸦落在近处的树梢上,换了好几个树枝才站稳。雪抖落下来。它耸起它那黑风衣的领子,缩着个贼脑袋,故意装出一副很哲学的球样子,像是思考什么重要问题。

另一只乌鸦干脆落到四班窗户的土台上来了,隔着玻璃朝里看着。它的眼睛里竟然丝毫没有流露出对温暖的羡慕和对人类的惊奇,相反,有一股藐视,仿佛它是一个刚从国外回来的高贵绅士,而我们倒是一群缩在一起的乌鸦。

"到底谁是乌鸦,谁是人呢?"黑子第一个发现了这个问题,他说,"他妈的隔着一层玻璃,它倒变成监视我们学习的领导了!我操你奶奶的乌鸦!我最恨这号自以为了不起的烂鸟了!你们看看它那副贼德行!"

果然。那乌鸦开始在窗台上走来走去,翅膀背在身后像一双倒背着交叉的手。它低头踱步,如一位长着长鼻子短下巴的黑衣监考官。

田样板放下手里的"老三篇",以班长的负责态度走过去,"嗒、嗒、嗒……"用手指在窗玻璃上敲了几下。乌鸦一惊,飞走了。

这只乌鸦飞上树,和树梢上那只乌鸦说了些什么,交换了什么意见。只见那只乌鸦点了点头,好像同意。一会儿,那乌鸦又飞回来,落在窗台上。

"嗒、嗒、嗒……"用嘴在玻璃上敲了几下。

田样板正在以千念不烦的态度读着"白求恩同志是加拿大共产党员,他不远万里来到中国……",听见响动,以为是连首长来了,一屁股弹起来,慌忙要去开门。听见大伙哈哈大笑,他停住,扭过身问:“怎么回事儿?”

蓝毛一本正经站起身,朗诵道:“黑乌鸦先生是墨西哥民主党员,它不远万里来到四班,为的是……”

“找田永生谈恋爱!”黑子立即接上了。

小土屋子里立即爆发出一阵肆无忌惮的狂笑,学习“老三篇”的气氛全破坏光了。

趁大家笑得上气不接下气的时候,赖皮秦俊偷空放了一个极其腐败的屁。平常他只要放了屁,准定首先被老哈闻出来,好像老哈认识他的屁味儿,一有苗头就能识别,立即一脚就把他踹出门外晾一会儿。

这次老哈没嗅出来。赖皮秦俊高兴地和别人一块狂笑起来。他是笑别人光顾着笑了,结果他的笑感染得别人又多笑了一阵子。

笑完了,更觉得无聊。

“好啦好啦,开始学习吧。”田永生发话了。

“学个球,都快开饭了!”蓝毛的话接近反标,田样板一愣,没敢上纲。蓝毛身躯魁梧如古希腊掷铁饼者,人缘又好,田样板知道一旦告上去,除了他自己,别人都会说没听见。他望望窗外,雪已经停了。再看看表,是快开中午饭了。“那咱们总该找点儿什么事儿干干吧?坐着等吃饭?”他搓着手嘟囔。

“捉乌鸦。”有个人建议说。

看来这件事是引起了全班的兴趣,九个人稀里哗啦爬起身来,从大通铺上滚下地,忙开了。大胖子玉素甫江献出自己的脸盆,瘦干艾买提用刀子从床板上劈下一根木撑子,老哈拖着大头鞋到食堂找了半个馒头,掰成碎块,志刚找了一根细白绳子。

弄妥了,派赖皮秦俊在路边上放哨溜达,随时报告乌鸦的情况和动向,省得放屁熏人。

田样板捏起绳头，躲在门背后，一脸的天真无邪。班长牵头儿，他当仁不让。

其他的人一律躲在窗玻璃后面观察。

雪地上，木棍支起脸盆，脸盆下面放好了碎馒头，等着一只乌鸦飞来。

果然就来了。一只，两只。巩乃斯的乌鸦的确是多，鬼鬼祟祟落下来，东张西望。有一只先走过去，假装伸伸头。再伸伸，一缩。

赖皮秦俊压低声音喊："先别动手！"

看看没事，那只乌鸦依然不进去，只盯住看。另一只乌鸦干脆踱步离远了些。又来了几只，凑在一块儿，开会。过了好几分钟，冷不防一齐扑过去，抢着叼碎馒头！

赖皮秦俊喊着："快拉！"

田样板拉了线儿，脸盆"咣当"一声落地，吓走了几只，盆沿儿砸住翅膀后挣脱了一只，好像扣住了一只。

"哇啊！"九个人连滚带爬窜出去，抢着要抓那只乌鸦。田永生毫不留情地一劈手臂："让我来！"他小心地把手塞进盆沿儿，探准了，一把抓住举在空中，像举一只优胜奖杯。

其余八个人得意忘形，狂呼乱叫着扑上去，每个人都想捉一捉那乌鸦。结果那乌鸦在田永生手掌里突然头一偏，眼僵直了。

田样板奇怪："咦！怎么死了？"

黑子气得大叫："都是你攥得太狠，看，给攥死了。"

"我保证没使劲儿捏，向毛主席保证！"田样板也急了。

大胖子玉素甫江过去，把乌鸦的尸体在肥胖的手掌里掂了掂，像个卖肉的掂一只可怜的瘦鸡。他想了想,以对当地乌鸦的特殊了解的口吻说:“它是气死了。”

气死了？乌鸦还能气死么？

“嗯,是气死。”他说,“很多鸟类都不愿意被人抓住,有的嘛,被人抓住以后,不吃饭,就死了;也有的当场气死。鸟儿自由自在惯了,而且它们的心脏小得很,一抓,它太激动、太生气得很,心脏就破裂了,完蛋啦。就这么回事儿。”说完,大胖子双手一摊,眼皮往下一垂,表示遗憾。

听完这个解释,大家觉得是这么回事儿,纷纷回到土屋里,学“老三篇”。离开饭还差十分钟。学了不到半分钟光景,还是蓝毛憋不住了,半是自语半是向大家地冒出来一句话。

他说:“人怎么就气不死呢？真怪。”

隔窗看雀

它总是拣那些最细的枝落，而且不停地跳，仿佛一个冻脚的人在不停地跺脚，也好像每一根刚落上的细枝都不是它要找的那枝。它跳来跳去，总在找，不知丢了什么。

它不知道累。

除了跳之外，它的尾巴总在一翘一翘的，看起来像是骄傲，其实是保持平衡。

它常常是毫无缘由地“噗”的一声就飞走了，忽然又毫无原因地飞回来。飞回来的这只是不是原先飞走的那只，就不知道了，它们长得看起来一模一样，像复制的。

它们从这棵树飞往另一棵树的时候，样子是非常可笑的，那是一团，中途划着几起几落的弧度，仿佛不是飞，而是一团被扔过去的东西——一团揉过的纸或用脏的棉絮团儿什么的。

它如果不在中途赶紧扇动几下它的小翅膀，那就眼看着在往下栽了，像一团扔出去的东西在降落的弧线上突然被重新扔高，它挽救了自己。

它不会翱翔，也不会盘旋，它不能像那些大的禽类那样捉住气流，直上白云苍空之间，作大俯瞰或大航行。它是一个现实主义者，从一棵树到另一棵树，从一个楼檐到另一个檐台，与人共存，生存于市井之间，忙碌而不羞愧，平庸而不自杀。

它那么小，落在枝上就是近视眼中的一个黑点，连逗号还是句号都看不清楚，低飞、跳跃、啄食、梳理羽毛，发出永远幼稚的鸣叫，在季节的变化中坚忍或欢快，追逐着交配，有责任感地孵蛋和育雏……活着。

它是点缀在人类生活过程当中的活标点：落在冬季枯枝上时，是逗号；落在某一个墙头上时，是句号；好几只一起落在电线上时，是省略号……求偶的一对儿追逐翻飞累了落在上下枝时，就是分号。

和人的生活最贴近，但保持距离。

经常被人伤害，却总也不远走高飞放弃贴近人时的方便，所以总不见灭绝。

它们被人所起的名称，是"麻雀"。不知道它们彼此之间是不是也认为对方是"麻雀"呢？

瞧，枝上的一个逗号飞走了。

"噗"地又飞走了一个。

谷仓顶上的羊

萨依巴格乡六月的阳光是白花花的银屑，洒满在空中和地上，亮得耀眼，逼得人透不过气来。外加周遭到处都是干燥、倔闷的黄土，仿佛在和一切生命赌气，誓死不开尊口，非把你闷死了才乐意。偶尔有一些树，沙枣或馒头柳，杨树或槐树，也只是些灰淡的暗绿，丝毫打不起精神。

县委副书记余会全在一群乡、村干部陪同下走在土路上，脚下踏起的土末儿沾在裤腿上，像是刚刚不小心踢翻了石灰桶，有股狼狈相。余会全心绪茫然，好像午睡没醒透，他的心境也似这环境，非常糟糕。而且他意识到，这段路颇似他眼下的人生道路，了无生气，没有指望。他想着远在数千公里之外的妻儿，温馨不再，光阴两隔，一下子换了个世界，反差这么大。再想到他工作的那个局里的人人事事，每想到一个都觉得人家脸上挂着嘲讽。

晦暗的情绪令人沮丧啊！余会全差点儿把这句心里想着的话说出口来。这给了他一个警示，使他想起自己的身份，一个县委副书记随时随地在公众面前都必须像一个县委副书记，这不比一个演员扮演一个角色容易。

想到这儿，他努力振作起精神，步子忽然变快了点儿。

下午的安排是检查萨依巴格乡新建的一个粮仓。远远地已经可以看到了，那个粮仓挺高大，耸立在一片场院上，席棚尚未遮盖，木梁、木架像一个庞然大物的骨架标本，空空荡荡地兀自耸立在那儿，等待着长肉长皮。

余会全站在空仓下望过去，粮仓规模不小，木料也全是好木料，散发着干燥而又清新的香气。几个穿衬衣、头戴圆顶帽子的维吾尔族村民，正在木架上扭过脸来看着他。他觉出自己脸上微微有些笑意，算是打招呼吧。

忽然，他的目光被一个东西吸引住了，好像光天化日之下看到了什么奇怪的事物，有点不可思议——仓顶上游走着一只羊。那只羊仿佛不是在高大的粮仓顶上漫步，而是在高峻的绝壁断崖之上，它旁若无人，君临万物，大有占领一座古堡的帝王之概。此刻，它根本没有理会脚下出现的这几个人。

啧，这是怎么回事儿？这不是有些奇了？大白天的羊怎么跑到那么高的仓顶上去了？余会全半张着嘴，目瞪口呆。他盯着那只羊看，更看出那不像一般的羊，而是一只体格硕大、皮毛淡黄的羊。那羊看起来要比普通的羊起码大一倍，非常雄伟，眼神里也有一股毫不驯顺的桀骜之气。

“谁把那羊弄到上边去的，啊？”余会全仰着脸朝上面喊道。

乡党委书记刘军也跟着这样喊了一句。

仓顶上的村民说了些什么，声音不高，面部表情有些幽默，好像他们和那只羊是一伙的，是同谋。

副乡长乌买尔自觉充当了翻译，他照翻了村民的话：“谁也没有把那只羊弄上来，是它自己把自己弄上来的。”

“自己？”余会全上上下下打量了一番，摇摆着脑袋说，“那么高它怎么上？”

上面村民的话又翻译过来了，仍然很简单：它有办法。

“有办法？有什么办法？”余会全再次观察了粮仓周围，仓的一边和一座旧仓库的土墙紧挨着，但是那土墙，余会全看了看，也得有三米高，他想象不出那只羊是怎样跃上这么高的墙头的。

此时，羊成了余会全最大的悬念，诱发了这位县委副书记的久违的童心。

他好长时间没有这么好奇过了，对高处，对异样的羊，对那些处于非常态的事物，充满兴趣，蠢蠢欲动，像个傻孩子一样非要弄个水落石出。

“先把它从上面给我赶下来！”他命令道。

村民们照他的指示去做了，毫不费力，轻轻一轰，那羊就下来了。它从仓顶上轻盈一跃，就到了土墙上；然后在墙头像散步似的踱至中端，墙下有一堆粪土，它头朝下顺势一跳，就这么下来了。它下来后，仿佛一个高层人物来到了人民群众中间，面容和蔼，态度矜持，频频点头示意。

余会全有一种被接见的感觉，但略有遗憾的是，那只羊对他表情淡漠，连看也没有仔细看他一眼，却对几个维吾尔族村民表示亲昵。尽管如此，余会全还是对这只羊产生了某种微妙的崇敬之情，因为它的确是显得太不同凡响了，其肥壮、硕大与高贵，均非凡羊可比。他起了疑惑，就问：“这羊怎么和一般的羊不一样？”

副乡长乌买尔询问了村民，然后转告他，说这只羊嘛，根本不是平常我们吃的羊嘛，它是铁提力克山上的野羊。村里的猎人，上山打猎嘛，打死了它的妈妈嘛。那个时候，它还太小得很嘛，小娃娃一样，可怜得很嘛。所以他们把它带回来，养大了，成了现在这个样子。乌买尔说：“它的体重八十多公斤，喜欢上房，太厉害得很！”

余会全听了，心想，这就是这只家养的野羊的身世了，难怪如此行为怪异、气概不凡呢。这是一只无意间从野生世界闯进人间社会的大角盘羊，在适应了村民的同时还完好地保留了它的天然习性。他觉得这里面似乎有一种什么深远的意思一闪而过，像一条鱼在水面上闪动了一下，倏忽又不见了。这个意念他没能捕捉住，但他能感觉到是来自血缘的底层，有一种原始的滋味令他触动。

他凝视那只羊,它皮毛灰黄,肌肉发达饱满,绷紧了全身的皮毛,显得油光发亮。再细看它的一双眼睛,褐黄色的一对,没有一丝哀告的神色,里面全是桀骜不驯的野性之光。它是骄傲的、高贵的,甚至对陌生人透出一种藐视。余会全想,这才是一个对自己充满了自信和自豪的生命哪。

他凑过去想摸摸它,可它跳开了。

看来,那只羊并不认为县委副书记值得亲近,它躲着他,不让他靠近。余会全试了几下都没有成功,只好放弃了这种打算,他看着那只羊,嘴里不停地说:"它太大了,它怎么长这么大呢?"然后他又想起了它在谷仓上的那副自在样子,刚才看见它下来,他已经相信它是能上去的了,但他还是想象不出来它是怎么跃上三米多高的土墙的,他对身边的人说:"能不能再让它上去?"

村民们围过去轰那只羊,开始它不太情愿,轰了几下,它只好当众表演了。它朝土墙下的那堆粪土冲过去,奋力一跃,让自己停顿在土墙的半腰上。然后它在土墙的陡壁上做起了慢动作,先用两只后蹄扣住墙壁,再支撑全身,空出两只前蹄仰身再次一跃,把八十多公斤的全身稳稳送上了墙头。

剩下的事对它来说就是轻而易举了,就像一个完成了高难度动作的平衡木选手,放心大胆,充满自信,它四蹄踏出清脆的响声,轻盈跃上谷仓顶,像帝王一样居高临下,再一次对臣属巡幸俯察。

余会全想,是啊,总有一种东西高高在上,是我们所永难企及的。第一,他想不到这只羊竟会如此强壮,这是他从来没有见到过的,这改变了他认为羊都是弱的这一印象。第二,他想不到这只羊竟会如此聪明,它跃上土墙时采用了两次完成的巧妙方式,使不可能完成的事完美实现。

余会全看着那只羊,谷仓顶上的羊,它正高傲地昂起头颈,如站在悬崖巅顶,遥望远方。这一幕是难忘的,余会全意识到了,他永远不会忘了这只羊,这只羊给他上了一堂课，这堂课是他在大学里从来没有学到过的。

二十七年之后，副省长余会全在省委党校的结业典礼上讲话，他说起了这件往事，他说："萨依巴格乡六月的阳光是白花花的……谷仓顶上，站立着一只羊。"

2000年6月19日写于阿克苏

虫子，爬吧

你说虫子算一个什么东西？虫子有什么了不起？有谁能把虫子放在眼里？

可是，虫子在爬着，它在蠕动着、蹦跳着、缓缓飞行或快速移动着……虫子就是这样，它不管你是不是喜欢它、欢迎它，它就出现了。它甚至连看也不看你一眼，自顾自地向着某个方向游移，也不知到底有没有什么正当、合理的目的。

虫子爬得很庄严，很有一点绅士风度，它似乎并不认为自己是这个世界上最渺小、最可怜、最让人轻视的生物，看样子它们并没有意识到这一点（它们缺乏起码的、应有的自我批判意识，它们自我感觉良好）。

特别是它们竟然毫未感觉到另一种伟大的存在正从一米八的高空威严地俯瞰着它们，是好奇的关怀，也是可怕的威胁，它们丝毫没有感觉到，而且连看也没看一眼。自顾自，它们爬着。

有什么好爬的？傻家伙！

两座隆起的丘陵之上，是两根巨大的通天柱，柱上是写字楼；写字楼之上，是个似圆非圆的储水罐，罐上有一对黑白相间的圆球在转动，投射下两束含义不明的光（这两束光的名称叫"眼光"，虫子当然不会晓得）。

虫子没有理会这个庞然大物的存在，它依然在爬，而且似乎比较匆忙，反正它不是去幽会就是去觅食，除此之外没有什么别的好忙——这和我们人类大致没什么两样。也许在它心目中，俯察万类的巨物并不是什么生命，而只是一种风景、一座山峰之类的陪衬而已。此刻在世界上唯有它在活动。它并不觉得自己小，它正在地球上爬，正用它的爪子和腹部紧紧拥抱着地球，地球在转动，它在爬行，有什么理由认为它渺小呢？

各种虫子爬动的时候，那是姿态万方，各显其能的，看起来令人神往，有时候一不小心是可以使人入迷的。总的来看，虫子爬行的各种姿态比人丰富多彩得多了。

蚂蚁显得有点匆忙，但也经常有左顾右盼、犹疑彷徨的时候。它是一个坚定的种类，但勤劳坚定如蚁，也难免有“遇歧路而坐叹”，有团团旋转不知何去何从的时刻。所以，看看蚂蚁对我们人类是有启示意义的，因而也就懂了为什么自古就有“走路怕踩死蚂蚁”的人物。

金龟子会飞也会爬，它像一枚自己在地面上移动的小花伞。花伞上有黑斑点，底色深红，这种伞的工艺水平很高，印制雅致，一般出产在苏杭一带。它爬得沉稳，似乎因为它会飞，所以爬得不慌不忙，有闲适派的风格，也难免有一丝炫耀的味道。当然，它是美的，像一枚精致漂亮的图钉。

“图钉”在爬，旁若无人。它的小花伞对它来说太大了，遮住了全身，只露出碎了的小米粒那般大小的脑袋，还有几根细脚爪。这就使它显得有些“鼠目寸光”了，它看不了多远，只能看到眼前的尺寸之地。可是它仿佛一边爬一边自言自语地说：“我看那么远有什么意思？我很美丽是吧——这就足够了。”

高耸于金龟子上空的俯察万类的那两道“眼光”，此时也不得不承认金龟子的自言自语是对的。尺寸有所长，万丈有所短，小小生物，何必强求都练就鹰的锐目呢？因为金龟子美丽，巨物的脚移开了，没有朝它背上踩下去，“眼光”想，让这枚精致的“图钉”移动吧，它多可爱。

实际上，在这人造的小花园不算太大的地面上，各式各样的小昆虫也不算少，也许它们把这误认为“自然”了。

灰色的小蚂蚱爬得慢，跳得快，它显得营养不良。零星的灰蚂蚱不时从草丛里弹射出来，划出一个漂亮的弧度，固然是有一些“绝唱”或“最后的华尔兹”的意味了。它们已远不如其祖先那样强健雄劲、遮天蔽日了。

跳吧，蚂蚱。可怜的、孱弱的蹦跳族的后裔，如今好比孤零寡群……

那么扯着一根线从树枝上突然出现在人脸前的“吊死鬼”呢？它让人讨厌，复又令人哑然失笑。谁教给它这一套鬼把戏的？这个家伙怪模怪样的动作和表情，的确有一种滑稽可笑的样子。它是虫子里的小丑、恶作剧者，也是胆敢向人类这庞然大物挑衅的自不量力之徒。

但它是虫子，你能对它怎么样？捏死它，让人恶心。何况它滑稽，还是绕开些走吧——“吊死鬼”胜利了。

虫子们顽强地在这个世界上爬着，从不气馁，从不灰心，与人共处，与人相争。它们短暂的生存有什么意义呢？何况它们大部分是丑陋的、蠕动的，于人无益让人恶心的，如能灭绝之，似乎对于这个世界也并不见得少了什么，特别是苍蝇、蚊子、蟑螂之类，灭绝之，世界会显得清爽许多。

可是请问谁又能灭绝得了它们呢？

造物主既然造了它，就有它生存的理由，也有它爬动的位置和空间。可是，为什么庞大的、凶猛的、美丽的生物反而纷纷消失灭绝了呢？

答曰：因为大。

这时，“眼光”忽然从对虫子的怜悯转而生发出对自身的怜悯，是啊，人类不也是“生年不满百，常怀千岁忧”么？人类之上，那双俯察芸芸众生的眼光又是谁的呢？在那双眼光里，人不是同样像一些蠕动的、爬行的、蹦跳的虫么？无穷层次的生物组成的链环环相套，一环扣一环，一物克一物，最后，最弱小的反而成了最强大的。恐龙只是体形大的虫子，老虎古人也称之为“大虫”，如此，把这些渺小的虫子放大再放大，说不定，你就会看到再现的恐龙了。

“缩龙成寸”，斯言信矣。

“眼光”这时也不再自觉为俯察万类的、主宰万物的超生物者了，他降低下来，开始以平等的心去认识、观察它们，他甚至想知道它们在想什么……

在虫子的世界里同样可以遨游。

“虫子，爬吧！”他低下身来温柔地这样轻轻说着。

巩乃斯的马

没话找话就招人讨厌，话说得没意思就让人觉得无聊，还不如听吵架提神。吵架骂仗是需要激情的。

我发现，写文章的时候就像一匹套在轭具和辕木中的马，想到那片水草茂盛的地方去，却不能摆脱道路，更摆脱不了车夫的驾驭，所以走来走去，永远在这条枯燥的路上。

我向往草地，但每次走到的，却总是马厩。

我一直对不爱马的人怀有一点偏见，认为那是由于生气不足和对美的感觉迟钝所造成的，而且这种缺陷很难弥补。有时候读传记，看到有些了不起的人物以牛或骆驼自喻，就有点替他们惋惜，他们一定是没见过真正的马。

在我眼里，牛总是有点落后象征的意思，一副安贫知命的样子。骆驼却是沙漠的怪胎，为了适应严酷的环境，把自己改造得那么丑陋畸形。至于毛驴，顶多是个黑色幽默派的小丑，难当大用。它们的特性和模样，都清清楚楚地写着人类对动物的征服，生命对强者的屈服，所以我不喜欢。它们不是作为人类朋友的形象出现的，而是俘虏，是仆役。有时候，看到小孩子鞭打牛，高大的骆驼在妇人面前下跪，发情的毛驴被缚在车套里龇牙大鸣，我心里便产生一种悲哀和怜悯。

那卧在盐车之下哀哀嘶鸣的骏马和诗人臧克家笔下的“老马”，不也是可悲的吗？但是不同。那可悲里含有一种不公，这一层含义在别的牲畜中是没有的。在南方，我也见到过矮小的马，样子有些滑稽，但那不是它的过错。既然橘树有自己的土壤，马当然有它的故乡了，自古好马生塞北，在伊犁，在巩乃斯大草原，马作为茫茫天地之间的一种尤物，便呈现了它的全部魅力。

那是1970年，我在一个农场接受“再教育”，第一次触摸到了冷酷、丑恶、冰凉的生活实体，不正常的政治气候像潮闷险恶的黑云一样压在头顶上，使人压抑到不能忍受的地步。高强度的体力劳动并不能打击我对生活的热爱，精神上的压抑却有可能摧毁我的信念。

终于有一天夜晚，我和一个外号叫“蓝毛”的长着古希腊人脸型的上士一起爬起来，偷偷摸进马棚，解下两匹喉咙里滚动着咴儿咴儿低鸣的骏马，在冬夜旷野的雪地上奔驰开了。

天低云暗，雪地一片模糊，但是马不会跑进巩乃斯河里去。雪原右侧是巩乃斯河，形成了沿河的一道陡直的不规则的土壁。光背的马儿驮着我们在土壁顶上的雪原轻快地小跑，喷着鼻息，四蹄发出“嚓嚓”的有节奏的声音，最后大颠着狂奔起来。随着马的奔驰、起伏、跳跃和喘息，我们的心情变得开朗、舒展，压抑消失，豪兴顿起，在空旷的雪野上打着呼哨乱喊，在颠簸的马背上感受自由的亲切和驾驭自己命运的能力，这是何等地痛快舒畅啊！我们高兴得大笑，笑得从马背上栽下来，躺在深雪里还是止不住地狂笑，直到笑得眼睛里流出了泪水……

那两匹可爱的光背马，这时已在近处缓缓停住，低垂着脖颈，一副歉疚的想说“对不起”的神态。它们温柔的眼睛里仿佛充满了怜悯和抱怨，还有一点诧异，弄不懂我们这两个人究竟是怎么了。我拍拍马的脖颈，抚摸一会儿它的鼻梁和嘴唇,它会意了,抖抖鬃毛像撂掉疑虑,跟着我们慢慢走回去。一路上,我们谈着马,闻着身后热烘烘的马汗味和四围里新鲜刺鼻的气息,觉得好像不是走在冬夜的雪原上。

马能给人以勇气,给人以幻想,这也不是笨拙的动物所能有的。在巩乃斯后来的那些日子里,观察马渐渐成了我的一种艺术享受。

我喜欢看一群马,那是一个马的家族在夏牧场上游移,散乱而有秩序,首领就是那里面一眼就望得出的种公马,它是马群的灵魂。作为这群马的首领它当之无愧,因为它的确是无与伦比地强壮和美丽,匀称高大,毛色闪闪发光。最明显的特征是它颈上披散着垂地的长鬃,有的浓黑,流泻着力与威严;有的金红,燃烧着火焰般的光彩。它管理着保护着这群牝马和顽皮的长腿短身子马驹儿,眼光里保持着父爱般的尊严。

在马的这种社会结构中,首领的地位是由强者在竞争中确立的,任何一匹马都可以争雄,通过追逐、撕咬、拼斗,使最强的马成为公认的首领。为了保证这群马的品种不至于退化,就不能搞"指定",不能看谁和种公马的关系好,也不能凭血缘关系接班。

生存竞争的规律使一切生物把生存下去作为第一意识,而人却有时候会忘记,造成许多误会。

唉,天似穹庐,笼盖四野,在巩乃斯草原度过的那些日子里,我与世界隔绝,生活单调;人与人互相警惕,唯恐失一言而遭灭顶之祸,心灵寂寞。只有一个乐趣,看马。好在巩乃斯草原马多,不像书可以被焚,画可以被禁,马总不至于被驱逐出境吧?这样,我就从马的世界里找到了奔驰的诗韵,油画般的辽阔草原,夕阳落照中兀立于荒原的群雕,大规模转场时铺散在山坡上的好文章,熊熊篝火边的通宵马经,毡房里悠长喑哑的长歌在烈马苍凉的嘶鸣中展开,醉酒的哈萨克族青年在群犬的追逐中纵马狂奔,东倒西歪地俯身鞭打猛犬,这一切使我蓦然感受到生活不朽的壮美和那时潜藏在我们心里的共同忧郁……

哦,巩乃斯的马,给了我一个多么完整的世界！凡是那时被取消的,你都重新又给予了我！弄得我直到今天听到马蹄踏过大地的有力声响时,还会在屋子里坐卧不宁,总想出去看看,是一匹什么样的马走过去了。而且我还听不得马嘶,一听到那铜号般高亢、鹰啼般苍凉的声音,我就热血陡涌,热泪盈眶,大有战士出征走上古战场,“风萧萧兮易水寒”的悲壮之慨。

有一次,我碰上巩乃斯草原夏日迅疾猛烈的暴雨。那雨来势之快,可以使悠然在晴空盘旋的孤鹰来不及躲避而被击落,雨脚之猛,竟能把牧草覆盖的原野一瞬间打得烟尘滚滚。就在那场暴雨的豪打下,我见到了最壮阔的马群奔跑的场面。仿佛分散在所有山谷里的马都被赶到这儿来了,好家伙,被暴雨的长鞭抽打着,被低沉的怒雷恐吓着,被刺进大地倏忽消逝的闪电激奋着,马,这不肯安分的牲灵从无数谷口、山坡涌出来,山洪奔泻似的在这原野上汇聚了,小群汇成大群,大群在运动中扩展,成为一片喧叫、纷乱、快速移动的集团冲锋场面！争先恐后,前呼后应,披头散发,淋漓尽致！有的疯狂地向前奔驰,像一队尖兵,要去踏住那闪电;有的来回奔跑,俨然像临危不惧、收拾残局的大将;小马跟着母马认真而紧张地跑,不再顽皮、撒欢,一下子变得老练了许多;牧人在不可收拾的潮中被裹挟,大喊大叫,却毫无声响,喊声像一块小石片跌进奔腾喧嚣的大河。

雄浑的马蹄声在大地上奏出鼓点,悲怆苍劲的嘶鸣、叫喊在拥挤的空间碰撞、飞溅,划出一条条不规则的曲线,扭住、缠住漫天雨网,和雷声雨声交织成惊心动魄的大舞台。而这一切,得在飞速移动中展现,几分钟后,马群消失,暴雨停歇,你再看不见了。

我久久地站在那里，发愣、发痴、发呆。我见到了，见过了，这世间罕见的奇景，这无可替代的伟大的马群，这古战场的再现，这交响乐伴奏下的复活的雕塑群和油画长卷！我把这几分钟间见到的记在脑子里，相信，它所给予我的将使我终身受用不尽……

马就是这样，它奔放有力却不让人畏惧，毫无凶暴之相；它优美柔顺却不任人随意欺凌，并不懦弱。我说它是进取精神的象征，是崇高感情的化身，是力与美的巧妙结合恐怕也并不过分。屠格涅夫有一次在他的庄园里说托尔斯泰“大概您在什么时候当过马”，因为托尔斯泰不仅爱马、写马，并且坚信“这匹马能思考并且是有感情的”。它们常和历史上的那些伟大的人物、民族的英雄一起被铸成铜像屹立在最醒目的地方。

过去我认为，只有《静静的顿河》才是马的史诗，离开巩乃斯之后，我不这么看了。巩乃斯的马，这些古人称之为骐骥、称之为汗血马的英气勃勃的后裔们，日出而撒欢，日入而哀鸣。它们好像永远是这样散漫而又有所期待，这样原始而又有感知，这样不假雕饰而又优美，这样我行我素而又不会被世界淘汰。成吉思汗的铁骑作为一个兵种已经消失，六根棍马车作为一种代步工具已被淘汰，但是马却不会被什么新玩意儿取代，它有它的价值。

牛从役用变为食用，仍然是实用物；毛驴和骆驼将会成为动物园里的展览品，因为它们只会越来越稀少；而马，当车辆只是在实用意义上取代了它、解放了它时，它从实用物进化为一种艺术品的时候恰恰开始了。

值得自豪的是我们中国有好马。从秦始皇的兵马俑、铜车马到唐太宗的六骏，从马踏飞燕的奇妙构想到大宛汗血马的美妙传说，从关云长的赤兔马到朱德总司令的长征坐骑……纵览马的历史，还会发现它和我们民族的历史紧密相连着。这也难怪，骏马与武士与英雄本有着难以割舍的亲缘关系呢，彼此作用的相互发挥，彼此气质的相互补益，曾创造出多少叱咤风云的壮美形象！纵使有一天马终于脱离了征战这一辉煌事业，人们也随时会从军人的身上发现马的神韵和遗风的。我们有多少关于马的故事呵，我们是十分爱马的民族呢。至今，如同我们的一切美好传统都像黄河之水似的遗传下来那样，我们的历代名马的筋骨、血脉、气韵、精神也都遗传下来了。那种“龙马精神”，就在巩乃斯的马身上——

此马非凡马，
房星本是星；
向前敲瘦骨，
犹自带铜声。

我想，即便我一直固执地对不爱马的人怀一点偏见，恐怕也是可以得到谅解的吧！

过　河

这时我才发现,我骑了一匹极其愚蠢的马。一路走了二十多公里,它都极轻快而平稳,眼看着在河对岸的酒厂就要到了,它却在河边突然显示出劣根性:不敢过河。

它是那样怕水。尽管这河水并不深,顶多淹到它的腿根;在冬日的阳光下,河水清澈平缓地流着,波光柔和闪动,而宽度顶多不过十几米,但是它却怕得要死。这匹蠢马,这个貌似矫健的懦夫!它的眼睛惊恐地张大,前腿劈直胸颈往后仰,仿佛面前横陈的不是一条可爱的小河,而是一道死亡的界线或无底的深渊!

我怀疑这匹青灰色的马儿对水一定患有某种神经性恐惧症。也许在它来到世间的为期不算很长的岁月里,有过遭受洪水袭击的可怕记忆,因而这愚蠢的畜生总结出了一条不成功的经验。像一个固执己见的被捕的间谍似的,任凭你踢磕鞭打,它就是不使自己的供词跨过头脑中那个界线。

我想了很多办法——用皮帽子蒙住马的眼睛,先在草地上奔驰,然后暗转方向直奔河水,打算使其不备而奋然驰过。结果它却在河沿上猛地顿住,我反而险些从马头上翻下去。不远处恰有一座独木桥,我便把缰绳放长,自己先过对岸,用力从对岸那边拽,它依然劈腿扬颈,一用力,我又差点儿被它拽下水。

面对如此一匹怪马，我只好长叹：吾计穷矣！但今天又必须过河，我必须去酒厂，倘要绕道，大约需再走二十公里。无奈之下，只得朝离得最近的一座毡房走去，商量先把马留在这里，我步行去办完事再来取。

一掀开毡帐我就暗暗叫苦，里面只有一位哈萨克族老太太，卧在床上，似有重病。她抬起眼皮，目光像风沙天的昏黄落日，没有神采，而那身躯枯瘦衰老，连自己站起来也很困难似的。看样子，她至少有八十岁。垂暮之年，枯坐僵卧，谁知哪一刻便灵魂离开躯壳呢！可是既然进了门，总不好扭头便走，我只好打着手势告明她我的困难和请求，虽然我自己也觉得等于白说。

她听懂了——其实是看懂了，摆摆手，让我把她从床上搀起来，又让我扶她到外边去。到了河边上，她又示意我把她扶上马鞍。我以为老太太的神经是不是也不对劲儿了，她连路都走不稳，瘦弱得连躺着都叫人看着累，竟然“狂妄”得要替我骑马过河，这不是拿我开玩笑吗？我这样年轻力壮的汉子尚且费尽心机气喘吁吁而不能，她？能让这匹患有“神经性恐水症”的马跨进河水？我无论怎样钦佩哈萨克族人的马上功夫，也不能相信她眼前这种可笑的打算。

可是当我刚把她扶上马背，我就全信了。她那瘦小的身躯刚刚落鞍，那马的脊背竟猛然往下一沉，仿佛骑上来一个百十公斤重的壮汉，原来的那种随随便便满不在乎的顽劣劲儿全不见了，它立得威武挺直，目光集中，它完全懂得骑在背上的是什么样的人，就如士兵遇上强有力的统帅那样。这马不愚蠢，倒是灵性大得过分了。它当然还是不想过河，使劲想扭回头，可是有一双强有力的手控制住了它，它欲转不能，四蹄朝后挪蹭的劲儿突然被火烧似的转化为前进的力，踏踏地跃进河中。水花劈开，在它胸前分别朝两边溅射，铁蹄踏过河底的卵石发出沉重有力的声响，它勇猛地一用力，最后一步竟跃上河岸，湿漉漉地站定。

我把老太太扶下马，又把她从独木桥上扶回对岸，然后在她的视线里牵马挥手告别（我不敢当她的面上马）。她很弱，在河对岸吃力地站着，久久目送我。

此事发生在1972年冬天的巩乃斯草原，而天山，正在老人的身后矗立，闪闪发着光。

猛　禽

那座岩壁，像是哈尔巴企克这怪物脸上的一颗长得歪歪斜斜的大门牙，龇着，突出去好远。要是这座酷似巨人头颅的山峰有眼睛，准会每次垂下眼睫，都看见自己这颗凶险的牙凌空翘起，毫无遮掩地遭受风吹雨淋和戈壁烈日肆无忌惮的灼烤。

暴暖骤寒使这颗大板牙都快糟朽了，布满崩裂的石缝和岁月的皱纹，使它乍一看不像一块石壁，而像是古城堡废墟上悬空扯起的木头吊桥。

他正一动不动地站在这块悬空巨石的顶端，凝着神，敛着翅。

只有在这样高的地方，终年不绝的天风才发出海浪那样的声响，"呜——呜——"地叫，像万物都能听懂的一种古老的语言，在这种声响的撞击下，山峰在微微摇晃。

他沉浸在这声响里并深深地理解它，就像鱼理解水，人理解土地。他可以在这一浪又一浪扑打过来的天风中岩石一样站立很久，一点儿也不觉得孤独。风就是禽类阅读的一部书。在这古老的声音里，听得见遥远年代里鹰群翻飞，啸叫着掠过天空，凌驾在风的激流和旋涡之上。那支骄傲的繁荣的家族所组成的黑色空中铁骑，袭掠平原和荒野时会留下声响。

那时候，天空不像现在这样荒芜。

鹰的家族如此衰落，这究竟是为什么呢？他不知道。他只是清楚地看到，许许多多巨大的、勇猛的、美丽的和古怪的动物迅速地减少或消失，使天空和大地变得荒凉和平淡，再也没有激动人心的搏斗。

老鼠和麻雀的世界，就是这样，渺小、平庸、猥琐、自私，最终战胜强大、美丽和献身精神。这使他感到凄凉、悲哀。

哦，是大地的生殖能力衰退了么？过去，这些怪物一样重叠起伏的山峦，总能像神话似的生育出各种爬的、飞的、跳跃的、奔跑的、奇形怪状的生命，有的庞大如山丘，有的微小如沙粒，可是现在呢？

他俯瞰了一下躺在山峰脚下的大地：正值深秋的旷野还透着隐隐的淡绿，草色已经快枯黄了，但绿的底色还没有被盖住。深秋的原野有种眩晕的味道，似乎被流贯自身的色彩变幻的漩流弄得有股子醉意。

杂色的树、斑驳的灌木丛和灰白色的弯曲闪亮的河流，都正好合拍于大地缓缓起伏的势态，像音符合拍于旋律那样；而世界，恰好如一幅刚刚绘制完的地图。

“我就是从这怪物一样的山上长出来的一块灰褐色的生命，一块长翅膀的石头。”他想。他凝着神，敛着翅，一动不动，和整个岩石的颜色一模一样，无法分辨。

他是一只年轻的鹰，一只猛禽。

哈尔巴企克山这块突出门牙状的大岩石，是他经常栖身的地方，这儿十分便于他守望天下，像个凌空筑起的瞭望台。他的窝离这儿不远。

他喜欢站在这无遮无碍的高处，让太阳烘暖他的血液，让风像水流那样擦身而过，轻轻掀动身上像飞卷的鳞状雨云剪裁而成的翎羽。有时偶尔伸展开比身体大得多的一双翅膀，像魔术师突然掀起黑斗篷，很从容地扑扇几下，身体随之很笨拙地跳跃几下。他挪动双爪走路的样子挺难看，蹒跚着，一拐一拐的，被张开的两只大翅膀掀得站不稳，像个衰弱的老绅士。

翅膀太大，像个别别扭扭的负担。可是等他站稳了，把翅膀一收拢，就像一把大黑剪刀合起来，突然就变小了，变精干了，像一个突然间把炫耀的利器藏起来的大侠。

翅膀才是他的手臂，爪其实不过是他的脚。当他在天空盘翔一阵，返回这块岩石准备着陆的时候，沿山体向上的气流托着他，他因之而大张开双翅，双爪努力向前伸，羽毛被风吹得凌乱。这时他的躯干、筋肉、骨骼便非常清晰地显露出来，这一瞬间他完全不像一只鹰了，而像一个正大张开双臂用脚试探着去够岩石的凌空御风的人！

世间万物之中，有什么东西能够完全不像人呢？一切都是在人眼睛里面呈现、被人的意识所解释的。谁也不知道事物在别的生命眼睛里呈现出什么状态，什么颜色，什么音响或什么什么。

就是这样。但，只能是这样吗？

这只猛禽想到这儿，像所有禽类那样神经质地迅速缩了缩脖子，脑袋像发呆的鸡一样抖动了几下，一偏，听见什么似的，发起愣来。

他知道他的祖先以前也是落在这块岩石上，但他总觉得他们才是真正的猛禽。那时，他们的身躯比现在大得多，翅膀可以遮住好大一片太阳的光，落在这里，也和整个岩石差不多大。可现在……他低头瞅了瞅自己小小的身体，天哪，成什么样子！简直比一只公鸡大不了多少！

英勇的猛禽正凌空而下，

它能一膀子拍断公骆驼的腰。

…………

这是一支流传在旷野长风里的古歌，每当风起时，他便听见。风声变成了祖先尖厉的啸叫，一下就点燃他胸中狂流奔窜的猛禽热血，一直涌向咽喉，使他兴奋、激动不安，渴望在拼搏中死去，他觉得，只有这样他才对得起他的祖先，对得起他鹰的家族和脚下的这座哈尔巴企克山峰。

他每天都在这块岩壁上站很长时间，他也说不上为了什么，反正他身体里有一股力量，一股模糊的欲望促使他等待什么似的站在这儿，漫无边际地想，漫无边际地望。他好像觉得自己也化成了岩石的一部分，成了面前这生命大舞台的局外人和旁观者。

和这一切拉开了距离，他的眼睛反而看得更清晰了。

在很远的那道山谷里，有含着肉香的淡烟飘起，还有几个小人影蠕动。他认得那座圆形的人的窝巢。在他还不能飞的时候，在他还十分软弱的年纪，那里面有一个长黄胡子的人攀上岩壁，把发红的粗大的肉爪子伸进窝里来。他惊叫着撑起软弱的身体，狠命地用嘴啄它。那只红红的肉爪子，又顽强又灵活，但终于屈服了。它伸向了窝里的另一个，把他的伙伴带走了。

以后他曾飞到那黄胡子的圆窝上盘翔过几次，看见他的伙伴被铁链子拴住脚，立在一根木桩旁，神情沮丧，目光冷漠，抬头看见他的时候好像根本不认识他，懒洋洋的。

他不懂，那些刚刚学会站立而不再像其他野兽那样匍匐在大地上的人，用什么方法使伟大的居高临下的飞行物俯首帖耳，变得像鸡一样顺从，像鸽子一样飞去还飞回……但他知道，这些蠕动的不会飞行的动物，制服了禽类，使高傲的凌驾在他们头顶之上的精灵，成为他们的奴仆。人很厉害！他们有不少难以理解的本领，但他有一次还是俯冲下去，从那座圆窝顶上掠走了一块晾在上面的羊肉。他看见那些人大喊大叫，却拿他没一点儿办法，心里很得意。这是他对黄胡子实施的唯一一次报复。

想到这儿，他挺高兴，就张开翅膀扇了几下。他不会像人那样笑。

无数的山坳、峡谷连接着，串通着，在重重的险峰峻岭中形成了人走的道路。一般说来，野兽不从谷底走，而是在山上走，它们不到人走路的地方去，那里有一种危险的气味。

但也有时候例外。这时，穿过一片被山的阴影覆盖的松树林，就正有一只狼匆匆地走过来。

看得出，是只老狼。

它灰黄杂乱的皮毛和秋天茅草的颜色一样，上面沾着一些草秆和一些羊粪蛋一样灰乎乎的刺球。它正低着头匆忙地走着，目光在光亮中显得暗淡，仿佛掩盖在灰烬中的两粒火星子。

它有一条前腿有些颠踬，像被狼夹子打过。但它宁可把被打住的腿咬断，也不在那儿束手就擒。狼都是亡命之徒。它们和狗不一样，狗要是警察，狼就是逃犯；狗要是在城里开卧车的司机，狼就是在戈壁滩开着大卡车跑长途的司机。再凶猛的狗也恨狼，骨子里怕，因为再棒的狗，也在被人喂养、叱骂、摆弄的过程中丧失了自尊心。人只是利用狗，哪会真正爱狗呢？他们爱的只是自己。而狼不一样，狼是在屈辱中独自求生的，它和狗的最大区别在尾巴上，一个是垂直的，一个是弯曲的。而尾巴，其实正是野兽们生命尊严的旗帜，从这上面，足以分辨它们的个性。

把一对同宗同种的孪生兄弟，造就成了完全誓不两立的冤家对头，这只能说是人的残忍。他一边这样想着，一边下意识地拢紧翅膀，目不转睛地盯住那只老狼。

它在一条被春天的雪水冲刷出来的干涸了的河床上小心翼翼地走着，那上面布满了白色的卵石和碎石片，使它走起来一瘸一拐的，样子挺可怜。

也就是这时，他发现远处草坡上出现了一只半大的小白狗，蹦蹦跳跳、愣头愣脑地游荡着，打打滚儿，咬自己的尾巴转圈儿玩，很天真的一副傻样子。这只小白狗还没有发现狼，老狼先发现了它。

他以为老狼会绕道逃走的，不料它反而迎上去，尾巴竟然翘起来了，耳朵也像狗那样耷拉下去一半。它向那只小白狗慢慢走去，在不远的地方站住。

小白狗满脸疑惑地望着它，嗅到一股陌生的凶气和野味。但是老狼懂得狗的礼性和语汇，显出一副倒霉的、被主人遗弃了很久的老狗的样子，使小白狗相信了，而且同情它，朝它这边走来。

它们相互嗅着，用身体轻轻在对方身上蹭着，小白狗用尖细的嗓音呜呜叫着表示信任和依恋。当老狼嗅至这只小白狗的颈下时，突然小白狗猛烈地抖动起来，不一会儿，那跳跃、挣扎的白色身体就跌倒了，被老狼拖进一片树林中去。

他第一次看见大地上发生这样的事。这只年轻的鹰，这只猛禽，在哈尔巴企克山那块门牙状的岩壁上，目睹了这只老狼卑鄙的骗局。

“狼不是亡命徒，而是恶棍！”

他对这只老狼的可怜心消失了，愤怒的血液流贯全身，直通到他那像生铁铸成的一双利爪上，抓得岩石也在嘎嘎作响。这下，他总算知道自己为什么老爱站在这儿了，他期待的那个时刻，到了。

像祖先尖厉的啸叫声那样凄厉、苍劲的天风，突然掠过高空，使整个山峰摇晃起来……

他离开了那巨石，像个溺水的人那样，翅膀徒然地划动，身体却一下沉落下去好几丈。这么沿着陡壁滑了一会儿，翅膀才捉住向上的风，就势顺着深谷俯掠过去，他看准了一条气流铺设的跑道，长长地滑翔，迅速有力地抖动几下双翅，这才算跨到风的背上了。

盘旋，上升；再盘旋，再升高。

他开始寻找那只老狼。“老狼不可捕！”蓦然间他想起这句父辈传给他的戒条。这句早已淡忘而实际上已经深深种在他心里的话，忽然清晰地跳出来，阻止他冒险。

悠然飘浮，他在高空来回踱步。

狼终于出现了。它从树丛里钻出来，朝周围望了望，站住，一边竖起两耳听听，一边用舌头舔着吻边和鼻子尖上的血迹。它知道没什么异常，安心了。

咧开嘴打了一个可怕的呵欠，它便跃过河底，朝一片开阔地小跑过去，步态蹒跚，吃饱了的身体显得有些笨拙可笑。

这只恶狼正完全暴露在旷野上，而他恰恰盘旋到最适合的角度。戒条重又消失。他果敢地压低翅膀，猛一侧身子，毫不犹疑地从高空直射下去！瓷蓝的天空被划出一道长长的裂缝。

山脊从他腹下急速掠过，每块石头的纹脉都看得清清楚楚。

树梢从他眼底一闪即去，大地骤然向他迎面伸开巨大的手掌。

他两眼死死盯住老狼灰黑的脊背，这一扑不能有闪失！只要扑不中，他知道第二下将是谁扑谁。着了地的鹰是搁浅的船，再起飞很困难。但是他绝不扑闪，他要低低紧跟住狼，在最有把握的刹那发起攻击。

他那时首先会伸出左边的利爪，一下攫住狼屁股，让利爪的刃尖深扎进它的骨缝。这种剧痛是岩石也无法忍受的，狼一定会本能地反过身来扭头撕咬，一定是这样。那正好，他的右边的利爪就可以不失时机地抽过去，插过狼的两耳之间，掠过它的额顶，闪电般地准确地直抠住它那对眼睛！

然后，双翅一用力，把瞎了眼的狼提起来，让它四蹄离地，它的力量就全没了。两只前后抠紧的利爪猛力向中间一撅，那狼腰就断了。猛禽几千年来就是这样从大地的怀抱里夺取肉食的，他曾经这样多次捕杀过狐狸。

对付老狼，这却是头一次。

他双翅驾着一股带腥味的雄风，自空而降……

那老狼，仍旧只是不慌不忙地、蹒跚地小跑着，头也不曾抬起向天上望一望，好像压根儿不知道危险降临。但它的两眼却死死盯住地面。

地面上有一个鹰的投影。

它盯住他的影子，紧紧咬住锋利的牙齿，像是咬住了那只从空中盯住它背脊的家伙。它恨他，一切在它吃饱了肚子之后向它挑衅的浑蛋，它都恨！恨到牙齿缝儿里，牙齿根儿里！不用抬头，它就知道来的一定是那号自以为正义的乳毛未干的臭鸟，它简直想扭过头来朝他破口大骂一阵，骂个痛快——“滚你妈的蛋吧，地上的事你少管！”可它没那么蠢，那是些不懂事的小狼干的傻事，它知道克制。而克制常常要比一般的勇猛更见效，知道并能做到这一点，就是最了不起的资本。

所以，当那只年轻的猛禽开始攻击它，用那只利爪抓住它的后臀，直扎透骨缝、掐断神经的时候，它没叫。

它把一声彻骨的狂嚎关在喉咙里，只挤出一丝呻吟。清醒的计谋扼制住本能。

它反而更低地向前伸着头，开始狂奔。

鹰的翅膀在它身后猛烈地拍响，掀起尘土、沙石，拖住它，像两叶逆风的大帆，摇摇晃晃，忽左忽右，好几次它都几乎要被掀翻了。它后腿软绵绵的，使不上力，剧痛这时已经麻木了。它是一头拖着死神的老狼，要么被他撕碎，要么撕碎他！

它拼命朝一片枝干密密匝匝的灌木林奔过去……"救命的树呵！"它在心里喊着。

像个不幸坠马而又有一只脚套在镫里的骑手，他如今被一只残缺不全的只有三条半腿的老狼倒拖着狂奔。他几乎还没明白过来，态势就突然逆转成这个样子，一只爪已经深陷在狼身上，被锁在骨缝里，取不出来了；另一只爪只能无望地在狼背上挥舞，却无法够到它的要害——眼睛。狼只要不回转身来，他就毫无办法。这时，他才隐隐感到这只老狼的厉害。它不露声色的克制，从中间破坏了他的连续性打击，并使他的第一次打击转化成无法摆脱的牵制。

狼发疯般不顾一切地冲进灌木林。

枪林剑丛，劈面刺来！

枝杈戳他，枝条抽打他、纠缠他，蛛网一样的蒿草捆缚他的翅膀，而老狼，拼命地拖着他朝灌丛深处钻！他将这样被活活拖垮。

他那只无望的右爪本能地抓住一棵矮树的枝干，一下就抓住不放了。他是一只年轻的鹰，树是他信任的东西，抓紧树干是他的禽类本能，他想借以重新腾空起来。

然而他抓住了不幸，犯了致命的错误。

两只铁钩似的利爪都无法脱开了，他感到两腿之间的筋肉猛然间被撕裂，血液发出金属被击时的那种鸣叫声，他觉得自己被分成了两个……

昏迷之中,他还听见自己的翅膀在不停地扑打着,发出很大的声响,像是一面钉在树上的旗帜,"哗啦——哗啦——"地在风里颤抖着,痉挛着。

哈尔巴企克山钢蓝色的积雪的山峰和那块大岩石在他眼里最后闪现了,定格在他的渐渐凝固的瞳孔里。

"只有高飞过,才知道匍匐之不幸!"

一声长叹,他真是遗憾死了。

那只老狼从灌丛里窜出来,惊魂未定地喘息着,伸出舌头。它扭头望着那片灌木林,声响渐渐消失了。慌乱中毫无目的地转了一阵,它累极了,便卧在地上。然后,它又坐起来,可是它突然像被咬了一下似的跳起来,那只猛禽的铁爪还留在它身上!

剧痛又开始了!它觉得像有一只坚硬的东西在凿它的骨头,磨碰它的神经,使它无法休息,无法安宁。它试着扭过身去咬,但一拽更疼。"这可恶的鹰爪是倒钩!"它恐惧了,它长嚎起来,打滚儿,不停地扭着屁股。而且它老觉得身后跟着一个什么异物,下意识地受惊,不由自主地奔逃。

它知道,这个无法摆脱的东西会一直这么折磨它,直到它精疲力竭地死掉……

"嗷——"它向旷野发出绝望而又凄凉的长嚎,一声又一声。

这时,飒飒的秋风从长空直射下来,似乎带着云层里的一股子杀气,从长满灌木和茅草的大地上俯掠过去,直透旷野深处。

天凉了。

细　狗

吐尔逊别克的父亲来看吐尔逊别克。

当他来到连队的时候，这个哈萨克族老人显得风尘仆仆，有些疲惫。他下了马，一直牵着那匹和他差不多苍老的马走到连部门口。他走过来的时候显得又矮又笨拙，仿佛不是一个完整的行走的人，而是从马身上临时卸下来的一部分零件。

老人茫然地注意着周围的一切，脸上现出一种类似野生动物的表情，他始终不说话，沉默而又顺从。

直到吐尔逊别克从屋子里出来，和他的老父亲见面的时候，老人低声地叽里咕噜了几句，脸上仍然没有绽开笑容。好像他不是骑着马翻山越岭走了三四天，而是从隔壁的屋里才走出来。

他把缰绳交给吐尔逊别克，看着儿子仍然熟练地拴了马，就跟进屋里去了。

当时连队院里站着好几个人，都在观望着这对哈萨克族父子的相见。我也站在院子里，我为看到的这一幕过于朴实平淡而心生感动。要知道，这位哈萨克族老牧人可是骑马穿过了好几个县来的，大冬天的风雪，几百公里路程，就这么单人匹马地来了。他的狐狸皮帽子戴在那张苍劲的面孔之上，没有丝毫浪漫的骑士风采，只显得实用。

我走过去看了看他那匹马，是匹很一般的那种牧民骑的马，鞍鞯也普通。马有些瘦，马毛杂乱，被汗湿了的皮毛上结了冰霜。它低垂着头颈，一动不动，眼睛微闭，一任人们评价。

这时我才发现连队门外游走着一条狗，它探头探脑，似乎想进来，但又犹疑不决，仿佛没有足够的信心确认它和这个院子的关系。

它太瘦了，瘦得像一张弯弓，一个问号。

但是它瘦得独特，甚至瘦得高贵优雅，一身白色，四条长得离奇的腿，犹如一只仙鹤，它的嘴也是尖而长的。它的腰部像一个弓，背向上耸起，肚腹间仿佛被豹子挖空了，其凹处足可一握。

这么一条狗，从哪儿来的呢？

有人拿石头扔它，它灵巧地躲闪开，怯生生的。它对人有一种忍让的品格，决不吠叫。

还有人看见它就笑了，说“没见过这么瘦的狗哎，明天就饿死了，太可怜了”。

但是这狗并不走远，也不进来，它很警惕，也很陌生；有可怜它的人扔馒头给它吃，它看也不看一眼。它的眼神是一种聪明、羞怯、丝毫没有凶相的少女似的眼神，黑而清澈，仿佛它什么都明白，就是不太好意思。

我忽然对它产生兴趣，感到它有些不同寻常，我想起有些外国小说插图里面的猎兔狗，也是这种类似的样子。那是一些欧洲贵族围猎时用的名犬，这条狗会是吗？

我试着追逐了它一阵，果然，它跑起来轻盈得就像是没有分量，轻松极了，随意一跳就蹿出去一丈之遥。它跑起来就像一只豹子，不，比豹子更富有弹射力，它简直就是在把自己射出去！

姿势太漂亮了,优雅极了。

它是一条狗,然而它使自己具有了鸟类一般的轻灵,这真是奇迹。它的跑跳几乎就是飞行,因它身躯的奇异细长而伸缩自如、灵活有力。

这不是瘦弱,而是犬中的某类天才!

我知道了,它是细狗。细狗是草原上最受哈萨克族猎人珍爱的一种名犬,专门用来捕狐。一般的牧羊犬粗壮凶猛,可以与狼搏斗,但是它们太沉重了,追不上狐狸,而狐皮是相当贵重的,价值远胜狼皮;只有细狗可以追捕狐狸,还能钻进狐狸的洞穴,细狗仿佛生来就是为了对付狐狸的。

吐尔逊别克朝我走过来了。他微笑着朝我打手势:"不要打它,这是我父亲的狗。"

我问他:"是细狗吗?"

"当然了,"他很骄傲地说,"这是我父亲最宝贵的东西,比马还重要。这样的狗,不多,人家拿十只羊换它,我的父亲不愿意呢!"

"可是刚才还有人说它瘦得快死了呢。"

"那些人懂什么!他们不懂。哈萨克族人一看就知道,最高级的狗啦!它从来不咬人,看起来老实得很,其实它厉害,一看到狐狸,没有跑掉的,一定抓住!"

"公安局抓特务么?"我开玩笑。

"比公安局抓特务还厉害!"

我们俩都笑起来。

吐尔逊别克的父亲第三天就走了,走的时候,我才看到那只白色细狗兴奋、激动的样子。它像一只白色的鸟儿盘旋、飞翔在主人前后,稍不留神,就远远地把自己射出好几百米开外……它的身姿矫捷得令人赞叹!

我在连队门外一直目送着他们，我想，一类天才式的人物在世间也是这样被误解的，和良种犬一样。它身上没有保留供人食用和役用所需的多余的肉，因而在一般人眼里，它毫无价值。

但是吐尔逊别克的父亲了解它，知道它的本事，把它看得非常珍贵。

吐尔逊别克的父亲不是名犬鉴赏家，不是生物学家，他只是一个骑着老马的草原猎人，看起来表情简单、缺乏激情。

一双罗圈腿，笨拙迟缓。

饮　马

我一走进马棚，连队的那匹青马就知道带它去饮水的人来了。它抬起头颈，平静地望着我，目光里有一种认真的态度，还有期待的意思。

我知道它的这种姿势含有与我打招呼的意味，每天早晨见我的时候，它都这样。我认为它很有礼貌。

我把绳子解开，然后就拿着这根粗绳子往外走，然后就听见背后响起咕咚咕咚的马蹄声。那声音就像是一个拄着笨重铁杖的老人走路时发出的声响，它跟着你，认从你，而它实际上又显然比你沉重有力，这很能令人迷醉。

这样走一阵，我才开始停下来，让青马缓缓走到我的右侧。这匹青灰色的光背马每天清晨都这样抖动一番头颈站在我面前，它毛色纯净，躯体匀称，背骨隆起但没有擦伤，它看起来很好。这是一匹退役的军马，骑兵建制已经撤销，它留在连队里干些杂役。我估计它没有受过多少骑兵训练，因为它看起来还不老。

我拍拍它的背，示意我要上马了。

我那时候喜欢骑光背马，原因是我一直害怕坠镫。坠镫的事令人不安。我觉得还是骑光背马更无牵挂，顶多是从马上掉下来摔一下。

我把马缰绳带在左手里，双手扶住马背，往上一跃，就把自己搭在马背上了；然后趴在马上的身体扭转九十度，右腿翻过马背，就完成上马动作了。我的两只脚空荡荡地耷拉在马腹两侧,像两个多余的东西。

青马朝巩乃斯河边碎步小跑,但我控住它,不让它跑快。连队伸向巩乃斯河的地段是一个慢坡,地势倾斜地滑过河岸,沿途是沙土地和无边的芦苇丛。

马很熟悉这段路,它自己找到最合适的饮水位置,走到河边,深深地低垂了头,好像用嘴轻轻地吹拂了一下水面,品尝起来。不久,它又换了一个位置,似乎一条河里流的水有什么不同,它还挑挑拣拣的。

饮着饮着,它就朝河里走去。它走进浅水里,也不怕自己的脚把水弄脏。马很可笑,和人不一样。我感到它的肚子渐渐圆起来,想把青马的头拉起来,但它执意不起来,它的头很硬。

它是这么恋水,我只好再放它一会儿。

巩乃斯河宽阔平稳,水流灰白,河中间漩涡很多,每年夏天都淹死几个人。这也是一条吃人的河呢,有一年连大卡车都吞下去不见影儿了。

饮得差不多了,我扯起马头来。

青灰马嘴像没关紧的淋浴喷头似的,哩哩啦啦地离开水面,噗噜噜地挥洒一番,就扭转身上岸了。

在岸上,它的肚子咣当咣当地响着,活像一个装满了水的大皮囊。它的身体这时给我的感觉是相当物质化的,纯粹是一只会吮吸水流的大皮口袋。现在它装满了,它满足了,扭动着屁股,放了一连串的响屁,声音像粗糙的皮革摩擦时的声响;然后撅起尾巴来边走边屙屎,使骑在它背上的我有些不好意思起来,好像在屙屎的时候还骑在人家身上很是不够道德。但是它不在乎,我听见背后一声一声粪团落地的声音,一会儿,它的尾巴收拢回来了。

我把身体向前一倾,两腿轻轻地磕了磕青马的肚子。它知道你需要它跑多快,你用脚连续磕几次它的肚子,它就抖擞精神飞奔起来。

骑在奔跑的马背上是一件极其快意的事，随着别的生物运动，需要配合。蹄声越来越急促，马的背部越来越有力，耸动、收缩、颠弹，它像一股发动起来的狂风，因你而发动，但并不完全由你操纵，因为它也是活的，有些时候由它的判断而忽然决定行动。你在这股狂风之上，既快乐又担着一点风险，所以骑马有一种刺激。

青马驰过苇丛，驰过沙土地。

青马驰上河岸通向连队的土坡。

这一段熟悉的路，自己走过去和骑在马背上奔掠过去感觉不一样，这些地方急速地从马腹下面闪过，有一种异样。模糊其形而得其意，至乐也。

青马驰过连队猪场时，本来准备减速，但我意兴正高，又磕了它的肚子。猪场里窜出来一群小白猪，它们娇嫩的小身躯在马蹄下惊慌失措，来回乱窜。青马被我一扯缰绳，斜刺里躲过这群小猪崽，却遇上一条土沟，它凌空跃起，落地的刹那又遇上几根木桩，它又一闪，我就从马背上飞出去了。

青马站在远处回头望着我。

我拍了拍手，把土掸干净，从地上爬起来，并不觉疼痛。

这时恰好有一个早起的女兵看到我，她跑过来惊慌地说："你是不是受伤了？你的脸色苍白得厉害。"

我笑了一下，有点勉强。然后走过去捡起青马的缰绳。

逃跑的火焰

则克台进入冬季以后就成了最单调的世界，大地上失去了连绵的、起伏无尽的绿草鲜花，只剩下了茫茫雪野。从脚下一直望到远处的天尽头，除了地势略有起伏之外，再没有一点儿变化，全是白茫茫的。

这个位于伊犁河谷深处的大草原，茫然自在，得天独厚。它的冬季虽然多雪，天气却并不太冷，只是有一股凛冽的清新之气在太阳的照耀下闪闪发光。它的冬天那样单调、那样沉静，暗中却又显示出某种丰厚来。总之它容易让人产生出一些难以言传的复杂而又怅惘的伤感。

那天早晨我鞴好了马，连队派我去场部送一些文件。我给青马最后上紧了肚带，就牵着它从连队各班排的窗口前慢慢走过去。我看见窗玻璃上陆续升降起一些熟悉的脑袋，有的挤眉弄眼，有的故作不屑。我知道他们有点眼红我今天的差事，因为他们正在天天读，而我却有机会放风了。

直到走出连队相当一段距离，我才上了马。我把皮帽子放下来，用军大衣盖住膝部，就放马朝雪原上走去。在这种晴朗的天气里策马雪原，有一种特殊的滋味。人在马背上，顿时比平时高出去许多，视野一下变得更开阔了。茫茫大地，我不用走就在移动，甚至是更快速地移动，我变得比平时的我强大了几倍。我像君王一样，至少也像古代的大将一样，一下子融合了两个生命的力量，我觉得自己骑在马上的样子一定很威风。

我有些遗憾的是周围太空旷了，没有一个人可以看到我在马背上的英姿。阳光开始在雪地上躲躲闪闪地勾画起我和马的影子，影子有些变形，看起来我和我的坐骑并不像我想象的那么神气，而是显得有些滑稽可笑。马的耳朵被光影拉长了，有些像驴，而我也无端地使自己想起了堂吉诃德。

我策马驰上一处高地，马在雪地上喘息着，似乎不太乐意。过了一会儿，它自己渐渐地减慢了速度。这时，我忽然听到杂乱的犬吠声隐隐传来，在马鞍上侧转过身，我惊奇地看到远处原野上冬猎的景象。

在白皑皑的深雪里，一群狂怒的牧犬正在追逐三只亡命的狐狸，牧犬的后面，是一伙骑马的猎人。雪太深了，狐狸跃动得非常艰难，它每次跃起，身后都扬起一阵雪雾，然后落下去，身体又陷进雪里，有时只露出尖尖的红脑袋……它们身后的牧犬虽然也一样在深雪里，但是那些狗高大凶猛得多，在雪里冲撞过来，杀气腾腾势如疾风。

三只狐狸拼命地夺路而逃，还不时地回头顾看。它们在这一片茫茫的雪原上是显得太弱小、太危险了，雪原那么白而空旷，狐狸却醒目得如同一簇跳跃的火焰，火红耀目，无遮无碍。十几条猛犬看来是可以追上的，所以骑马围猎的哈萨克族人并不开枪射击。

一只最红的狐狸掉头向我这边的高地跑来，我心下一喜，纵马朝那边奔去。我手里提着一根马鞭，我抡它一马鞭，肯定得打昏过去。正这样想着，我的马忽然站住不动了，它耸起两耳，看着前方。

我正感到莫名其妙，那只狐狸从坡下突然跳上来，恰恰落在我的马前。可以看出，那狐狸刹那间惊呆了，它可能万万没有料到这里埋伏着一支人马。惊恐之下，它也许料定自己必死无疑，竟伏在马前惊惶地望着我。

我第一次在野外与一只狐狸这么近距离地对视。我看见狐狸的嘴边喘息出白气，胡子凝着冰霜，我还看见狐狸一双褐色的圆圆的眼睛，它盯着我看，眼神里有哀告无援、祈求同情的声音。它不会说话，在瞬间对视中我却明白无误地看懂了它心里的意思，就像一个人面对另一个人的时刻一样。

它这样绝望，这个生灵，这团火焰。“让我活下去吧——”我感到它在这样对我恳告。

我提着马鞭的右臂垂落着，而不由自主地用左手拨转了马头，让开一条路。

它很有礼貌地看我让开，然后才低下头，迅速从我的侧边匆匆奔跑过去。

我勒马立在高地上，目送这只红狐继续奔逃。在一片闪烁着阳光的雪野上，它跃动着，蹿跳着，一起一伏，特别清晰。它的那条蓬松漂亮的大尾巴飘动招摇，宛似一股被风曳动的火红烈焰，燃烧、跃动在洁白的雪上。

“快跑吧，快点，再快点！”我望着这只狐狸，突然满心都生出同情来，仿佛它已经不是一只野兽，而是一团美丽的火焰，是雪原上的精灵，太阳城的儿女。

这时，暴怒狂吠的牧犬追过去了，它们拥挤着，表情极其愤怒，情绪处在高度亢奋之中，它们争先恐后，有时不惜将别的同伙撞倒，好像对狐狸怀有不共戴天的仇恨。

它们会撕碎那只可怜的红狐狸的！它们追过去的时候，远处，那团逃跑的火焰还在一蹿一蹿地跳动着。

我呆呆地坐在马鞍上，满心里只装着两个字：快点，快点……

一群猎手从高地一侧奔驰过去，其中有一个扭过头来看着我，他的目光如鹰隼，冷峻的一瞥，使我完全不能理解是什么意思。

许多年以后，我在拉卜楞寺外的小街上买了一张完整的、火红的狐狸皮。我不很清楚自己为什么要花几百元钱买这张狐皮，但是我买了。

这张狐皮和我在则克台冬天遇到的那团逃跑的红火焰，颜色非常相近。我不知道那只狐狸最后的命运，但我相信它是死了。

一团火焰不管跑到哪里，都会有人要把它熄灭。这一点我是深信不疑的。它最后的结局，也是变成这样一张完整的皮。

被悬挂起来，成为装饰。

白马夕阳

一匹白马。

在夕阳欲落时的草原的辉光里，孤零零地，也可以说是极其悠闲自在地站立在深草里，像是被遗落在那里一般。

在它的周围没有它的同类，没有一匹任何毛色的马，黑色的、花斑脖子的、棕红色的，都没有。西极的天空宛如蛋青被殷红的血抹涂过了那样，丝丝缕缕的云霞被随意扔在空中，像是刚刚诞生过婴儿的产床上撂下的母亲沾血的衣裙。一切都很安详和满足。在这种安详和满足中，有一丝颤动着的空旷寂寥在暗中游走。

辉光下的草原开满了野罂粟花，仿佛深碧的海里长满了红珊瑚。草原铺向无边的远方，其中曲折环绕着一些细长随意的道路，看起来似乎是草原在和天空默默地比着谁更阔大。

在这样一个虚实相间的空间里，白马独自存在着。它显得太白了，纯净得几乎成了一团梦幻，而且因此而显得有些不太真实。生活中何曾有过这么白的马呢？像是用银子铸就的，最白的云朵妆成的。它若是一动不动，你就会不相信它是真的。

但是它动了。

在夕照的辉映之下，它银光闪闪，宛如透明。你可以看到它的嘴唇因光照而泛着胭脂的红嫩，鬃颈相接处隐约着一脉天青，而拂地的长鬃飘洒如瀑……它缓缓地移动着，在齐胸的深草中，安然深陷。

这时，有一台胶轮式拖拉机从草原的小路上驶过，拖拉机后面挂着拖车，拖车上坐着或站着一些青年人，有男青年也有女青年。

“看呵，多漂亮的一匹白马——”有一个人喊起来，所有的人都站起来看着它。拖拉机上的年轻人都被眼前的这一幅天然的油画感动了，他们当中有的唱起歌来，有的向它招手，有的为它鼓起掌来。

“白马，跑起来吧，跟我们一起走吧——”他们当中有人这样喊着。

“白马王子，跟我们回家吧——”有几个女青年笑着这样呼唤它。

白马抬起了头颈。

它注视着这群年轻人。

在它抬高了头颈的时候，从脖颈间斜斜地飘然滑落的银色长鬃，分外优美。它在注视这些人的当儿，两耳耸立起来，它在谛听，像是能懂，眼神里充满柔顺和会意的神情。

它略微犹疑了一下，然后尾随着拖拉机走了过来。在深草齐胸的原野上，看不到它的蹄腿，远远望去，白马像一座小小的冰山在海浪间浮游着。

看到这景象，拖拉机上的人们欢呼起来，他们没料到白马竟如此意会神通！

在欢呼和喝彩声中，白马奔跑起来，在离拖拉机几丈之遥，白马保持着距离，追赶过来。它稳健地奔跑着，像是护送，也像是对盛情难却的表演，还像是一种生灵对生灵的亲近和友情。

一瞬间天地万物缩短了距离。

所有的辉光都照临在白马身上，在整个世界的这座舞台上，它就是神。仿佛有一位神正骑在它背上策驭着它，命它追赶回报人类中一群青年初心未泯的爱意。然而它背上没有任何多余的东西，嘴上也没有辔头，它是全然自在的一匹马。

白马追赶了一阵，缓缓地停下来。它站住，腰身蹄腿完美之至。它在目送人们，望着拖拉机上的青年人渐渐远去，仍像是被遗落在旷野里一般。

夕阳转暗。

1995年5月31日

鹞　子

席棚围着墙角一块空地，空地上一伙坐小板凳的人在读报，正做出木偶状或兵马俑状。

许多人在一起同时仿制出极其严肃认真的表情，这种游戏是人类独具的一种能力，虽然这行为本身已构成了极大的滑稽。可以这样说，人类是一切已知生物种类中最具严肃倾向的一种，因此人类远远高于其他诸物种。

诵读报纸的人比较兴奋，他模糊地意识到一种替权威代言的自豪感，他看出现在的他比原来的自己重要了许多倍，所以他念得相当缓慢，他希望这种时刻延续得长一些。他看着众人这种呆若木鸡的样子，就对自己的聪明才智一下子充满了信心。

正在这时，突然“呼啦啦”一阵噪乱的声响从头顶上旋过去，接着，“扑噜扑噜”地坠落下来三几只麻雀。从头顶上旋过去的一群麻雀，像逃命一般，坠落到席棚里的几只，就像是直接从空中掉下来的。

这三几只掉下来的麻雀，躲在席棚下，惊慌抖索。有的离人已很近，却不肯飞开，几双小眼睛左顾右盼，似有危险将临，独不惧人，且觉离人越近越安全。

众人皆奇：咦，今天怪了，麻雀不怕人了，莫非有比人更可怕的危险么？

一人叫道：“鹞子！”

众人扭转头看过去，那人是黑子。

稍过，风波渐息，那几只惊魂甫定的麻雀才迟疑着飞走了。

众人问：鹞子就这么厉害？

“厉——害！”他拉长了声调，显示着厉害的程度，然后说，“鹊鹞子么，鸽鹞子么，专门就是抓雀娃子、鸽娃子的么，法(要)瞎(下)鸽娃子的谁不知道，鹞子厉害、厉——害得歪江！”

一人问：“还能比老鹰厉害么？”

“捞印(老鹰)算个球嘛！捞印(老鹰)？那是个塌头！”黑子脸上写满了鄙视，仿佛此时他就是鹞子的代表，谁妄图抬出一个老鹰来压鹞子一头，就是对他的打击。他操着一口不标准的普通话，露出一嘴的白牙，白牙上闪烁着一点星星唾沫。他开始站到诵读报纸的那个人的位置上，他不能容忍这么多人竟然对鹞子的英雄业绩一无所知。

鹞子是空中杀手。鹞子是天上的豹子。黑子的意思是说，天空中没有什么东西比鹞子更凶猛、更有杀气，它的捕猎比老鹰更令被猎者胆寒。鹞子的攻击迅速、决断，几乎没有失误，使鸽、雀无从防范，无从逃避。它不知什么时候从什么方向突然出现，一旦出现，从不落空。它像一种命定的灾难一样冷酷无情，给被猎杀者的生命染上了宿命的色彩。

黑子说，这正是鹞子比老鹰更显得恐怖的地方。

老鹰在天空的高处做着大幅度的盘旋，然后它看准了，长距离地斜刺冲击下去。老鹰的方式更似一枚炮弹长距离轰击，往往命中，但也有时不中，而且不具备连续攻击性。

鹞子就不同了，它长着类似草色和土色的羽毛，半空中突然出现，一出现就已经到了眼前！它不仅速度比麻雀更快、更短促，而且飞行更灵活。它最惊人的绝招是，可以轻轻抖着翅膀在半空中停顿，然后随意向各方向冲击！它更像一柄大口径手枪或冲锋枪。

“人家的身体可是和鸽子一样大小啊，”黑子非常钦佩地说，“但是人家专吃鸽子！”

黑子原先就是养下鸽子的，按他的话就是“法(要)瞎(下)鸽娃子的”，鸽子是他们的命。一群鸽子么上天，翻翻儿，尖锋毛爪子，黑头大嘴白，大鼻子……谁能把别人的鸽群冲乱带几只回来，谁的本事大。

但是这些人佩服鹞子。

一群再棒的鸽子也斗不过一只鹞子，而且不斗，一见鹞子来了，鸽群就乱了，只有最勇敢的鸽子还能飞，其余的，全都从空中往下掉，翅膀一夹，扑棱扑棱，从天上往下栽，一副认命的样子！鹞子抓着哪个算哪个，反正有一个没命的。

鹞子厉害在看准了一个，专抓它，一闪身从空中划个弧度俯冲下去，准准地在弧底上接住它！一声尖叫，羽毛纷飞，鹞子抓住一只和它一样大的鸽子扬长而去……整整一天，回窝的鸽子丢魂落魄，轰都轰不到天上去。

“怎么样？英雄不英雄？”黑子问道。有人说太残忍了，那不叫英雄，那叫凶恶。“残忍？”黑子脸上又一次露出鄙视来，偏着一颗圆圆的小黑脑袋反问道，“那就是造物主残忍，谁叫他造出鹞子来吃肉不吃草？”

“要是让鸽子和鹞子坐到一块读报纸就不残忍了是吧？鸽子给鹞子念，鹞子改造世界观，是不是？”

黑子有些愤愤然。但是一看大家都换了一脸严肃，有些心虚。他笑了一下，露出一嘴白牙，拿手在空中挥了一下。“我是开玩笑啊。”他解释道。

1995年6月5日

羽毛的浮力

1971年3月的一天，野战某师农场学生连四班的全体人员（还包括带头的军人二排排长），在巩乃斯河肖尔布拉克对岸区域执行劳动任务期间，全都像发了疯似的扔下手中的劳动工具，置劳动任务于不顾，鬼使神差一般奔向河边，有的跳进河里，有的在河边到处搜寻，好像那里藏着万两黄金！尤其是二排排长，非但不予制止，反而身体力行，带头违反纪律，致使一个上午白白浪费，什么劳动也没干……更为奇怪的是，这件事发生后，一贯严格的、原则性很强的四连指导员郑万河竟拍着四班成员的肩膀笑嘻嘻地说："干得好，好样的！"

当时发生的这件荒唐事全部过程是由一群大雁引起的。是大雁让我们炸了营，也是大雁让我们欣喜若狂。回想起来，对禽类所存的刻意伤害的心思，大约就是在那一天得到了满足并宣告终止。

巩乃斯河沿岸逶迤连绵的大面积芦苇荡中，栖息着种类繁多的大小禽鸟，有黄鸭、天鹅、大雁、水鸡，等等，那是它们的宿营地和根据地。一般说来，人类对它们不存幻想，因为芦苇荡太深太大了，还因为边境地区禁止鸣枪，所以我们只能像一般的走兽那样忍受这些傲慢无礼的飞行物在头顶天空哇哇乱叫！

那天不能算一个好天气，天略阴凉，不时地还有一些毛毛细雨从天上飘洒下来。巩乃斯河水涨过了原来的沙岸，溢进芦苇荡，与荡中的水泽会师相连。细雨中的河水散发出一种鱼腥气，河面上，对岸肖尔布拉克的农工推下两条船，他们在雨中捕鱼。是他们发现了在芦苇荡中领着羽毛未丰的小雁学习游泳的大雁，他们划着船从河里一赶，大雁飞上天，小雁上了岸，正好进入了我们的领地。

大雁在头顶上盘旋，不时地进行低空俯掠，像一些老式的轰炸机。它们不歇气地叫着，声音凄厉、焦急，企图挽救这些小雁逃脱厄运。可是小雁不会飞，它们在慌乱中纷纷登陆，在草滩上四处逃窜，然后躲进草丛，一动不动。

小雁们没有游进芦苇荡是它们犯的一个战略方向上的大错误。

草滩上的草还没有长高，去年秋季留下的衰草和今年新发的嫩草混杂在一起，成为春天草原上一种杂驳的颜色，浅绿深黄，斑驳错杂。这种草色和小雁身上的毛色完全一致，几乎无法分辨。有时小雁就躲在眼皮底下，但是只要它不动，你就发现不了。它们和草色太谐调一致了，完全融化在草滩里啦。

当时，小雁们各自隐在草丛中一动不动，它们深知自己的隐身效果，不到捕捉的手伸到眼前，硬是能纹丝不动，仿佛是大雁临出发前专门再三叮嘱过似的。当时的形势是，小雁像游击队员一样分散、隐蔽在“青纱帐”里，四班的人像大扫荡，在草滩上四处搜寻，只要听到哪个方向发出一阵狂喜怪叫，就准是哪里有一只不幸的小雁被俘获了。

这种狂喜怪叫不断传来，说明四班战果辉煌。他们顶住了头上那些“老式轰炸机”的骚扰，终于捕获了十只小雁。最后一只小雁是蓝毛捉住的，他的一只巨大的臭脚几乎落在那只小雁的脖子上，小雁沉不住气了，起身想逃，蓝毛扑上去的动作极其忘我，就像被什么绊倒了一样。

在把十只小雁关起来的当天下午，全连各班都来参观了一阵。我们当时在土墙角用铁丝网围起一小块空地，形成了一个临时的“集中营”。

十只小雁在铁丝网里不安地轻声鸣叫着，它们走来走去，互相张望，有时伸长脖子仿佛征询对方有什么好办法，当然最后还是没有办法。看样子它们谁也没有这方面的经验。

渐渐地，它们安静下来，鸣叫声变成了嗓子里面的咕噜声。小雁的眼睛里开始有了一种随遇而安的认命态度，对陌生环境的恐惧转换为适应，只要它们的生命眼下不受伤害，它们就会安静下来，认为危险已经过去。

当时四班的任务多了一项，就是每天去打一大堆草，来喂这些连队里新增添的财富。我每天都喜欢去喂它们，也是借机去多看看它们，有时候观察久了，会感到它们仿佛是变成大雁的十位王子，等待着恢复人形。当然，除此之外，在观察它们时我也会产生一些幸灾乐祸的心理，这种心理可能潜藏着对禽类的某种妒忌天性。

在喂这些小雁时，我突然会轻视它们的智力，认为它们毕竟只是鸟兽，这真是一个大的局限。原先它们在天空飞翔的时候，在我们看来是何等的可望而不可即啊！它们有伟大的天赋，羽翼丰满，引颈挺胸，扇动起两架大风帆，在人类的头顶上凌空俯瞰。成熟的大雁正是如此骄傲，它们的俯瞰的目光如同两粒射下来的子弹，往往直接命中我们的顶盖骨！

我模糊地意识到人类很久以来就忍受着远飞禽类的藐视。它们高飞入云，而我们却低头行走，连一块石头都能绊倒我们。虽然看起来它们智力和体力都比不上我们，可是它们被造物主赋予翅羽，接近天空，飞越重山大洋，任意选择温暖的领地，成为时空和季节中的自由生灵！……可是人呢，却终生被钉死在土地上，忍受四个季节的轮番攻击，在严寒和酷暑中像兽一般爬行！

在这方面，我感受到造物主的不公，甚至感到他对人类的某种藐视。兴许在他眼里人类只不过是一个卑贱而又狡猾的物种呢。

对于翅膀和羽毛，我们是永无指望得到配发了。所幸这些小雁由于极其偶然的原因成了我们的俘虏，使我们可以面对面地端详、打量这些昔日天空中的神物，得到某种满足。

这些虽说是小雁，捉起来一掂，一个个也都是沉甸甸的，比一只大鸡还重。

第三天我去喂它们的时候，料想不到的事发生了。我正抱着食草朝那边走过去，远远地看到有几只雁在扇动翅膀。天啊，仅仅三天，它们当中稍大一点的已经长出了几根大羽，现在竟要试着飞出去！

有一只的尝试失败了，它从空中又重新落回地上。它的羽毛还没长够，只差一点儿；它虽然竭尽全力，但还是体重占了上风。它跌落下来。

但是另一只成功了。它腾起、离地，在距离地面一米高的地方划动翅膀，仿佛一个溺水的人在拼命挣扎。羽毛的浮力和身躯的重量在空中较量，升沉起浮只决定在纤毫之间，它很侥幸，擦着铁丝网飞了出去。然后，它越飞越熟练，越飞越自由，像是在十秒钟之间学会了全套飞行！

它竟飞得很高很高，御风而去！

我仰着脸看着它不辞而别，猜想空中的这只雁此刻一定骄傲、豪迈，它胜利了，正在寻望故乡，即将重见父母。

十只雁剩下了九只。

它们看起来和飞走的那只完全一样，一样的毛色，一样的翅膀，一样的祈盼——摆脱藩篱，高飞云空。它们都是雁。

区别是肉眼所不易觉察的，区别是细微的，然而却是决定性的，区别只在于羽毛的纤毫之间多出了一点点！结果完全不同，九只成了饭桌上的食物，一只成为天空中的永恒的灵魂。

羽毛的浮力！

1995年6月4日

稀世之鸟

躲进索溪峪，钻山入洞，远离了那些把词语当瓜子嗑来嗑去的嚼舌家们，这下耳根清净了。我抽烟于戒烟日，并喝浓茶；你晾衣物于阳台，阳台宽大。

你说“快来看呀”，压低了声音。我看见了一只鸟，惊叹一声扭身就跑回屋里去。怎么啦？拿眼镜。没有眼镜我看不清，这么漂亮的鸟我没见过。这是什么鸟儿呀？

“大概是朱鹮了。”

“朱鹮是什么？”

“据说这个自然保护区仅存一对，全世界现在也没几只了，一种珍禽。”

珍禽就是不同凡响。我们的悄声低语并不惊动它，它就立在离阳台很近的树丫上，周围浓荫密布。它红嘴美目，身姿翩然，尾长尺许，一片华彩。它看见我们呆看它，并不惊飞，而且似不惧人，依然伫立枝头轻声鸣叫，若有所盼。它好像深知自己的美足以使人类忘却杀心，因而不躲闪惊恐如雀。可是绝美的朱鹮，你却为什么仅剩一对了呢？而且已经濒临灭绝。为什么还不防范，学会保护自己呢？

它就立在我们眼前低鸣呼唤着。你说，现在是求偶期。果然，另一只从树丛的缝隙间款款飞来，形态颜色绝似，只是略小，无冠。这对仅存的绝代佳偶，站立枝头低鸣悄语，互相凝视，意态优雅。

他叫她，她来了。它们分离片刻，聚首便成了重逢。彼此的爱慕之情，使人一望也会感动。他从高枝翩翩飞落低丫，翎羽不乱，像一个年轻绅士舞步熟练；她从低丫轻飞上高枝，逗他，回眸一笑百媚生。它们仿佛在商量，在挑选更好的去处，一点儿不焦躁，好像总能把本能的欲望控制在美的范畴。

显然，这是一对鸟中的王者了。因其绝美至雅而为王，因其珍奇罕有而为后。这唯一的一对朱鹮，遗世而独立，在我们面前展示出鸟的修养、鸟的品质、鸟的超凡脱俗和纯净。顿时，凌空向外探出的阳台成了我们的包厢，浓荫四布的高树以及远山和近处的稻田成了布景真实的舞台，稻田里秧鸡的鸣声成了隐隐升起的混声合唱。舞台的中心是这样一对芭蕾舞明星，古典的爱情故事，中世纪的王国里走来一双复活的情侣，忠贞不渝的伙伴——世界于是重又成了它们的。

“绝美!”你赞叹着说，“快去叫他们来看!”

我没动。我唯恐惊飞了它们，更害怕错失这一幕最后的瞬间。我目不转睛且随之慢慢挪动，我已经不是在看两只鸟儿，而是在看一双不死的情爱之魂于光天化日之下现形！我当然想到了化蝶的梁祝，随之在耳边飘曳出那优美的小提琴协奏曲；我当然还想到了哈姆雷特的独白“生存还是毁灭？这是个问题”，如此等等。

这对朱鹮肯定是不会存在离婚的问题了，因为只有一对；它们，显然更不用考虑计划生育的问题，因为即将绝种。但是难道它们不该考虑一下生态平衡的问题吗？老鼠那么猖獗，苍蝇那么密集，许多伟大的物种都在丑恶的包围中不堪忍受弃世而去，你俩，是不是也打算这样呢？诚如是，这便是一次美的绝灭。

美的绝种是对强大世俗丑恶力量的抗议，也是留给这世间的唯一悲剧。

它就是要让你永远无法弥补。

只是,朱鹮,你这样做不是太残酷了么?留给丑恶去耕耘不是太缺乏责任感了么?

朱鹮终于首尾相衔,一前一后飞走了,低低飞绕于绿荫丛中,留下了我们的包厢和一座空舞台。

朱鹮飞走了,唯一的一对儿。

不知它们能躲过几只瞄准的枪口。在索溪峪,它们还有可能延续生存下去吗?我有点担忧。这时,我毫不搭界地突然想起两句诗来:

我愿生如闪电之耀亮,
我愿死如彗星之迅忽。

只是,我又何苦去为一对鸟的命运担忧?

在世俗的强大手掌笼盖之下,耀亮过了,尽管迅忽,也许就是一切稀世之物的品格和命运吧!伟人忧国,愚人忧鸟。

人对不起驴

一

人类真是一种等级观念根深蒂固的动物！不仅在人类当中分着三六九等，即便对待自然万物，心里也分着。那个张献忠虽然不是哲学家，但是他的“七杀碑”里的一句话却道出了一个大道理——“天生万物以养人，人无一德以报天！”人吃万物，天上飞的，地下跑的，水里游的，土里钻的，一律通吃，大小不漏。不仅吃，还奴役，剥夺其自由天性，改变其遗传特性，豢养役使，直至其耗尽精力，再吃。

人类才是地球上主宰万物生灵的恶霸！人类认为自己优越，是高等动物，万物之灵，所以其余的低等动物应该被捕捉、奴役、屠杀、吃掉！其实我们吃掉的恰是我们的同宗同族，近亲远亲，千万年以前可能正是从同一物种中分化进化而来，都是地球这颗大蛋孵化的生命。本是同根生，相煎何太急。

人确实是对不起万物的，也对不起地球这个家园和母亲，但是，人最对不起的，还是驴——人对不起驴。

二

驴是和人关系最近的家奴，但是在人的各种文献中，很少提到驴。可能是因为不值得，人对驴的轻视贱看由来已久。唐人柳宗元的一篇写驴的文章定了调子，那不像一篇文章，简直是一幅漫画，极尽嘲讽、挖苦、丑化之笔墨，把驴的愚蠢、自负、无知渲染得让人过目不忘。

驴——首先变成了蠢驴。

驴是不是真的比别的动物蠢呢？似乎不是。你看那活蹦乱跳的小驴驹儿，一双大眼睛，明眸皓齿，身材匀称，长耳朵，短尾巴，嘴唇一片白晕，很机灵呀，很可爱呀。为什么长大成驴后就变成了蔫驴、乏驴？耷拉着耳朵，还耷拉得不对称；垂头丧气，踢一脚动一步。驴脾气，死倔死倔，一副好死不如赖活着的倒霉鬼样子。

驴的精神状态很不好，既没有人家骏马的昂扬向上、一往无前、马到成功，也没有牛的脚踏实地、勤勤恳恳、任劳任怨，它情绪低沉、悲观厌世，当一天和尚撞一天钟，根本不准备有所作为。它是一副卑贱的、认命的、看破红尘的表情，它对人这个主人不满，有怨气，消极怠工，但又没有勇气正面反抗，没见过驴咬人踢人。但是从驴背上掉下来往往比从马背上，甚至骆驼背上掉下来摔得重，"驴是鬼，摔下来不是胳臂就是腿"。驴个子矮，跑起来没有多少节奏感协调性，摔下来往往猝不及防，还没有反应过来就已重重落地，不是胳臂断就是腿折！

这说明，驴能载人，也能覆人。

苦命的驴，干重活，吃陋食。不受宠爱，当不了宠物；不受尊重，当不了敬物；做的牛马活，没有牛马的地位。动辄遭打骂，逆来顺受，驴就像个后娘养的孩子，姥姥不疼舅舅不爱，用的时候谁都能想起来，不用的时候谁都想不起来。往院子后面一扔，死不了就行。

驴呀，确实是六畜中地位最低贱的。元朝地位最低的是九儒十丐，驴不是儒，只能是丐。

三

驴虽贱，却也是遍布神州东西南北，哪里也少不了驴，驴是干活的苦力，哪里少得了干活的？坐船进入贵州的驴一声大叫吓了老虎一跳，虽然最终被识破伎俩让老虎吃了，但毕竟创造了一个“先声夺虎”的弱者神话，以此永垂青史。关中有驴高大整齐，力比骡马，大有“超驴”之势。估计受到待遇较好，超过凡驴，是驴中的佼佼者。不过，不管待遇再怎么好些，驴还是驴。

在历史上，驴虽然不是史家注意的重点，一不小心还是有一些影像留下来。汉唐是扩张向上的朝代，汉唐人崇马，有马踏匈奴、马踏飞燕传下来，还有唐人的昭陵六骏。那是一个“铁马冰河入梦来”的时代，一个“自嫌诗少幽燕气，故作冰天跃马行”的豪迈时期，所以唐诗少驴。

但是到了宋，经济文化繁荣，丈夫气弱，驴出来了。你看那个《清明上河图》上，驴多马少；你看那个宋朝的英雄陆游，“细雨骑驴入剑门”。可不可以说“汉唐马精神，宋明驴脾气”？不管怎么说，驴也是一个朝代的象征呢。

驴是平庸之辈，但平庸之辈就不该受到尊重和善待么？人里面大多数人也只是平庸之辈，真正能创造历史、改变历史的只是极少数，而他们之所以能够创造历史，最重要的原因是他们理解、顺应了绝大多数人的梦想和要求。所以驴，又是任何一个时代的平庸草民的象征。草根人物，底层小民，尽似驴之生存状况。

四

忽忆南疆之驴,天山南麓喀什、和田、阿克苏的广阔农村,正是驴,支撑起、驮载着当地农民的绿洲生涯。那里,每一个县都有数万头甚至更多的驴,而人,只有几万、十几万,最大的县几十万人。那里的驴矮小、坚忍,看起来有些幽默,著名的智者阿凡提骑的就是这种驴。这种矮小的小毛驴看起来要比高大整齐的关中驴更像驴,更具灵性因而也显得更有文化感。机敏的画家黄胄一眼就看中了这种可爱的小毛驴,捕捉住了它的形象。维吾尔族红衣少女和小毛驴,构成了国画中的新笔墨,而黄胄自己也被打成了“驴贩子”。

但是更多的时候,小毛驴驮的不是轻盈美丽的少女,而是体重一百公斤的胖大汉,大汉两腿几乎垂地,毛驴四蹄颤抖,驮着比自己重得多的人,奋力前行。更多的时候,一头小毛驴拉着一辆架子车,车上铺着毯子,毯子上坐着一家人,去赶巴扎。一个村、一个乡的人家都去赶巴扎,毛驴车互相连起来,只需前面的一家赶车,于是形成了南疆特有的“毛驴车火车”。驴就是这样,像蚂蚁一样超负荷地、勤恳无悔地为人类工作,为什么不应该对它们的生命给予应有的尊重呢?驴自然不会对人提出“自由、平等、博爱”的要求,但是驴的眼睛大,它看见了人是怎么对待那些受宠的动物了,这会很伤驴的心。同样是造物主创造的生灵,怎么相差就那么大呢?驴会这样想:那些宠物们究竟为人类干了啥呢?不就是长得怪点,所谓时髦吗?凭什么驴的拼命干活比不上宠物们的乖巧讨好呢?

驴不知道,时代变了。

驴更不知道的是,人类的等级观念根深蒂固。人吃不饱肚子、受苦受累的时候,认识驴;人一旦过上了好日子,人一享福,就把驴忘了。

五

别看驴的命运如此可悲，别小瞧它，它的生命力却异常顽强。它发起情来吼声如龙，简直想不到那矮小的身躯竟能发出如此振聋发聩的巨响。驴还长了一副不合比例的大锤子，俗称“驴件”，竟能与马交配生骡，亦算乱伦了。

八十年代刚有电视不久，某陕西老农看见电视里主持人手举话筒采访，气不打一处来，指着电视说：“喂(那)㞞坏得很，手里拿个驴锤子，硬往人嘴里塞!”

驴因为这个常常暴露在光天化日之下，远看像多了一条腿，显得滑稽可笑，得了淫荡的恶名。驴因此更抬不起头来。七十年代南疆喀什某农村有配种站，养有彪壮种公马，逢时便有周围农民牵自家小毛驴来配种。那种公马，牵出如同出笼猛虎，跳跃腾踢，雄峻不可一世！而那些小毛驴，矮小瘦弱，背骨突兀如刀，整日劳累，无精打采，垂头丧气，呆立场中。这种“相亲”的场面的确和爱情毫无关系。

那马昂首长嘶，直立压下，小毛驴当即被压趴下。农民们一人抱一条腿，替它撑起来，四条壮汉等于把驴凌空托起，七手八脚，勉强配了。那驴，始终呆滞麻木，毫无兴致，如死一般。这时，你就知道驴是多么可怜，它在繁衍后代这样的大事上，也没有自主权！它就是这样被剥夺了全部生趣，活成了行尸走肉。

以后，它会被宰杀，一头驴只值七元钱，驴皮比驴肉还贵些，驴肉不值钱。驴的一生就这样结束了，它贡献了一切，却一文不值。

六

驴就是这样一代一代成了“被侮辱与被损害的”，干着重活，吃着粗食，背着恶名，它的生存境况毫无改变的可能，但它还是顽强地生存着。臧克家有一首诗写老马的悲惨处境——“眼里飘来一道鞭影，它抬起头望望前面”。其实这倒更符合驴的状况。

真正把驴当驴的——不，把驴当一个平等生命对待的，是那个西班牙诗人希梅内斯，他写了优美动人的《小银和我》。小银是谁？不是邻家少女，而是一头驴的名字。在这里，第一次赋予驴以平等的生命尊严。

驴当然是看不懂的，更不会捧着这诗篇高声朗诵——当作“解放驴奴”的宣言。驴不知道，时代又变了，一部分人类已经在检讨自己，反省自己的所作所为，意识到人与自然万物平等共存正是人类自身生存的必要条件。人类正在学会理解各类生命，人的审美眼光也变得更宽泛、更包容了。

这些正在影响着更多的人，人开始认识到自己对不起驴了。“天生万物以养人，人应万德以报天”——张献忠的那句话，应该这样改一改了。

人嘛，既然是最强大的，既然是地球的主宰，那就应该更悲悯、更仁慈地对待别的生命。人不应该是希特勒，而应该是佛。那位最早被人嘲笑的“走路怕踩死蚂蚁”的人，他是谁？其实他正是佛。佛在人间，拈花微笑。

第三辑

谁在轻视肉体？

瓶中何物

瓶中何物——水乎火乎?

青[1]诗曰:有水的形态、火的性格。水是怎样的一种阴柔优美,顺器随形,火又是何等地暴躁凶烈,因风就势,是谁使这对立的两种力量合而为一的呢?

瓶中何物——火乎水乎?

绿[2]诗答:一滴酒是一汪水,它是大自然的血清;一滴酒是一朵火,它是这血清的自焚。倾出不过一汪,点燃不过一朵,可是它为什么无腿走千家、有嘴吻万人,愁深常至友,恨浅柜中缘,它为什么总能以涓涓细流突破、推倒理智的重重防线,从貌似干涸的感情深渊里掀起层层巨澜呢?

水火无情酒有情。

有情方饮酒,无聊才读书。

然而酒中的情是什么情啊?透过清澈的一杯薄酒,一眼望见的该是怎样一种一眼望不到底的虚空啊?杯中的天空没有一丝云朵,壶里的乾坤尽是风霜雨雪。谁敢定睛凝视这高度概括、浓缩、酝酿、提炼的无物之物?君不见人间多少铁心肠、硬肝胆的所谓英雄男儿,哪个不是两眼一闭仰颈吞下这杯苦

① 指艾青。

② 指绿原。

药？谁都知道酒中的情只是两个字：浅薄。但是谁又能完全摆脱它呢？人间的至深至真的情，是被酒翻来覆去捉弄、颠三倒四玩耍的，酒这流氓！

酒是情物，而酒却是最无情的。

记起，一个像井轱辘那样古旧的童话，它实在是意味太深长了：渔人从大海里打捞出一个瓶口封死的瓶子，他好奇，打开——被封闭了五百年的巨大妖魔从瓶子里出来了……这个故事是酒的绝妙的象征，只有喝醉酒的人才懂得那个巨大的妖魔是怎样从长时间封闭的心灵的瓶中被释放出来，它的躯体如烟似梦，庞大得顶天立地，它的面貌狰狞奇幻，比最奇特的想象的组合还要怪诞百倍，它一旦从现实主义的、唯物的人的心灵中被释放出来，竟能把产生它、压抑它的那个人惊骇得绝倒！

它是醉酒者的原欲和灵魂。

饮者呵，你目睹过自己放出的灵魂么？

假如你目睹过，你是不是认识它是你的哪一部分？你是不是理解它？你是不是像那个渔人一样用小小的欺骗伎俩重又把它诱入瓶中，贴上封纸？你能够装得若无其事吗——当那个令人惊骇的巨物装进心灵的瓷瓶之后，你能够获得真正的安稳么？

酒是人类古老的寻求精神解脱的产物。它是以物质的精华诱发精神的灵物的一把钥匙。它还是医治人间一切苦闷精神病状的一杯无效的、常服的苦药。它总是以欢乐开始以哭泣告终。

有一个悖论是令人奇怪的，那就是：我们这个古老的，曾经衰落、饥饿，被人讥讽为“东亚病夫”的民族，所酿制的酒却是最烈的。我们的胃就这样在烈酒的燃烧、刺激下痉挛，妄图一夜之间呕吐尽全部传统，早晨醒来变成一个崭新的人……在醉眼蒙眬中，我们看到一个顶天立地的巨大的自己，但是那个幻象不经召唤就重又回到了瓶子里，杨柳岸，依然只是晓风残月。

酒啊，你这骗子！

在酒瓮边，经常站着的是两种人：名士和酒徒。而这两类人其实是难以明确划分的，名士是有名的酒徒，酒徒是无名的名士，他们是肃立于酒瓮边上的文武大臣，也是歪倒酒旗之下的烈士祭品，酒是他们的帝王。

自古圣贤皆寂寞，唯有饮者留其名。这是何等透彻！世界上恐怕没有第二个像李白这样借着诗和酒的翅膀在精神的太空里恣意飞行的人了，他是一个奇迹，一个超越时空的天才！当你读到“举杯邀明月，对影成三人”这样的句子，你不能不相信他那双奇异的醉眼在千年以前的某一个夜晚，其实是真真切切地望见了一个外星人也没准儿！

另外，还有一位名叫辛弃疾的中国十二世纪的诗人的醉态也是不朽的。“只疑松动要来扶，以手推松曰‘去’！”这位在十二世纪的某一天喝醉了酒的卸甲将军，浑然达到与万物相通的境地，他的醉态鲜活生动，微雕一般的刻画栩栩传神，像留在化石上的鱼尾戛然而止时的一翘……直至二十世纪乃至三十世纪，人们仍然可以清晰地听见他的那种颐指气使的招呼僮仆的呼叫声——“杯汝来前！”

酒是灵魂的锋快无比的剃须刀，它割断的是心里逐年增长的杂乱无章的荒草，剃除清理的是日积月累的情绪中的积垢乱髭。它还你一个轻快，让你在内心里来一次删繁就简、领异标新！

饮酒是心灵的洗澡！

饮酒和人生一样，有着至少三个阶段。

第一个阶段为“豪侠饮”，此为模仿。少年不识愁滋味，为赋新诗强说愁。此类饮者，逞强斗勇，划拳猜令，大声喧哗，唯恐左右人不知我在喝酒也，是为不知酒味之徒。

第二阶段为“富贵饮”，此为夸耀。饮必高楼名馆，杯则夜光金盏；中国名茅台，外国人头马；玉盘珍馐，中西合璧不伦不类，西装布履。酒为何物，其实不知。

第三阶段为“吝啬饮”，这才是酒知己。这类人为数寥寥，布衣芒鞋，或立于柜前不需菜食默然独举一瓶，中间反复观察再三，不得已，一倾而尽，抹抹嘴，稳步踱去；或饮酒三餐如饭，闭门独啜，唯恐人来，长年抱渴，咽如焦釜，家中酒有数，腹底量无涯。这种人，文有孔乙己，抱残守缺，用手挪也要挪到酒香处去，其坚贞不移，可怜可敬；武则有豹子头，风雪夜归人，枪挑酒葫芦，漫天飞雪，一心如火。

饮到这第三种地步，才算懂酒。饮到酒的这样一番深度，才算懂得生活。这类人的心里，哪个不是压抑着千般不幸、万种凄凉？哪个不是心藏着浇不熄的怒火、熬煎着煮不干的泪水？

酒啊，一杯杯，一盏盏，尽是酸辛泪！

喝着的，饮着的，啜着的；微皱眉峰的，猛闭双目的，龇牙咧嘴的……哪一个不是勾扯出对于辛酸困顿的记忆？又有谁不是翻腾起对于屈辱遭遇的咀嚼？酒的力量总是从心灵水潭的深处挖掘并泛起苦痛的沉渣、悲辛的淤泥，它总是让醉酒者露出平时被理智掩藏得很难被人发现的表情，酒的力量从来就摧毁彬彬有礼的言辞、虚假浮泛的微笑，它总是放弃平静的湖面，直掘向人性的深处！

在酒力的撞击下“失态”，其实正是凭借了酒的力量恢复了本性，摆脱了为维系世俗关系而做出的常态。

一个从来没醉过的人，不懂得什么叫心灵的彻底解放！一个从未大醉过的一生谨慎的小公务员，不理解胸胆开张、硬语盘空这样的瞬间能给人的躯体注入怎样的生命活力！

酒使一个聪明绝顶的家伙露出傻相了，他坐在角落里傻笑，脸上挂着痴呆儿的表情。他需要傻一傻，他也有傻的一面。他之所以被认为聪明，是因为他平时格外注意把傻的一面藏好。

酒使一个刚强铁硬的好汉哇哇痛哭了，他用双手捂住脸，泪水从指缝中迸溅出来，他哭得像个没人认领的孩子，可怜无助。这就对了，英雄，剥掉你的那些厚重的铠甲，你其实是一个嫩弱的孩子。没有什么“英雄”，所谓英雄是一种姿态或处境。

酒当然也使一个儒雅君子突然露出狞厉的表情，他满口粗话，破口大骂。谁也没有惹他，他其实志得意满，他内心的久遭压抑的东西背叛了他，魔鬼升起来了，使所有的人惊骇。

呕吐、晕眩、兴奋、疯狂……

语言像黄泛区的洪水一样宣泄出来。

思维碰撞，在混乱中闪射出蓝光！

精神的平衡被打乱了，重新颠倒错位。

记忆中断——那是一段没有录上图像的空带。

酒就是这样摧毁了我们精心搭起来的积木建筑，我们的“文明”是多么不堪一击啊！它是脆弱的，但是我们的现实生存恰恰就是靠它来维系的。

请原谅一个醉者的失礼，因为他醉了。他不醉的时候其实是和你们一样的，微笑，甜言蜜语，绝对合乎尺寸的高帽子，握手，说“再见”，还有一点调剂气氛的小小的幽默感……他不醉的时候是一个绅士。但是，醉汉是危险的，他的危险不仅来自手舞足蹈和胡说八道，更来自一种精神束缚解脱者的引诱和他对现状的藐视,这是一种更可怕的精神上的危险！这时候,你立即就会领会一些发达国家所颁布的禁酒令,是一种何等管理层次上的高明!

举起这魔瓶,让我们对着明亮的阳光重新审视它、观察它、研究它,看看那里面装的究竟是什么!

清纯的液体,透明、单纯,若是晃动,便从瓶底迅速升浮起一群美丽的气泡,宛如一泓清泉的明澈和活泼……它看起来是多么无害啊。

它是精灵,也是魔鬼。

弟兄们长大

我父亲平生未能做出什么大功业,追随革命几十年,听党的话,不做恶事。上苍念其忠厚,赐四子。

长子就是我了,现虚长四十七岁。依次下去,周二、周三、周四,仿佛一个星期少了后半截的三天,最小的算来也有了三十九岁了。他们都有了儿女,为避免给周围人提供笑料,本文隐去姓名大号,依次数码称呼。

兄弟手足之情不必细讲了,这方面的文章已经很多,我们兄弟并不见得就比别的兄弟更兄弟,我们并不特殊。但是在我十七八岁的时候,一直有一个念头像谜似的让我猜不透,那就是:我们兄弟四个将来长大了究竟会干什么?当时,周二、周三、周四都还在读初中和小学,一个个活蹦乱跳、健康活泼,每一个生命都是一个活生生的谜,等待时间去揭破。从一个个由家庭中诞生出来的自在的少年,到成为被社会和自身条件嵌入某一职业的成人,命运啊,你将怎么打发我们?是对我们格外垂青呢还是特别冷漠?对后一种可能,我们当时是不愿意设想也不可能接受的。

时光过去了三十年,谜底大致揭开了。

站在年龄的第四十七级台阶上回首当初,令我无限惊奇的是,今天的谜底,当初已经不断地向我们显示过。那时候,似乎一切都已经注定。

我回首看到的那个东西,有人把它叫作“宿命”。就如同登上第四十七座高峰时回头往下一看，一览众山小，那条人生的路曲曲折折、时隐时现，现在尽呈眼底，那个宿命式的东西渐渐显露出来啦。

令人吃惊。凝神静想时甚至毛骨悚然。“人生怎么会是这样奇怪呢？”我想，似乎并没有哪本教科书这样告诉过我们，但它正是这样。

先说周二。

幼时面貌姣好，黑发乌睛，腼腆少语，似女孩常着裙装。及长，入学读书，成绩时好时坏，落差极大。老师说，本来聪明，就是喜欢和坏孩子厮混，受影响，成绩下降。

父亲的对策是，每当糟糕到一定程度时，就给他转学。初到一校，人地生疏，学习成绩骤升，甚至担任学习委员或班长职务。然而好景不长，多则半年少则俩月，便准准地与班上最差劲的学生混在一起，最后达到私自把班费拿去与同伙大吃烤羊肉的地步。

于是再转学，如此循环，转了四五所学校。

到了初中三年级，造反开始了。周二如鱼得水，弃文学武，抢军帽，养狼狗，玩枪弄刀，一落到底。曾有识人者叹曰：“唉，周二是一块好钢，可惜打了狗链子。”经过“文化大革命”的洗礼，上山下乡，他去了米泉县插队。米泉县近，每月可回一两次。

其时正时兴“白回力”，周四买了一双，视如珍宝。唯恐周二抢走，每逢他从米泉回来，必不穿，精心藏匿。周二回家，绝口不问白回力，也不找寻，仿佛不感兴趣。待其返回米泉，周四放学回家，没进门，先问：“周二走了吗？”母答：“走了。”周四书包顾不得放，一头钻进鸡窝里找查预先藏好的回力鞋。结果，头还在鸡窝里，哭声已经闷闷地从鸡窝里传出来。母问“到底怎么啦”，才说鞋被周二偷走啦!

如此,周二又回来,丢下一双脏鞋扬长而去。周四精心刷洗、上粉、晾干,待其回来,藏至父亲卧室弹簧床最里处夹层,以为不可能找到。结果,周二返回米泉,周四的哭声又闷闷地从床底下传出来。

周二揣测藏匿之物神出鬼没,不用东翻西找,每每手到擒拿。后来当工人,百般不像工人,当教师,左右不似师表,到了公安局,干过派出所指导员,当过股长,破得几件案子,倒还顺手称心。据称,尤以查找赃物为能事,一找一个准。问他,憨笑说:“我能摸着坏人的心思,和我原来的心思差不多。”

周二少时善偷自己家的东西,爱和不三不四的人打交道,长大当了警察。“捕快”一个。

周三小周二两岁。

从小眼睛近视,小小的鼻子上不胜重负地架着一副七百度的厚镜片,极其滑稽可笑。幼时细瘦,动作较常人快半拍,吃饭如抢,常遭训斥。

外观变幻莫测,一段时间极其伶俐可爱,一段时间忽然变得人见人嫌,判若两人。此种特点,一直保持到后来,在农场劳动时,全然一农工,一顿可吃面条一公斤余,眼镜度数减去四百度;有一年去上海姑妈家住两个月,忽然变为翩翩都市潇洒美少年!怪矣哉,周三之适应环境的天性,几如变色龙!

周三长大干什么,谁也不知道。母亲曾设计他当医生,却拗不过命运的安排。他小学时,成绩平平,有时考试不及格,补考。各门功课均无十分突出者,不似周二语文一度极佳,数学也曾不错。

小学四年级以后,周三忽然喜欢读《参考消息》,每报必读,津津有味。有一天看到入神处,竟对我说:“哥,最近哧鲁晚夫离苏赵美了。”

“什么哧鲁晚夫?”我接过报纸,一行标题是:《赫鲁晓夫离苏赴美》。全家哗然大笑。周三不管,坚持读《参考消息》如故。又一日,读到毛主席《沁园春·雪》,意兴顿起,朗然诵道:“俱住唉——数……”

“又错了。”我说,“是‘俱往矣’,不是‘俱住唉’。”三个字念错了两个,比重不轻,加之不久又将“措手不及”念成“借手不及”,给其纠正,还振振有词道:“就是借手不及——借一双手都来不及呀!”周三成了全家公认的白字先生。

周三不气馁,仍然捧读《参考消息》不倦。坚持数年,必有好处,小学六年级时,周三从白字先生一变而为世界知识导游。世界各国,五洲七洋,首府总统,时事政治,皆如掌心纹路,暗记于心。

全世界百多个国家,那么多名城首都,那么多首脑人物,名称古怪,长短拗口,一个小学生怎能全都记得!我们不相信,联合起来查着报纸考他,不料周三有问必答,准确响亮。从非洲小国的首都,到新近政变的首脑,直达各国通讯社的名称,全部对答如流,无一差错。考毕,竟使我这高中三年级的大哥暗自惭愧起来,内中绝大部分我不知道。

当时我们却说,知道这些又有什么用呢?

周三答:“管它有没有用,我愿意知道。”

“文革”后,周三到一个农场一干就是十年,因为家庭的原因,不能推荐上大学,只好上了个中专师范,毕业后,在郊区一个职工学校教书。忽一日,进城跑来告诉我说,报上登出新疆电视台向社会公开招考编辑记者,他想去报名。据说当时报考者甚众,还有名牌大学新闻系的老毕业生,看来,难度很大,周三自觉输人一筹。

不料考下来一公布,周三竟名列第一。于今在新疆电视台干编辑、记者已有数年,他少年时爱读《参考消息》,长大真搞了新闻这一行。

周四最小，小眼睛，大鼻子，黄毛。有人说他长得像南斯拉夫电影《桥》里的“猫头鹰”，也有人说他像《瓦尔特保卫萨拉热窝》里的德军中尉，还有人说他的眼睛鼻子酷似成龙，总之是一个武夫模样。

从小很少穿新衣裳，总是不断地钻进哥哥们穿旧变小的衣服里去，破衣旧衫，敞胸露怀，一个肚从小就圆圆地鼓起，大冬天喝凉水，满不在乎。

当时有人建议周四长大当举重运动员，我却预感着他是个入伍从军干个团长、师长的材料。因为那时候他就率领着机关里的一群和他大小差不多的小家伙，黑脸花脸，往来驰骤，俨然一个儿童领袖。他会打架，但主要还是善于团结人。

周四十五岁时，已经壮实有力。有一次嬉耍，我顺手想在他的圆头圆脑上扫一撇子，不料他一低头，竟闪过，就势一个马步下蹲，一只右臂箍住我两条腿弯，一耸身，把我架在半空头顶。他仰脸笑嘻嘻地说：“哥，还打不打了？”

“算了。”我当时心里感到了一次震撼，受到了一种阶段性的提醒。复杂的沮丧和欣喜使我难忘，周四长大了，不觉察间，他已经变得如此灵活、强壮，他竟然干净利落地躲过了我的一撇子（在我记忆中似乎没有人躲得过我准确迅疾的攻击），而且他还猝不及防地用一只臂就架起我来，使我处于极其软弱无力的地步。

他才十五岁就不再需要我保护了。我二十三岁就感到了一次衰老，受到了正在发育中的新生命强有力的提醒和挑战。从那以后，我总是用警惕的眼睛回头扫视，我担心来自后面的挑战。我特别了解“后生可畏”。

更为可笑的是，周四十五岁时就在心理上担负起保护我的职责。有一次在机关礼堂看电影，我坐前排，周四坐在后面很远，电影已经开始放映，周围很黑暗。因为替一位老人打抱不平，我与后排的一群小溜溜子发生争执，话没几句，为首的一个从座位上一跃而起，准备动手。我还没反应过来，“啪！”的一声，一记脆响坚硬的耳光，把那家伙重重地又打回到座椅里，一群龇牙咧嘴的小厮全愣住了。

我一看，是周四。

他正恶狠狠地用手指着那家伙说：“你再敢骚情，我捏死你这个臭虫！”

后来我问他，你怎么那么巧就过来了？他说：“我一听见你的声音就摸过来了，刚好他蹦起来，我一掌……”

周四做事，风卷残云，干练利落，就是粗。他有心计，善揣摩，想好就做，思路大致准确。少年时，摔跤打架，率群领伙，颇有能力。一望而知是个领兵作战的材料，然而他最后当了中学教师。父亲被开除党籍，当兵没有资格，周四只有插队落户一条路，能回城当教师，已属万幸。团长师长，非不能也，实因客观环境不准也。是不是那块材料为一个因素，有没有可供生长的土壤又为一个更重要的因素，多少人才毁于十年，这个账谁也算不出来。

弟兄们长大了，原来如此。人生这个谜，揭开了不过就那么回事儿，宿命已定，大限难逃。成了团长师长又如何？积得万贯家财又怎样？无非从世俗这面镜子里照得青眼白眼，在社会这座池塘里感觉水凉水烫，真正能够注重生命自身的质量又谈何容易呢？

人是为别人的看法活着的。

也是为自己的贪婪活着的。

人啊！

我每每看到那些死乞白赖设法培养子女望其成龙的人家，总觉得忙碌得可笑。这一切都是盲目的，徒劳的，当我们生活在自身的和社会的两种宿命之下。

你以为你能干什么？

你以为干了什么就能是什么？

一代人的谜底揭晓，人们又寄希望于下一代人的生命之谜，希望永不破灭，世事永不停顿，一个动力，使人终生奔跑。

而我，回望这一切的时候，认清了一点：我们弟兄和世上的所有的人都是一样的，都是到社会上寻找位置的一个生命，不比别人特殊，不比别人卑贱，所有的人都要生存，所有的人都有权利生存下去。

人生一世，草木一秋。

三岁看老，此言不谬。

梦之队

是这样一些人来到了球场上，来到了人们用渴望、期待、惊叹、狂热织成的浪潮所包围的这块平坦的谷底上。

海洋的飓风一般的喧嚣在他们的周围和头顶上滚动，从风中，鸥鸟似的不时闪掠出他们的名字。无数的目光交织碰撞，在他们的头顶激起了光环。

他们平静地或微笑着承受荣誉，出现在谷底了。在谷底的两方，有两棵奇异的大树，在大树上，有一只悬挂着的空篮子。

篮子的底儿是漏的。

他们的任务，是给这个漏了底儿的空篮子里装满果实。是的啊，这是一项光荣而又艰巨并且是徒劳无益的工作，这是一个可笑的任务。是谁给了他们这样一个可笑的任务呢？没有人知道。但是全世界此刻都在焦急地等待着他们来完成这项任务，没有人觉得荒唐可笑。

为什么要笑呢？只有疯子才会笑！

假如全世界有五十亿人，那么有五亿人正在屏息静气地、非常紧张地等待着这一神圣的时刻。

悬在空中的篮子也等待着。

是这样一些人来到了球场上，主要是一些黑人，还有一少部分是白人。他们出现在这块专门为他们制造的空地上，出现在两棵树的中间，仿佛亚当最早出现在伊甸园那样，他们的眼睛盯着那棵树，怀里抱着果实。

他们左顾右盼，并且互相打量。

他们像最早的人那样，手臂很长，两条腿长而有力，屁股圆紧又结实，目光单纯。他们像一群单纯的巨人，肌肉发达，精力饱满，头颅的形状保留着人类本质的形态，黝黑的皮肤和闪闪发亮的牙齿，辉耀着狩猎时期先祖的英姿。

今天晚上，他们将上演扑打、拼抢、奔跑、腾跃、旋转、运行以及种种有关人类体能极限的闹剧，这一切在欢呼声浪中的表演无非在告诉周围的观众这样一个真理：从前人类全都能够这样做的事，今天只剩下这样几个人还能做了。

啊，梦之队！

是谁想出了这样一个名字，难道他们当中还残存着诗人吗？远古的梦，人类昔日身影再现的梦想和梦境！

梦境开始了。

只有梦才可能有这样的飞升，人体在飞翔中旋转，极力伸向更高的高度，让手臂超出树的顶端，让人像鸟一般盘绕、环翔于树巢之上。

只有梦才可以有这样的奔跑，从一座山峰轻轻一跃，在另一座更高的山峰上落脚，从大地的这一端一跳，瞬时在大地的另一端出现。

也只有梦才可以允许一个人如此骄傲地表达自己，汪洋恣肆，肆无忌惮，狂呼乱叫，纵横如无人之境，从众人的头顶之上飞过，一人力挫群雄。

还是只有梦才能够使十个凶猛强悍的巨人在对抗中宽容，在冲撞中理解，在拼抢中配合，在他人神奇的一扣中由衷地喝彩！

久违了的梦啊！

在现实中久已不复存在的梦啊！

公正、准则、道德、勇气和创造；公众的良知、口哨与喝彩，个人崇拜与集体荣誉；货真价实的力量角逐与不负重望地掀起热情；平等与突出，众星与灿烂的星，单纯的方式与复杂的实现，天赋与承认，简单与伟大……久违了的梦想啊，在现实中久已不复存在的梦想啊！

那是一个象征物。

那个圆的、饱满的、蹦跳的仿佛自身有生命的球体，是典型的象征物，再没有比圆更合适的象征了。

这个果实，这个象征物，在巨人们的争夺和追逐中化解着，化解成为各种由它概括后消化了的事物。

我看到的是一只在灌木丛外惊慌逃窜的兔子，它在一群捕捉者的脚下躲闪。它很灵活，但是终于被一个纵身扑过去的家伙紧紧捉住。

我看到一只獐子在飞快地逃跑，围猎者们在堵截、追赶。它凌空弹跃而起，妄图从围猎者的头顶跳出去，但是不幸在空中被一只有力的手抓住。

……一只进退无路的野猪，一只在争抢中挣扎的狐狸，一只被发现后扑喇喇扇动翅膀企图飞走的山鸡，一只被困堵的妄图从空隙间夺路而逃的褐熊……

这一切都被概括提炼为一个圆，一个包孕着生命的球体，然后在想象中重新诞生。

这就是人类的果实。

它从来是需要依靠配合、合作才能取得的，也从来是拼抢、争夺的对象，它是生产劳动的模拟、人类体能和智慧的再现，也是战争的缩影、社会组织的原型。

啊,那个悬在空中的没有底儿的空篮子!

你永远装不满它,无论你使了多大的劲,无论你跳得有多么高、姿势有多么优美,往里扣的时候有多么凶狠,你还是装不满它。

但是看台上的人们不厌倦地鼓励你:麦克尔!你太棒啦,再装一次,装满它!

看台上的人需要你装,他们需要你把体力发挥干净,一点儿也别留。他们是在现实中丧失了幻想、激情、单纯和勇气的人,他们的心灵和肉体都已经十分疲倦、非常衰退,他们想在今天晚上找回那些失去的东西,他们寄厚望于你。

"麦克尔,再来一次!"他们喊道。

你像孩子一样纯真,你经不起鼓动。你经不起鼓励和诱惑,就因为你是一个身躯的巨人而同时却是一个心灵的孩童;你总是希望着,尽管你的希望注定每次都落空!

你振奋精神,一次又一次地向那个空篮子扑上去——就像那位不断地向山顶上推巨石的神一样,也像用石子儿填海的精卫鸟一样,拼尽全力地徒劳。人在徒劳啊。

喂,你没看那只篮子是空的吗?

看到了。

那你为什么还要不停地往里面装?

为了梦。

为了梦?

对了,"梦之队"。

但是观众知道什么是"梦"吗?

起码今天晚上知道。

可是只要天一亮他们就会全都忘得干干净净,懂吗?

那我可管不了那么多了。

麦克尔,明天还打吗?

对,明天还打。

麦克尔,你老了还能打吗?

老了……

对。

如果我老了,那么那个空篮子还会在么?

1993年5月5日写于新疆

二十四片犁铧

拖拉机牵引着的二十四片犁铧宛如一组编钟，它远远行进的时候看上去却像一只多脚的黑蜈蚣。它来到了处女地上，它的任务是把游牧者牧放畜群的草原犁为田亩，耕耘播种上铺到天边的麦子。

拖拉机以坦克那样沉重、不容商量的样子行进着，它的履带的钢齿碾过覆盖了绿草鲜花的草原，像一个性欲强烈的蛮横的男人在少女的胴体上留下牙印。它是粗暴的、阴郁的，它在具有某种性欲表象之下执行着一种冷漠的钢铁般的命令。它对草原的强暴里不含有一丝一毫的性成分，没有一点一滴的热情和冲动，更不含有玩弄和欣赏，它是严肃地、一丝不苟地强奸了草原，破坏了巩乃斯草原与牧人之间保持了很久的青梅竹马之情而后仍然保留着的贞操。

这是一次可怕的耕耘和播种，它所含有的性质里隐藏着不易被人意识到的破坏的恐怖。它的罪恶是极其隐秘的。这是一次在耕耘和劳动这种旗帜下的庄严破坏。

二十四片犁铧降下去了。

二十四片犁铧深深地插入了草原，切割的声响像某种疼痛的撕裂声，尖锐、短促，被压抑着；团团纠缠于土壤之下的草的根系，像散乱蔓延的湿润长发似的，被切断。犁铧切断每一根草的根须时，都发出一声细微的、脆裂的声响，就像斩断一根神经时那样。

拖拉机猛地顿住了。它遇到了一种从前未曾遇到过的阻力，二十四片犁铧在插进土地之后被紧紧夹住，所有的根系组成土壤里的网状防御体系，抗拒着犁铧的推进。

拖拉机喘息了一阵，重新调整了一下力量，发出猛兽的咆哮声，向前拱动。它不相信有什么能够阻挡住它。

二十四片犁铧前进了。从每一片犁铧倾斜的一侧，升起一股喷泉般翻动的波浪，褐黑色的土壤的波浪。波浪均匀地从二十四片犁铧的角隙间升起，组成一片整齐的舞蹈，起伏跳跃，训练有素，如同正在表演的少女团体操。

看起来是非常优美、非常欢快的呀！

拖拉机顷刻间沉在草原里，变成大海中的旧驳船。它深陷着，缓缓移动着，有时甚至给人以可能沉没的感觉。身后，二十四片犁铧拖拽着一个波浪跳跃的方阵……

草原被切割的声音渐次变为有规律的呻吟，而且渐渐将这呻吟转化为一种低声部的合唱。处女地最初的痛苦、疼痛、尖叫和呻吟消失了，在这低声部里，似乎渐渐有了一点舒畅或欢快。

二十四片犁铧组成的垦殖器带有明确的使土地怀孕的目的，在每一叶犁铧切入的部位，都有一个钢管向土壤注入了麦种。麦种是经过挑选的，颗粒饱满、圆润，它们将准确地进入草原的褐色壤层，潜伏下来，在季节的旗语召唤下集体哗变，奇迹般地改变草原的肤色！

二十四片犁铧昼夜兼程，无所顾忌地前进。它们是由一股强大的力量所牵引的，二十四片犁铧是二十四柄开刃的刀斧，锋快而有力，比任何刽子手都要无情，比历史的车轮还要不管三七二十一，比军队执行命令还要坚决。

对它们来说，一路上剖开大地的肌肤，切断草的根系，有一种快感。对于天然锋利坚硬的东西来说，切断别的东西恰恰正是它的生存价值，是它的用途。正如对于斧斤来说，砍伐是它的使命，对利剑来说，刺杀是它的天性。

二十四片犁铧在草原处女地的肌肤里切断的远远不止潮湿的土壤和花草的根须，在它们强有力的锋刃前，掀翻了的是整整一厚层牧草掩护下的世界。这是真正淋漓尽致的大颠覆！

草丛中有着不少的大雁、天鹅、叫天子、呱呱鸡之类的各种禽鸟的窝巢，有待孵的鸟蛋和刚刚孵出的雏鸟，这些以后会飞但现在还不能移动的生命，遇到了不可躲避的劫难。二十四片犁铧的锋刃轻易地把它们一劈两半。

还有蛇。身体被腰斩成数段，在翻耕开的波浪中扭动痉挛着，每一段都妄图找回另一截，接上。它们挣扎、移动，寻找自己生命的另一部分。

还有田鼠的一窝肉红色的后裔，还有蚯蚓的庞大家族，还有更多的甲虫、昆虫的逃难者队伍……它们全都面临灾难，如同人类不期而遇地撞上了战争，眼睁睁地看着那二十四片神秘可怖的犁铧迎面碾轧过来，把它们苦心经营的乐园一劈两半！

二十四片犁铧如同宿命一般降临，毁灭性的打击如此突然。无从躲避，无从防范，只有任其屠戮。这些小生命在毫无准备的情况下被一个庞大的事物非常偶然地毁灭。深刻的悲剧还不在于此，而在于庞大的事物并不是专门为毁灭它们而降临的。它们完全无辜，但是它们遭到了灭顶之灾。

真正的悲剧正是这样的。

被翻耕过的土壤陈列在犁铧的后面，大块大块、大片大片，像是一整块海面上的凝固的波浪。壤块裸露出来，被切断的根须也暴露在光天化日之下，显示着被宰割后的程序。土壤的秘密暴露无遗，它们躺在阳光下，散发着自身的强烈芬芳的新鲜气味，无可奈何。

在这些翻耕过的土块上，各种被切割的小生命，有的像战争后的伤兵那样蠕动着，有的则成为尸体半掩在土块里。

二十四片犁铧继续推进，它们不管这些。但是不知是什么时候开始，二十四片犁铧的上空聚集了大批的鸟群。鸟群低低地盘旋、鸣叫，紧紧追随围绕着犁铧，仿佛是海鸟追随船尾组成的护送仪仗队。

鸟群越集越多，乌鸦、大雁、鹳、天鹅，还有成群的白鸥和各种鸟雀，鸣叫并盘旋，飞起复落下。在它们的鸣叫声和动作里，有着兴奋焦急的情绪。

它们是来急食那些翻耕出来的小动物的，也是来翻食那些刚播下的麦种的。翻耕过的土地成了一席摆给鸟群的盛宴。

日日夜夜，它们飞去又飞来，不知疲倦地追随着犁铧，越来越大胆，越来越寡廉鲜耻，越来越不像鸟。尤其是那些外形高雅优美的大鸟，它们穿着那样洁白整齐的羽毛，却啄起一条蛇飞向空中，或者凶相毕露地在壤块间追杀一只伤残的小田鼠。这时候，所有的鸟，露出了一个生命凶残贪婪的一面。

唉，生命就是生命，再美丽的生命也有丑陋的那一面。所有的生命在本质上是同等的，美具有欺骗性。

二十四片犁铧依然昼夜兼程。在春天的整整一个月的时间里，拖拉机不停顿地推进，从草原的这一头一直犁到了天的尽头，它像一艘沉重缓慢的驳船，老也不停地行驶着，只有鸟群日日夜夜追随着它。

辽阔的草原以及草原上的栖息者们承受了这一划时代的灾难，无声无息。除了马达从远处传出的低沉轰响以外，这里的一切都如过去那样宁静、寂寥。

直到有一天，拖拉机犁遍了周围的草原，使一座白毡房成为仅存于翻耕土地间的一块礁石，一个孤岛。凶猛的牧羊犬激烈地抗议着，围绕在这只长了二十四只脚的陌生怪兽周围跳跃、咆哮。牧羊犬的叫声激愤而狂怒，同时含有恐惧。

一位老妇人从毡房里出来，她一手拄杖，一手牵着小孙子，在离毡房两米处站定。她一言不发，面色冷峻。她看着眼前发生的这一切，自始至终沉默着，没说一句话。

草原上的风掀起她的白发，露出她额角上一道道苍老的皱纹。她向二十四片犁铧投过一道目光，那目光里凝缩了七十个冬天的寒冷！

那不是愤怒，而是藐视。

那样一个眼神扫过之后，二十四片犁铧突然不再闪闪发光，它们在一瞬间变得铁锈斑驳了，好像一指头就能弹碎。二十四片犁铧可以剖开草原的肌肤，劈斩无数种生命，切断草根、土地和顽石，但是它们受不了这位老妇人沉默而又寒冷的目光，它们受不了这种无言的、高贵的藐视。

游牧者异样的沉默间的一瞥，使二十四片犁铧像二十四颗苍老衰弱的牙齿一样可怜。

夜　耕

草原太大了，什么时候才耕得到头呢？这样的一望无际，这样的草浪接天……拖拉机像一粒小甲虫，它顽强，它蠕动，但是它是不是也有点太不知天高地厚了呢？

不知是草原在和机耕队作对，还是机耕队在和草原作对，反正这种不依不饶的耕播活动已经进行了一个月了。草原依然伸展到天边，它仿佛从未减少过一点点，但是人却扛不住了，人在和这种庞然大物的斗争中被消耗得彻底涣散，心力衰竭目无定睛，当时的豪迈誓言早烟消云散了，只剩下一副疲惫游移的躯壳。所有的人都蹲在野地里哇哇地吐酸水，野地的风寒腐蚀了我们的胃。我一边大口地吐着舌根下不断涌出的清泉般的酸水，一边怜悯地想象着痉挛的胃，我感觉它已经像一个殷商时期出土的青铜器，上面肯定布满了青绿的锈苔，剥落得不成样子。

这种昼夜两班倒的干法，可以把钢人铁马摧垮，实在是惨无人道。

吐完酸水，夜幕渐渐深暗下来，拖拉机在最后一线天光的衬托下，成了一座黑黝黝的剪影，活像准备大举进攻的坦克集群，而我们却像草原上的鬼影幽灵。我穿上皮大衣，坐在打犁的座位上，我知道，极其难熬的一夜又开始了。

我深陷在大地的黑暗之间。土地被犁铧剖开时升起的波浪，就在我身下跳跃，仿佛一些抗议的拳头，跳跃着要揍我，但是只差一点儿，老也够不着。黑沉沉的草原比一般的土地更黑。像黑海的海底，也像世界末日。奇怪的是，在天地之间似乎存在着一个界限，界限之上，愈是高远的天空愈显得明亮高朗，而界限之下，越接近大地就越是黑暗沉沉。

有一段时间我专门仰起脸来看那高空，我觉得我是一个向往光明的人。天的高处是亮的，银河疏浅隐约地横亘在高天上，有些星星都看得格外清晰。但我很快就发现天上的亮光可望而不可即，它不但于事无补，反而使眼睛更难以适应地下的黑暗，使地面上的事物更难分辨了。

逐渐地，我学会了一种对付黑暗的办法，就是试着把自己融入黑暗当中，并假设自己为黑暗中最黑暗的部分。这样一来，果然不错。对黑暗的恐惧消失了，代之而生的是对黑暗的占有；成为黑暗的统治者有一种快感，哪怕仅仅是幻想，也有。当自己成为黑暗的核心，周围的浓墨便稀释了，我驱使黑夜，宛如驱策一匹黑而有力的魔鬼之马，黑暗便不太黑了。

黑暗也是一种存在，敌视并不能使之消失，不如骑着它去寻找光明。

到了子夜时分，黑夜的浪潮一浪高过一浪，扑打过来，像在海上一样。其中最厉害的一种浪潮，是困倦的吸引、睡眠的诱惑，这是不可抗拒的力量，它是因黑夜而诱发的人本体深处的响应和屈服。

瞌睡像海浪一次次淹没沙滩那样越涌越深，它和我对睡眠的抗拒争夺在一个临界线上，有好几次，它的一些小分队已经突过了界线，使我险些从犁座上栽下去……手都触到了地面，好险啊！

我知道无论如何是不能睡着的，拖拉机下的十几片犁铧的利刃等着我，稍有不慎，即可丧生。机耕队的年轻人每天晚上都在犁尖上打瞌睡，竟没有一个从座上掉下来，也是奇迹。这时我想到了某些诗人，他们如果只参加了一夜的春耕，那"泥土的芳香""温馨的夜气"，是在所难免的。但是要是整整一个半月每天晚上都受这份罪，他就懂得什么是诗了。

整整一夜我都在这种折磨中苦苦挣扎，就像一个溺水的人在绝望的海面上徒然浮出来，又沉下去。有好几次我认为自己已经睡着了，但是我双手紧抓住升降盘，没掉下去，我已经成了这架机器的一部分，我把自己焊在了上面。

我不再想起什么哲学、艺术和诗，不再相信什么，也不再怀疑什么，我只有一个念头，就是伸展开四肢，平躺在这黑暗的旷野上舒心地睡上一觉……谁也不要来叫醒我，就让我自由自在地睡一觉，铺着草原，盖着黑夜，哪怕有一只狼嗅到我鼻子尖上来，我也会挥挥手，翻个身继续睡。

“睡吧，睡吧，长眠即幸福……”——我承认这句话实在是真理，最起码，是真理的含量相当高。对于无法用睡眠来抵御黑夜的人来说，黑夜是什么，黑夜的脚步是什么，他们最清楚。

黑夜是一只讨厌的黑猫，它的脚步就是好容易站起来走了两步，却又转身回到原处，卧倒了。

天亮的时候，每个人的脸都是青黑的，眼窝深陷，没有人脸上有笑容。

我们像一些从冬天的海洋里打捞上来的尸体。

1995年6月12日

早晨的怪兽

第二天早晨还没有亮透的时候,伊拉塔厄山坳那顶白毡房里的牧人哈森拜克被一阵恐怖的声音惊起来。他不知道发生了什么事,只是预感到可能是战争开始了。

他匆忙爬起来,慌乱地跑出毡房找他的马。这时他听到女人在毡房里以尖细的嗓音问了一句,他低沉地应付了一声,两臂同时向屁股后面挥动了一下,仿佛是推开什么烦人的东西。结果,他在不远处找到一匹被露水打湿的光背马,解开绊腿,给马套上了一副鞍子,就骑上朝着那个声音跑过去。

离那声音越来越近了,哈森拜克勒住马,有些迟疑。他听着那声音,辨认着,分析着,良久,他觉得自己想象不出那东西的样子。即便是比他见过的大熊大上三倍,也不可能发出这么震吓人的喘吼声。野牛也不像,野牛没这么厉害。"战争来了。"他这么想了一下,随即肯定地点了点头。

他纵马驰上一座附近的小山坡。他看到了,远远地观望着。

十几头黑黝黝的怪物就在下面的草滩上,有的蹲着,有的正在移动着,好像是要上路。在这十几头怪物中,有的正在吼叫,发出比猛兽的咆哮更令人恐惧的声音。

一些可怜的、穿黄衬衣的人来回上下地跑动着侍候它们,可是看样子它们还是不高兴。哈森拜克明白了,这些侍候它们的人一定是被它们抓住的俘虏,这些可怜的人没有被怪物吃掉,是因为做了奴隶。

巨兽的鼻子上长着一根像拴马桩一样的角,从角孔里“突突”地喷出黑气,黑气在空中变成一连串的黑圆圈儿。“看得出,它很生气。”哈森拜克这样想,但是他不知道这些怪物为什么生气。他看到那些怪物每一只都很大,比一座毡房还大,像一座小山冈。它们的躯体也像岩石一样,非常结实笨重。每一只怪物的后面,都拖着一排亮闪闪的牙齿,哈森拜克想不清牙齿为什么长在身后,这样它们怎么吃东西?后来他猜可能是脚,像蜈蚣的脚一样。但是那些脚都缩着,没有挨地,好像鸡怕冷时的样子。

突然,怪物们的眼睛一齐睁开了,太阳一样亮!哈森拜克惊吓得差点儿从马背上跌下来。它们的眼睛又大又圆,射出两道直直的、不拐弯儿的光,照到很远的地方。侍候怪物的那些仆人,来来回回跑动着,有的用一根绳子套在它们嘴里,一拉,那怪物就疼得叫起来,鼻子里喷出黑烟,很生气。但是那个仆人过一会儿又去用绳子拉,怪物又生气了。

哈森拜克觉得那个拿绳子的人很愚蠢。“为什么要去惹它呢?”他想,“这个讨厌的家伙迟早会被吃掉的。”

这时,早晨的阴湿的雾气渐渐消散,残余的夜色也像蜕去的蛇皮那样挂在伊拉塔厄山坳上空,东方翻出了新鲜蛇腹一般的明亮颜色。巨大的怪物们开始像牛群回家那样排成队,依次进发,向草原深处走去。它们非常笨重,走过的地方,留下深深的印痕。草原在它们身下颤动,马有些惊慌。

哈森拜克控住马,立马高坡上,他觉得自己有些像古代英雄史诗里的骑手,他是怪物的发现者和目睹者,他的使命和身份如同天赐。但他同时略微有点明白,看起来那些怪物并不一定伤害人。一方面他奇怪那些怪物为什么没有发现他,因为其中有一只的大圆眼睛一直盯着他;另一方面他看出那些怪物似乎对人宽容,他看到那些仆人钻进它透明的大脑袋时,面带微笑,似乎并不害怕。

他想,这些巨兽应该是听说过的“机器”了,但是它们来草原干什么?草原有它们要吃的东西么?他数了数,那兽一共有十七头。他将回去告诉别人,是他,哈森拜克,在天还没亮的时候,独自骑马到了伊拉塔厄山坳外的则克台,亲眼看到了十七头“机器”。

想到这里,他扭转马头,策马飞奔而去,就像逃跑一样。在驰过那片谷地的下坡时,因为下得太猛,他差点儿闪了马的腰。

1995年6月2日

捉不住的鼬鼠

——时间漫笔之一

我一出世就沉没在时间里了,时间如水我如鱼。

那是烟、雾、空气的包围,浑然不觉如影相随,我几乎不能明确是我拥有了它还是我正被它裹挟。

它是那样直接、迫近、强大地面临着所有的生命,但是为什么却最容易被忽略?

风无形,可是柳枝拂动、树弯腰,我们可以看到它的力量;空气无状,可是在阳光透射下,可以看到尘埃浮动、地气上升,目击它模糊的形态。

但是时间呢?

谁感受到它的力量、目击过它的形状?

有过一位诗人妄图正视它,结果那位诗人哭了。他突然发现了一种强大力量的隔离,感到面对一圈无形的墙壁无法穿越的痛苦。

还有一位也是诗人曾经试图接近它,结果他反而给推得更远了。他在江边痴想,人是什么时候开始见到月亮的?月亮是什么时候开始见到人的?这个问题是世界柔软的腹部,谁的拳头打向这里,谁就会因扑空而迷惘。

时间是空的。

它大到无边无际、无始无终,如宇宙天空,如一切生灵唯一的裁判,如神。

它小到无影无踪、无孔不入,它甚至规矩渺小到了可以被任何一位钟表匠囚禁于方寸之间,如奴隶。

它操纵着生命而又似乎被人操纵。

它掌管了生杀予夺之权而又隐形无声。

处处有它而无它,处处无它而有它。

它是谁?

它是钟表里的刻度,是太阳和月亮的约会;是由黄转绿暗暗托出春天的一只看不见的手,是淹没着宇宙万物的滔滔洪流;是神秘的意志,神秘的脸,是一切生命的杀手和产婆。

谁能画出它的肖像呢?

在我们的想象力的铁路修不到的年代里,一个东方农耕民族,因为自己的生活方式认识了它,给它起了一个名字,叫"季"。"季"是以四种容颜出现的,循环往复,互相衔接,从未有过一次失误。

当然还是东方,一些狩猎民族,生活在白山黑水之间。因而他们看到的也主要是黑白两色,白天是白的,黑夜是黑的,他们把它叫"日子"。

另外是游牧者,他们很容易把它叫作"纪元",漫长的动辄千里的迁徙和转移,使他们随着或逆着它移动,也使他们看到了它更真实的茫茫无声的面容。

漏、晷、钟、表。

这些都是人类妄图捕捉住它而设的夹子和陷阱。人们以为捉住了它,紧密地把它关在里面,非常珍惜,仿佛里面关了一只规矩而又准确的小松鼠。

在这种儿童游戏面前,它是宽容的。它不愿意拆穿这种幼稚的错觉。

人们经常爱问的一句话就是"你有没有时间?"。

我们怎么能够有或者没有时间呢?因为我们的一切都是它赐予的,都为它拥有,就像我们不能说自己有没有天空一样。

它给了我们那么多时日，让我们饮食男女、劳动思考，让我们创造，它多么伟大仁慈！我们每每看到太阳饱满金红地升起，就把太阳想象为它的脸，心里流露出一个生命对它的崇拜和感激。

然而也许人们总的来说是让它失望的，人们不珍惜生命，人们不仅挥霍而且极其藐视时间，人们把它给予的一生随便地混过去……于是它使所有的人死去，让新的人诞生出来。结果差不多，于是它再让这批人死去，让新的一代再诞生。如此循环，无数代矣，它的希望竟还没有绝灭，这是多么伟大的耐心！

时间呵，我们最对不起的就是你了。

在你的忍耐和仁慈之下，我们究竟做了些什么？我们无所事事，没有目标；因为空虚，我们互相钩心斗角；因为无聊，我们把对同类的践踏当作平生乐事。

我们还崇拜金钱，就像小孩崇拜自己屙出来的屎一样。

我们不珍惜生命，但我们却贪生怕死。

我们以自私为核心，但我们经常向别人曲背弯腰、胁肩谄笑。

这些，当然你都看见了。

极度的灵活，超自然的伸缩性，不可思议的变幻速度。是的，鼬鼠一般，短肢，细长柔韧的身子，光滑的皮毛滴水不沾，豹头，双眼凝注而有神采。

无处不可穿越，无处不可逃遁。

闪电的一击，比一切猛兽凶猛。

它象征着“短暂”的残酷力量，而这正是时间的另一属性。在这寒冷的、毫无商量余地的时光匕首面前，谁也没有能力躲闪。这位快捷的剑客，它的暗杀从来没有落空过。

恐惧就是这么来的，和生命一起来的。植根于生命的底核，随着大无畏的生命一起生长。当生命吸收营养的时候，它也吸收；当生命衰弱老化的时候，它睁开了眼睛。

恐惧是灵魂中基本的颜色，是使灵魂活动的力量，梦是它的镜子。

不知畏者不足畏。

时间的弥天洪水在通过每一个具体的生命时，是细腻，是一根伸缩变化的悠长的皮筋。小女孩就是在猴皮筋儿上找到了它的对应物，她们像一群小鸟，在时间的枝上跳来跳去。她们正处在可以把时间当作玩具的年龄。

"一五六，一五七，马兰开花二十一……"

这种歌谣，只有小女孩们爱唱，这些精灵仿佛是唱给人类以外的什么东西听的。

时间对小孩子来说，是那样像老人，慢吞吞地难熬。

时间对老人来说，是那样像顽童，转眼就不见了，怎么也抓不住。

时间对那些伟大的男人来说，是女人，可以占有，可以利用它无形的躯体延续自己短暂的生存，所有伟大的男人都曾使时间怀孕，从而在历史上复印出自己的影像。

时间对那些美丽的女人来说，是男人，它是那样言而无信、轻浮短暂，那样轻易地摧毁和抛弃美。

人们不都是生活在时间的猴皮筋儿上么？

时间从来就没有公正过。

对排队的人，它磨蹭着；对有急事的人，它拖延着。

对"找时间"的人，它躲闪着；对"赶时间"的人，它飞跑着。

对没办法打发时间的人，它恶意地空洞着。

对美妙幸福的事，它吝啬着。

对辛酸痛苦屈辱的事,它挥霍放纵着。

它就是这样生性荒诞无稽,常常捉弄人。

我们以为时间是帝王,是最后的裁判。

我们总是把一代人解决不了的纠纷、矛盾、疑问留给它,寄希望给它来证明。

其实它根本就没有理睬过我们,既不关心也不评判,就像鱼在水中争吵并不与水有关,也像鸟在天上厮斗并不于天有碍。它静默地坐在一切之上,长河落日,大漠孤烟,坐地日行八万里,巡天遥看一千河。

同时它又有细致灵巧的手指,猫的无声脚步……悄然移行。

我是多么渴望看到那些已经消失了的事物再现!

这一切都是可能的吗?

在时间的尽头,在幽暗的内脏,在呈现着虚无假象的背面,在意识的深不可测的井底,那神秘的、那玄妙的、那不可洞察的创造万物之手——是什么?

1990年4月20日

岁月的墙

——时间漫笔之二

我听见悚然而又喑哑的声音不停地重复着一句话："我老了……"这话令我惊恐，于是我四面张望，寻找这声音的来源。

周围的景观依旧，仿佛一切都是沉默着的、噤声无语的，只有季节的四色轮年年岁岁无声碾过。一切都咬紧了牙关，承受这天地间无声之轮的碾轧，一切都呈现出无限痛苦的表情——这轻盈的车轮从人类的心灵上驶过去的时候，分量是骤然变得太重了！它根本不似从大地上驶过时那么鲜明、那么具有感染力，它是尖锐的、精细的一种压力，它留给人心上的是一种图纹极其复杂怪异的辙印。

于是我寻找这声音。

我在猜测，究竟是谁不断地、恶意地用这句类似诅咒的声音提醒我，是谁用这种话撞击、侵袭、腐蚀我的精神，摧垮我的肉体并进而把我挤迫得无处容身，最终乖乖地被它一脚踹进坟墓里去？它为什么这么恶毒呢？为什么它就不能让人平平静静、安安稳稳地享受完自己的生命呢？

山有此意，然而山峦无语。它只是那么静默地坐着，你不去看它，就永不会感到被伟大存在威胁。水有别情，但是流水无形。流水只是像小孩一样模仿着一切逝去的东西，它并不明说，而且它从来都乐于饮你、抚慰你、洗濯你。

后来我终于发现，发出这句令人恐惧的声音的，不是天空大地高山流水，而正是我自己——它就藏在我的肋骨后面。那声音就是我的声音,它才是苍老的、空洞的、时时刻刻不停重复的。它的声音若无若有、似隐似现,但是即便是聋了也能听得清清楚楚,它是在说:“我老了……”

我顺着这声音走过去,看到了一堵一堵的墙——岁月的墙。这是一些由时间的遗物组合垒筑而成的颓墙残壁,有记忆的块垒,往事的砖石,还有因时代的移动、错位造成的沟壑,它常常使人难以逾越,只好抚墙长叹。

这些墙,并不是很高很大的啊,并不是那类雄关险垣般的大墙,也不是深宅大院式的那种高雅完整的护墙,它有些像旧长城的遗迹,也有些像某个山乡农居外的矮墙。它是十分自然的,也是非常朴实的,你几乎很难看出它上面有什么人为的痕迹,但它是墙——岁月的墙。

我第一次发现这种墙是在三十岁以后,我做了一个梦,那梦显得格外真实,好像根本不是梦而是真的。那梦没什么奇异,就只是在梦里面我知道了自己已经到了四十岁。“四十岁?”我在梦中急得喊了起来,“我怎么可以活成四十岁这么老啊……”我在梦中不能接受这个事实,我想挣扎,但使不上劲儿,沉重的土壤一层一层埋到了我的胸口。我为此伤心得在梦中痛哭起来,彻底地感到了生命的荒凉。

当我从梦中哭醒来,我知道了那是一个梦。我仍然只是三十多岁,但我一点儿也没有感到庆幸,因为四十岁的那面墙,我已经真实地触摸到了。

从那以后,我不仅过了四十岁而且快要过五十岁了,恰恰与梦相反,我真正到达它们的时候非常平静、毫不在乎,甚至还有某种轻微的自豪感。我知道了,真正的对于生命衰老的恐惧是只有在梦境中才会产生的,在生存的现实中,你看不到那堵岁月的墙。

在现实中我们仅仅是活着。

只有在梦境里我们才是诗意地活着。

梦比现实来得既强烈且优美。飞翔，从一座山峰跃向另一座山峰！自由落体。从高空跌落，风在耳旁急流般呼啸！还有最自由的欢乐、最极端的恐惧，还有远比现实更有意味的扑朔迷离的性爱……这一切都被一面墙挡住了——醒来使我们丧失了无垠的梦境，理智是单薄的！

现实中的一切，都是与生存有关的，只有在梦里，与生命有关。现实中没有这些墙，但我们什么也看不见；梦里有墙，可我们却透过这些墙看到了深邃永恒的东西。

这些墙隔开了世界，它把原本浑圆的世界切割下来，只给了你一个平面，这个平面就是现实。

我们在这个平面上循环往复，生老病死，我们熟悉它，习惯它，渐渐容忍并喜欢它。对一切不再惊奇、喜悦。科学的小发明层出不穷，它妄图改变世界，甚至许诺还给我们一个梦境，但是我们只能会心地笑一下，而已。

诗人在现实中寻找那些墙。

诗人是梦境的忠实守护者。

他仔细地查索那些可疑的痕迹，他相信生命的年轮被一笔抹杀掉时总会留下一点蛛丝马迹的漏洞，他在现实中游荡奔走，看起来无所事事，但他其实一直在固执地寻找岁月的墙。

“找到了吗？”有一次我问他。

诗人打开一部书，书页当中夹着一根白发。他给我看，但动作显得有些迟疑。我看到夹着白发的那一页书上有一句话，歪歪扭扭地写着：“朝如青丝暮成雪。”诗人不大自信地嗫嚅着说：“这还不够吗？这就是证据呢，可是我不知道是谁偷走了生命……”

我看着诗人痴顽的样子,就笑了。我说“春风不染白髭须”嘛,一根白发有什么可奇怪的,人生在世最需注意的事项当中,第一条就是千万不要太过于伤感。我还告诉他说,既然生命是注定要被某只手偷走的,那就让他偷吧。

诗人说:“但是我就是想知道他是谁!一个人拿走了你的一块破肥皂你都要追问,为什么我的生命被偷走了还不能允许弄清楚呢?”

“岁月的墙——”我告诉他说,是岁月的墙偷走了人的生命。我刚一说到这几个字,诗人就不再作声了,仿佛我说出了一个幕后的凶手,诗人瞪大了眼睛,他的眼睛里注满了动荡的湖水。

这时,我从他的眼睛里看到了一个充盈着生命之水的旋转并循环往复的浑圆世界。我看到的是一个晶体,是一个宛如蜜蜂复眼的完整球体,复杂的时间的光束投射在上面,有的被吸收,有的几经波折,有的反射出去……每一只复眼都是一个自足的系统,每一个眼界都造成一道岁月的墙,碰撞,投影,交叉,聚集,简单的光芒造成了这个变幻莫测的奇异之眼,织成了人类永难穷尽的奥秘!

因而有了同一空间内的不同时间,也有了同一时间上的不同空间。有了近在咫尺的隔离,也有遥隔千古的接通。

复眼在转动。

每一个复眼和复眼之间都有一道墙壁。正是由于这类墙,诗意的眼光才有了可能。

一切事物都因了隔开而变得优美,变得令人回味、含义无穷。回忆使事物有了景深,间离使往事产生魅力,疏远使历史生出引力。“隔”是空间也是时间,它消解了仇恨、怨怒、争夺、厮杀……只剩下了生命中最本质的东西:活力。

也正是因为有了这一道墙,一部分人总也听不懂另一部分人的话语,一些人总也不能理解另一些人的经验,一代人很难感受上一代人的想法,一种人永难领悟另一种人的感情和要求……啊,这无形的隔膜像是树的年轮一样,它是岁月在我们生命中的波纹,它是时间在我们肉体中发生影响的痕迹!

一层一层,一圈一圈。

我因此而断定:时间的运动形态一定和水的运动形态相似,在每一层每一圈之间,就可以找到岁月的墙了。

它可能常常表现为一段空白。

我们已经发现并认知了一些墙:我们把一些黑白分明的矮墙定名为“白昼”和“黑夜”,我们把一些染有四种不同色彩的院墙命名为“季节”,我们把那种跨度更大一些的长墙认识为“世纪”……但是……对于更庞大、更复杂的那些墙的规律我们就无从知晓了,我们像乡村的儿童一样茫然于外面的世界!

埃及金字塔,是时间的山。

中国万里长城,是岁月的墙。

也许应该这样理解,也许不可以这样理解,这并不重要,重要的是这些伟物对人类认知留下的无尽启示。

在墙和墙之间,我们生存着;在墙和墙之间,我们踮起脚来张望着。

踮起脚来张望的一瞬间,人类长高了。那一瞬间的人是多么美丽呵,那是求知不尽的人,那是跳芭蕾舞的人,那是永远葆有孩子的好奇的人。在岁月的墙边,愿人类永是儿童。

人类永是儿童,虽然我将衰老。

我将因此而欣然,而快乐,而用我喑哑的嗓音击掌大笑。我虽死而复生,我无非是遁过岁月之墙而去,在墙的那边,我犹是儿童。

我将回望墙的这边,深深祝福。

1995年3月21日匆匆写完

秋风的手

何其美妙的时刻，

何其准确的手！

那是秋风游荡的时刻，

那是秋风的手……

立冬之前，秋风游荡着，匆匆赶往每一棵树，就像是一个摘棉花的农妇，急着去摘掉最后的叶片，仿佛她要是不摘干净，冬天就会埋怨她怠惰。

她是那种手脚利索但是性子有些急躁的农妇，她一点儿也不衰老，相反，她的精力总是显得非常充沛。她应该有三十岁多一点，还应该是一个北方农妇(河北的？)。她的手指掠过丛林叶片，叶片纷纷飘落。

这时，大地上的一切成熟事物的芬芳正在天地间浓郁地弥漫着，闻起来像是秋天肉体散发出的气息，正像是那农妇身上的气味，非常健康，非常饱满，夸示着无穷无尽的生育力，但是也含着这位厉害女人的一股凉意。

秋风这个女人啊，有多么好啊！

对每一棵树，她都采取有枣没枣打三竿的北方式做法，泼辣得近乎粗暴；但是对于独悬空枝的某些金叶，她却表现出细腻啊顽皮啊的态度，她有足够的耐心和丰富的感情，手指轻盈极了，似有无限留恋。她轻轻弹拨着那叶片，似乎舍不得让它坠落，但她无意间叹一口气时，叶片落了。

繁华一季,终归于凋谢。

那个美农妇的手指间并不含有一丝伤感,她自己不懂得什么悲凉。一切都是自然的,准确的,一切都恰到好处,包括凋谢和败落,都是至美至善。

一切的一切在于,真正是繁华过了。

此刻,千“金”散尽,夫何如哉!

何其美妙的时刻,

何其准确的手!

那是秋风游荡的时刻,

那是秋风的手……

梦寥廓

——在北疆的一次短暂漫游

A. 明媚处

冬天运行到了最后一节，就像轮盘缓缓减慢转速，停到了明媚处。

智慧绝顶的农历节气对于长城以外的广阔天地似乎不够精确了，三月惊蛰，四月谷雨，五月立夏，而实际上呢？——三月是德军全面收缩退回欧洲战场，俄罗斯解围了，欧洲却成了寒冷集中的地方；四月是一场拉锯战，乍暖还寒，阴晴无定，人们的衣袍还不敢赌定在哪一个方向上；五月正是春天从农村包围城市的计划有待实施的时候，三五株早开的桃花宛似过早暴露身份的女间谍那样引人注目，一行初绿的杨柳也像提前举起欢迎标语的内应人员。

冬天长时间的军事管制，使人变得懵懵懂懂，迟钝、生疏，疑虑丛生，像是一些初出洞穴的生物，眩惑于春天的可能性。甚至对春天有一些不适应。

最后一场五月的大雪迅速地融化，还引起了一部分人的伤感和留恋，看来告别冬天同样是一件牵动肝肠的事情。

然而天山的两侧都苏醒了，就像高峻的鼻梁两旁一先一后睁开的两只眼睛。

鼻梁是漂亮的，两只眼睛也都非常漂亮，睫毛开始忽闪，一湖一湖的深碧之水代替了厚厚的冰层，大地的肌肤透出淡绿与鹅黄，一切生命涌动着，扑扇着准备行动。

春天是一个梦，春天是一个所有的生命共同经历过的美梦，绚丽迷狂，寥廓轻飘，稍不留神就无影无踪了，而且没有什么地方可以寻找到。

那么现在我为什么不能到春天驻扎的野外营寨里去呢？到赛里木湖和艾比湖之间的地方去吧，去转转，我估计春天经常会去那里饮水。

B. 一展平

实际上戈壁有时候也是很美的，而且戈壁美是新疆之美的一个组成部分。人们为什么总要在这种美面前发出哀叹呢？尤其是北方或南方来的“散文人”，他们总是要在戈壁面前显示一番自己高贵的怜悯，仿佛只有见到戈壁，他们才能愈发体会到自己的幸运。

他们不能理解戈壁，这说明认识大美也需要力量——这力量包括认同苦难的勇气，也包括理解大美的能力。“大漠孤烟直，长河落日圆”是大美，“白日依山尽，黄河入海流”也是大美，这些名句之所以长留世间，正是因为大部分人对美的认识仅仅停留在本能的、对一个女人脸蛋儿是否合乎尺寸的水平上。

戈壁不是脸蛋儿，而是大景观。

是谁把一块半成品的生铁遗失在这里了？而且是这样大的一块生铁——一直铺展到天边，不见边际。特别是它表面上那么粗糙，整体上却那么平展，显出被故意制作成的样子。它整个儿就像一句诗摆在那里，摆在天空底下，只是一句，没有第二句。那诗就是“九州生铁铸大错”。

怎么错的？不知道。

错在哪里？也不知道。

就知道天大地大没有咱戈壁的阵势大，河深海深不如咱戈壁的纵深深，就知道大错也就错成了一种美，胸襟壮阔，坦荡无涯，固执的极限，容纳之大器。

行车戈壁，千里一色；驶出城郭，方才见到天地真面目。这时候怎能不感到戈壁的大美呢？真正的寥廓啊，无言的大块啊，阳春召我以烟景，大块假我以文章。或有一鹰独旋，隐约在天，疑是断线风筝；或有三五峰驼，散立荒野，悠然而且傲慢，根本不把人间几个世纪放在眼里。

骆驼的固执傲慢能对现代文明有什么影响呢？没有。可是现代文明又能对骆驼的天性有什么影响呢？可能也没有。人类无法把骆驼改造成篮球明星！许多事物、许多生命之间的关系正是这样的，自在共存而又隔离的。老鹰也是一样，它飞翔，有可能有一天灭绝，但你无法把它改造成谍报人员。

高天阔地在猛一瞬间给撞进它手心的人以一种警撼，一种提升，一种精神上的大享受！当然久了会是单调和寂寞。但是将近一天的行程并不让人厌倦，它表面单调，实则含义无穷，变化莫测，你要用心去看，你心里有多少名堂就能从这里看出多少名堂。

傍晚时分，大戈壁上的风云有了阴沉之色。长云暗雪山，狭长而有力的暮云低垂如帷布，直从雪峰头顶铺垂下来，横列天边，而且风势似乎也随之有了，撼动远方的树、近处的草，仿佛含有战争前的肃杀。

临近公路的戈壁上，迎面疾行过一大片羊群，宛如大群的效命沙场的起义农民，一语不发，低头疾进。

云势和风势就在它们头顶上，而戈壁如铁，茫无边际，大片的羊群如同奔赴什么目标的效命者，一律低头疾走，像是迅速移动着的散兵线，整体推进着。谁也没有想到羊的跋涉是这样的一种肃穆，没有叫声，毫不慌乱，整体中蕴含着紧张的秩序……仿佛天空中的暗云与戈壁上的暗云正在交错对流！

半分钟不到，车窗外的一大片衣衫褴褛的羊群部队顶风远去，茫茫戈壁，恢复平静，只有天空，长云犹在。

再看那天山北麓的一片大地，极目天边，坦平无碍，仿佛一片闪烁着砾石暗光的大练兵场——真正是个“一展平”。

C. 衔木者

车子缓缓停在我这位朋友家的庭院前时，眼前景象令我吃一大惊。继而我大笑起来：“哈哈！你把一片‘猛恶林子’搬到分区政委院里来了呀！”

朋友笑着，颇有自豪之色。

天光已暗，一幢平房住宅的庭院里，黑乎乎地矗立起各式各样的怪木，有的高达三四米，有的需两人联手环抱，古木朽态，竟摆满了院内，有几十座之众。

及至进到屋内，又一惊奇。所有的房间里，包括走廊、客厅、三间卧室、厨房、卫生间里，也都全部摆满了这些奇形怪状的家伙们！一问，房中院内，大大小小共计一百四十余件。

久闻此兄收集了不少的根雕，却不料有这么多、这么大，有的简直就是庞然巨物。现在这些家伙就摆在身边眼前了，荒原的古木精魂，如熊如鹿如恐龙者，如妖狐如魔女如老妪者，粗糙麻粝如堆蜂者，光滑细腻如处子者，全是大自然的鬼斧神工，加上风的唇齿一点一点咬出来的。

感叹这些百千年的时光所自然形成的杰作，若置之一华室，顿时能使山野之气灌注，也顿时能使华屋内所有陈设逊色于此一朽木！

人工的最精美、最文明之地，必置以最原始、最自然的标本为和谐，因而也最能由此反衬出文明力量的伟大。

我说，传说有雌雄神鸟，衔香木成堆，啄石取火自焚涅槃的故事，你莫非也成了一个“衔木者”了？

我这位分区政委朋友笑了，他问我说：“你说守边防的人最大的苦恼是什么？”我想了想，摇摇头表示不知道。他只好自己回答说：精神上寂寞。独身一人千里之外任职，几年间工作之余就用这种爱好填补生活，艾比湖畔有一个很少有人进去的戈壁荒原，最深处，有不见边际的原始森林，这些都是从那里面拉回来的。他说到时候想搞一个“古木展览”。

我说：“你说的那个原始森林远不远？”

他说：“坐汽车去，早去半夜回。”

还得带上枪，里面的狼獐熊猪还不少，你不吓走它，撞上会伤人。他说，那里面寂静得吓人，但也迷人，一进去就是一天，又累、又渴、又饿，但是老想去，永远探不尽。

我已经可以想象出他的苦中作乐了，而且，这一百四十多件大自然创造的艺术品上的汗水、艰辛、慧眼和侥幸，我便也都可以间接感受到了。

怅寥廓啊……

高天阔地、岁月时空是何等寥廓，我们所能采集的它的毛发又是何等微不足道，但是只有人能够理解，只有人知道采集保存，也只有人懂得珍惜这些“家伙”！

“你这个政委是个‘衔木者’，是个在精神上准备‘涅槃’的‘雄鸟’！”我说。

D. 那生灵

我举起相机。

我想留下河对岸的这个镜头。

春天的河水清蓝碧澈，一河迅猛的碧水下面，隐约透出盘卧着的大白鹅卵石，如圆龟的背。

河的对岸是草滩，浅绿的；草滩之外是草坡，灰绿的。河里有大鹅卵石，草滩上有碎小一些的卵石。

在这样一个大的背景上，河的对岸孤零零立着一匹马，它站在河岸，头颈微偏，专注地看着河对岸的人。

我举起相机，我也在打量它。

我看到的画面上，下半部分是碧蓝的河水，上半部分是浅绿的草滩。靠近草滩一边的河岸不规则地从整幅画面的中部横切过去，一分为二。这时，动与静，绿和蓝，水中卵石与滩上卵石，被河岸浓重的一笔划开，形成一幅独具意味的格局。

在这幅格局中，万物皆不存在，只有一匹马，它代表着一切生命向画面之外的别一空间注视。

而我却在另一空间注视它。

同一时空中的另一时空感因此而产生，这一瞬间，陌生而且无语的生灵啊，我不知你究竟是物是人，是仙还是圣。我只觉得你的眼光里有语言，皮革下有灵魂，甚至我觉得你长得比人类更美、更和谐于自然，一切我所感知的你都是同样可以领悟的啊！

陌生的生灵啊，你欲饮未饮，欲行未行；似行又止，似饮却又举头注望。前有清澈之碧水（雪碧？），后有连天之春草，尔何故会有此忧伤莫名的神态呢？

尔若饮水，我知你渴了；你若吃草，我知尔饿了；你若与众马奔驰，我知尔兴奋高亢了；尔若与另一马相亲近，我知你动性怀春了。但是现在，不关饥渴，独怀忧伤，风前伫立，神态迷失。

莫非尔等也会有意识形态之终极关怀？

是的,你仅仅是一匹马,一匹黑马。马会奔跑,也会嘶鸣,但我不敢断言你此刻是不是正在梦想着飞翔。谁知你是不是正在梦想穷极马的一切限定而化蝶、化鱼、化鸟、化龙,进入一个更为廓大自由的空间之上?

我不知它是不是这样想,但我感受到了它的眼神、它的如梦的状态。这状态和人是一样的,孤独,忧伤,如面临一个崭新的宇宙时空时,那种沉醉与迷失。

我想安慰它,我想这样对它说:生灵啊,你其实是幸福的呢。因为一匹马所独享的天地和空间,往往要比许多人一生所享用的空间大出不知有多少倍呢!

E. 去靶场

所谓靶场就是一处环山的空旷戈壁。

一些军人已经提前来到这里做了准备和安排,他们在这里已经整整三天了。我们来到靶场的时候,战士们为我们准备好了一切。

我们的任务就是扣扳机,让子弹飞出去,上靶更好,不上靶也没关系。

射击的感觉在击发的一刹那,剧烈的撞击和突兀的枪声,首先使操持者受到震撼。枪声一响,持枪者就从平静的状态迅速进入另一种状态。那是一种意乱神迷、方寸昏眩的状态,整个身心被调动起来,兴奋、迷狂,对于缺少经验的人来说,还同时伴有不可自持的慌乱。

射击者第一个击中的就是自己。

但是老练的射手不这样,他习惯了、适应了这种震荡,于是他变成了稳扎稳打的工匠,一锤一锤地敲打着;同时那种震荡身心的刺激却更深入地渗进他,使他像一个有瘾的人一样,慢慢地品味它。

冲锋枪像一只刚被捉住的野兔子似的，猛烈地在怀里挣扎着，仿佛要自己跑出去。

手枪像一只手掌里的鸟，一跳一跳的，它的两条腿仿佛蹬劲挺大。

重机枪则更像一架置放在野外的小型机床，它更像在切削着什么，传送着什么，它更具有某种低沉的、看起来似乎无害的操纵性。

对面的山根和山腰，子弹打起的烟尘起落飘散。有时候重机枪猛烈地扫射一阵，子弹的尘烟好似一个无形的人在山腰间飞快地、有规律地奔跑着，而且不断地在躲避子弹的追击。

子弹在缩小着空间，但缩小得极其有限。山峦一动不动，击打出的烟尘像挂在它脸上的微笑一样，漾起又飘散。

戈壁依然空旷，激烈的枪声犹如小鸟的鸣啭一般，过后仍是宁静和空旷。大地究竟吃下去了多少子弹呢？人类所制成的这类精妙绝伦的凶杀之器，在它面前似乎无所展其威力，因为它也是寥廓。

我把玩着一支手枪。拉动枪管，扣动扳机；再拉，再扣。我的朋友忽然对我说："你注意到了没有，枪的结构是不需要螺丝的，它的各部件环环相扣，组成浑然的一体。"

果然是这样吗？那么，枪就是某种神意的创造和传授，就是一种冷冰冰的生命，可能也是一种使命。

人类用它自杀。

而代表这类东西的力量，与其说来自人的头脑，毋宁说来自寥廓而不可知的天宇和山峰……子弹钻进山体就消失了，仿佛回归了它们的母体一样。

靶场上，只有一些亮闪闪的弹壳。

F. 温泉源

在荒寒的雪山脚下，有一个县，县的名字叫“温泉”。这命名不是为了起着好听，也不是为了诗意，而是早在这个县根本不存在的时候，温泉就存在了。

由于雪山离得太近，触目四周尽是山峦，所以使这个县显得荒凉，它怎么也摆脱不掉周围的荒寒之气。但是幸运的是它有温泉，冒着热蒸蒸雾气的、含有丰富矿物质的天然温泉，于是人心里积存的那点荒寒之气又被洗涤荡尽了。

四个男子现在正浸泡在一池温热的泉水中，应该说不是温热，而是热得有些烫人，必须先撩水擦身慢慢适应，才能渐渐让全身深入下去。

整整一大池的碧水，在一座旧式的木板房里，使人有一种置身异域的错觉。水真是好，热烫滑腻，而且含有一种渗透肌肤、松解关节、舒张血脉的力度。谁能想得到那表面荒寒的雪峰内里，竟是一副这样温暖、温柔、温馨的热心柔肠呢？

四个男子中有一个小男孩，三个壮年男人。这时，某种动物式的感觉立即被唤醒了。活泼的、肢体细瘦的小男孩，衬托出了三个壮年男人（其中一个是男孩的父亲）的雄厚和沉稳，他们厚实的胸背和粗壮的肩臂，都使人感到成年雄性动物那种岁月的积淀，也都预告了眼前这个小男孩的生长前景。同时，这个小男孩现在展示的，正是这三个壮年人的往昔时光。

过去我们不是也这样细瘦、灵活么？

过去我们不是也这样怕水、尖叫，继而很快又嬉水，不停地欢笑，充满极大的兴趣和乐趣么？

但是现在，我们一个个像老狗熊一样深深浸泡在水中，只露出一颗脑袋，闭目养神，静忆往事。我们喜欢烫，因为烫一些才能穿透我们的厚皮和脂肪，才能使力量深入内心和灵魂，才能触动和感染我们。我们真正是快变成一些老动物啦，泡在水里的裸体的老动物。一个动物生命中所应该经历的，都经历过了，这一切平庸的或传奇的经历，就写在这些身体上，巨细无遗。

这时，我们眼前的这个小男孩，对于我们来说，就是“寥廓”——虽然同泡在一池之中，但是他和我们之间的距离太辽远了。

太遥远了呵，比戈壁深处还远，比雪山之巅还远，远成了遥不可及的往事、吸入太空的碎片、无法重去抚摸的记忆……

这种寥廓，才是最可怕的。

1996年9月10日写于新疆

每天诞生一次

每天早晨醒来，睁开眼，我就再也在床上躺不住了。醒来的一刹那间有一种陌生感，也有一丝庆幸的心理——“我又活过来了”，仿佛从一个深黑的海里被一个偶然的浪头送回岸边那样，我被一个力量重又送还给光明的早晨。

谁把我唤醒的？

有时是钟表，有时是号声，有时是妻子煎蛋时发出的香味。但这都是表面的，真正唤醒我的，是生命自身的力量。对此我非常清楚，生命在清晨异常有力，它的召唤不可抵拒，就像是重又诞生了一次那样。

其实早晨并不新鲜，新鲜的是生命在醒来时的感觉。

浑身充溢着力量和欲望，睁开的眼睛含满对光亮的感激——每一个早晨的重复是多么奇异并且是多么必要呵，不点就亮的世界，是真正伟大的恩赐！谁不意识到这一点，就是最大的忽略。天光和灯光完全不同，不仅意义不同，而且对生命发生的直接影响也不同，灯光帮助眼睛，天光唤醒生命。

我醒了。我起身、刷牙、洗脸，一切照搬程序。尽管如此，我仍在早晨倍觉欢欣。我很少锻炼，因而错失跑步时呼吸新鲜空气的机会，我坐在斗室中的沙发上吸烟，连吸两三支。尽管如此，我仍然感受到早晨对我产生的无比强大的影响。

这真不啻是诞生了一次。

首先是我想说话，我也许在潜意识里需要试一试睡眠之后我的语言功能恢复得怎样，是不是有什么障碍。我仿佛从死亡线上返回来，感受极多，我的第一个谈话对象就是妻子。我喋喋不休，强迫她听，还不许反感。她说："你早晨起来哪儿来那么多话啊？全是废话。"

我说："什么废话，全是真理！"

她不听，她去打牛奶了。我独自也要自言自语，絮絮叨叨一阵，是的，早晨我必须说话。

我知道这和婴儿的牙牙学语是同样的，我诞生了，我在温习语言。语言是我生命存在的一个重要显示，我是生怕丢失了它呢。

接着我静默下来，我吸着烟陷入沉思或回忆，判断自己或分析别人，捕捉念头或欣赏思维，这时的思想像白纸上似是而非的显影线条，也像冬日村庄上空最先升起的炊烟轮廓，还像一朵停留在无风的秋空之间的云絮，也像寒冷天气里汽车引擎刚发动时的声响。这时候思维很美，简洁纯净而又专注，飘浮，凝然不动，有令人舒适的享受感——像是一炉恰好的炭火那样，毫不费力地燃烧着，温暖着心灵。

我知道这和婴儿仰脸凝视天花板时是同样的，我诞生了，我思故我在。单纯的思想宛如火烛一样小而红亮，它非常可爱，令人怜惜。

然后我低声哼起一支熟悉的歌，甚至一些普通的歌也能使我感动，使我不能自禁，热泪盈眶。简单的旋律和音符，平常的一些词句，仿佛第一次接触似的，显示出原初的本质，使我一下轻易与之沟通，理解到远比这支歌丰富的内容。

特别是早晨不能读好书，连平常的书也会打动我。我易感得像一个尚未开蒙的少年，读一些书时难以自持。有一次家中无人，我读着读着竟莫名其妙地痛哭起来，我哭得无所顾忌，酣畅淋漓，我哭够了，觉得胸中万里晴空，极其舒服。什么“男儿有泪不轻弹”，最是反人性的玩意儿了。我有泪腺，我想哭，哭如果让人舒服为什么不呢？

我知道这和婴儿无端的哭是同样的，我诞生了，我在学习哭。哭一点儿都不可耻，丝毫也不值得羞愧，在没有外界力量的情况下独自痛哭是何等必要的课程啊！

这叫“揾英雄泪”。敢笑骂不足奇，敢歌哭才是真性情、伟男子。一切的一，譬如昨日死；一的一切，譬如今日生。我从夜的怀抱梦的子宫里归来，我在每一个早晨醒来，我忘记沧桑岁月，齿序年轮，我蹒跚学步，我满眼新奇，我仍然是婴儿、是赤子，扑向崭新的太阳。

每天诞生一次。

谁说不是呢？谁又不是呢？生命正是在每一天早晨抖落尘埃，拂掉夜幕，复归它可爱的、新鲜的本质，抖擞精神，宛如一只小蝌蚪那样游向世界和大海……无须悲观，因为每天你都能够诞生一次——和我一样。

还是应该常去看望一下土地

在荒山旷野中的这些创业者实在干得不错；对，连他们自己也认为这是一种奇迹。

——汉姆生

在人们的日常生活当中，值得关心一下的事情的确是太多啦——股票的行情，时局的变化，人际关系的冷暖，天气风云的变幻，甚至一些人对一些宠物的关心也大大地令人感动。

真正被忽略的，唯有土地。

忽略或者说遗忘土地，这正是大部分城市人的特征和个性。足以证明这一点的，就是几乎所有城市里的人都轻视乡下人，而且都用一个字来概括："土！"而乡下人竟同城里人完全达成共识，绝无一人敢于跳出来抗辩，只有低眉俯首，敛气小心，以极大的忍耐和屈辱心理默默争取，有朝一日摇身一变，成为一个"城里人"。这种人往往要比真正在城市里长大的人还不"土"，山药蛋开花更招眼。衣锦还乡，俗艳逼人，而且比城里人更加倍地瞧不起乡下人。特别是这类人往往能够获得更大的成功和权力，反过来领导并左右城市的文化潮流，过去最穷的人现在花起公家的钱来反而最不吝啬，比公子哥儿派头还大。

这有什么办法？穷则思变嘛。背叛了土地的人成为城市的主人。背叛得越彻底，越决绝，在现实生存中所获取的成就和利益就越大，因而主宰一个城市的力量就越强。今天的城市文明和文化，正是在这样的一个怪圈中以飞速奔跑的姿势，原地踏步。

被忽略的土地，始终沉默着。

被忽略的土地上的人也和他们的土地一样，长时间地沉默着。

我始终不能理解的是：何以有那么些人能够轻易地背弃土地？为什么他们对自己家园的一草一木产生不了感情反而对别人陌生的水泥堆积物无限崇敬向往？的确，我看到今天的许多人已经“丧尽天良”。因为长久地疏远土地，艺术的创造力已经离人们越来越远了。今天，我们到哪儿去寻找真正的艺术呢？对，对，没有艺术，只有一些著名的小丑和玩偶。人们拜倒在这些玩意儿面前，只能说，是我们每一个人的悲哀。

还是应该常去看望一下土地。

这是一味恢复天良的、苦口的中草药，它可以帮助人们恢复一些初心正觉，去浮躁，祛病邪，补元气，正心力。如果说这世上真有什么功法的话，土地是最大的功法，是真正的原始之尊、万物之母。何况它表面上看起来静默，而实则变化无穷，江河澎湃，湖海动荡，它始终可以一碗水似的端平！它自身旋转且又围绕太阳旋转，在浩瀚的宇宙空间与众星保持平衡和距离，抵御着来自四面八方的闪闪发光的诱惑。它是母亲，它要负起责任来，让大地上的万物健康生长；它还是宇宙间的太阳系里的一个总理大臣和外交大臣，是各国领袖和政治家学习的榜样，谁也没有能耐像它那样不动声色间处理好那么多复杂的关系。

然而，我们正忽略着土地。

我们正脚不沾地、足不着土地生存在这个绿、蓝、黄几色相间的美丽星球之上,不是这样吗?我们用水泥、柏油蒙乎其上,以名鞋丝袜隔乎其间;盖起摩天大厦,似乎离大地越远就越能显出我们人类之伟大;造出宝马名车,表现得和土地之间的摩擦系数越小就越显出咱们的潇洒和本事。人为什么忽略土地呢?大约人类有一种脱离母体的本能,他们始终模糊地认为还有比地球更为美丽的家园?

人类可以说是地球的不孝之子,可是也恰恰因了这一点,人类成了地球的灵物和骄傲。尽管如此,我认为,还是应该常去看望一下土地,这对我们有好处。

赤着双足走过田埂或在沙滩上打排球是让我感动的;在海滩上沐浴阳光且在身上沾满细沙是让我感动的;登山者艰难而缓慢地一点一点向冰峰攀登是让我感动的;躺在大草原上把名牌皮鞋扔出去的瞬间是让我感动的。

"为什么我的眼里常含泪水?因为我对这土地爱得深沉。"艾青写给土地的诗句是让我感动的。

如果你在初春季节离开城市,到郊外和山林当中去,那么,你会看到积雪融化的土地在阳光下蒸腾起灰蓝色的烟雾,点点光斑游离其间。土地的芬芳正随着这些氤氲之雾弥散开来,新鲜刺鼻,沁入肺叶。久违啦,土地的气味!在不知不觉间,你会渐渐生出些许醉意,会产生出赤足裸身去亲近一下土地的愿望。然而这愿望却是淡淡的,不强烈,却存在,它让你生出一种陌生的善意和恋情。眼睛变得水汪汪的,仿佛比原来大了一圈儿,恢复成儿时的眼睛,看见的一切都是美的、新奇的,而且都比原来显得大。

新长出来的树叶比少女的手指头还要娇嫩可爱,仿佛以往的初春从未诞生过如此的嫩叶;泛青的树皮漾着一圈儿一圈儿的绿晕,像是春天的歌唱在树内心的圣殿里回荡……还有小草和石头，它们一般总是仿照一种家庭的模式组合在一起，一组一组的，一组和一组相隔有一段距离，每一组都配合得恰到好处，极有韵味。

是啊，由无数生命构成的生活就这样在土地上展开，每一年都是新的，每一秒钟都和前一秒钟不一样，这一切归功于土地、天空和时间。有一部被称为“土地的赞美诗”的长篇小说，是挪威作家汉姆生写的，书名就是《大地的成长》。这部1920年获诺贝尔文学奖的经典作品，至今读来仍然妙不可言。我们这个具有数千年农耕历史的民族，竟然没有一部深深领味土地的大作品，实在是既奇怪又遗憾了。四百多个页码的长篇结尾处是这样的：“不错，英格尔曾经走过一段惊涛骇浪的人生旅程，曾经在大城市里度过一段时期；但现在她终于回到家里了；宇宙是广大的，蜂拥着无数的渺小的粒尘——英格尔也曾经是其中一粒。人在众生中无非是一粒微尘而已。”

“然后黄昏来临了。”

我很喜欢这部书，包括它的书名。所以我在今天说这种话稍微有点显得不合时宜，但我还是想再重复一次，应该常去看望一下土地，就像看望母亲或情人，太频繁既然不可能，一年一次，还是很有必要，大有益处。

1999年8月30日

谁在轻视肉体?

谁在轻视肉体?而且我不能理解那些人为什么要这样虚伪地对待它。

肉体是那么精密、那么好。这来历不明的、神秘莫测的美妙之物显示着独一无二的创造,每一个肉体都是一件无法复制的个例。它被人操纵有时也反过来操纵人;它了解人而人却似乎永远不可能彻底了解它;它就是一个人的全部但人却耻于把它暴露出来,一年四季总是要把它装在一些厚薄不一的布袋(衣服)里才觉安心,好像它是一种不配展现在光天化日之下的东西。

而且,这并不是某一些人偶然的行为,因为全世界的人类都用同一种方法对待它,人们用各种款式不同的布袋装束它,隐蔽它,使之深藏。甚至,在一些崇尚玄虚之物的人眼睛里,它被视为低贱、肮脏的陋物,视为产生罪恶之源。他们认为,正是因为肉体的存在,使得人类永难摆脱沦为动物的可能。他们以神的嘲笑口吻对待人类的繁殖,说那是“一连串忙乱的、荒唐可笑的动作”。

他们藐视动物,因而也同样藐视人的动物性,他们特别重视亚当夏娃遮在身上的那两片树叶,并把那两片莫须有的叶子视为人类跨入文明的永恒里程碑。

他们当然是一些智商很高的人,一些高贵的思想动物,一些穿长袍的布道者或一些鸿儒雅士。但他们同时也都是生命的叛徒,对大自然最无良知的忘恩负义之徒。千年以来,正是这样一些崇山峻岭一般的伟大先知人物,阻挡着人的自然生命的小溪流,“万山不许一溪奔”,制约、规范、束缚、限定……而这,被视为至高无上的“文化”——文明的教化。

文明其精神,野蛮其体魄。

体魄果真是“野蛮”的么?倘无“野蛮”健康、充满活力之体魄,焉可能有进取、自由、活泼、生动、创造之文明精神?体魄一旦消亡,精神还能继续产生么?

不尊重生命而崇拜偶像是多么滑稽。

不热爱肉体而迷恋织物又是多么可笑。

每一个肉体都是珍贵的、无价的,都是由两个肉体交合的激情创造出的不可替代的生命体,都是秉承了天、地、人、神的造化而结晶的灵物,为什么要取笑和亵渎呢?

肉体不仅是精密的,而且是美的。它不仅是超科学的,而且是超艺术的。

没有什么织物比人的皮肤更温润、更光滑、更具有天然的色泽;也没有什么物体比人的形体更完美、更神秘,更令人深深为之陶醉、终生难忘。更没有什么禁令能够阻止人对人的肉体的向往和渴望。也许正是因为这些,在人的社会对肉体的限制之后,天意同情它,天用黑夜掩护它,给了它暗中裸露的自由。天意怜幽草,它让人脱去白昼的布袋,恢复生命的本来面目,它让人每天晚上都面对自己的躯体,告诫你不要忽略生命,还告诫你不管你是谁你终究是一个因为肉体才得以存在的生物。

那么地呢?地用水关怀肉体,最终用土收藏肉体。它消解或转化肉体的方式是不露声色的,但同样与一匹凶猛巨兽吞噬人体的方式并无二论,同样是吃掉血肉,留下骨头。可是人偏偏信任它,人最恐惧自己的肉体被猛兽吞吃,可是唯独不怕被土地吞噬,人觉得最后把自己的肉体交还给土地是安心的,视之为归宿。金木水火土,大约都带有人的归宿的含义:载之以棺椁,是木;葬之以厚壤，是土；沉之以江海，是水；焚之以柴炉，是火。唯有归宿为金者，不是极上品，就是极下品。英雄豪杰伟人巨匠铸金铜像，万世瞻仰，为极上品；“白铁无辜铸佞臣”者，是白铁的不幸，为极下品。

还有人，人对肉体的关心是本能的，所有的人都在辛勤地喂养着自己、关怀着自己，饮食男女，不言而喻。（有些地方的人把吃饭不叫吃饭，叫“喂脑壳”，真是绝了。）

人对肉体主要的、全面的关心是洗澡，洗澡是人类借助水对肉体的洗礼，它像一种仪式，庄严、圣洁，令人充溢着感动和舒适。脱光了衣服是一种仪式，重新穿好衣服又是一种仪式，这中间肉体发生了重大的变化，肉体在洗礼中经历了变革，由表及里，穿透灵魂。此肉体已非彼肉体。此肉体是经过净化的，洁净、芬芳，肌肤美妙，血脉舒张，毛发光洁而蓬松，心绪优美且无尘。经过洗礼的肉体特别能够亲近音乐。

可以这么说，人类文明程度的进化有很大的成分是体现在洗澡上。只有在洗澡时，人才充分地注视和关怀肉体，健美的肉体让人自豪，瘦弱的躯体惹人怜爱，肥胖的胴体有幽默感，衰老的躯壳有沧桑感，稚嫩的身体像一棵前景不可限量的芽，多毛的身体像充满原始活力的莽原……不管怎样的肉体都是肉体，它们都是人。

肉体在水的浸润下复活，在彻底的裸露中舒展，它多么轻松，多么自由！你甚至能够听到它在歌唱！它的歌是美的，自然的；从它的歌里，你可以感觉到它像一个婴儿那样渴望关怀、需要爱抚。它的每一个部位都结构合理、布局匀称，而实际上它看起来又那么简单、那么谦卑。如果说世间的罪恶是由它引起的，谁能够相信啊？它还没有一棵刚种了三年的树长得高，它的两只手掌使它更像一棵只挂着两片树叶的小树，而且它枝杈简洁，简直就是一棵“删繁就简三秋树”。肉体无罪，在这个浩大的星球上，它占据的空间和时间极其有限，但它为人的创造力、精神力量所提供的能源是不可计量的，它给予人的一切精神活动的服务是精密细微的。

它是精神的仆人，同时也是主人，因为精神和肉体无法划分，它们像沸腾的水和水蒸气的关系差不多。肉体的需求是何等简单，所食不过餐饭，所饮不过杯瓶，所眠不过一榻，有时它的那点欲望要求可以低于一只野兽。可是人们却把贪婪、欲求、野心、罪恶这些东西归咎于它，而它也默认这些。

太荒唐可笑了啊！

这才是真正的强盗逻辑！

“人心不足蛇吞象”，人心是什么？是那颗每时每刻怦怦作响、从不间歇的心脏吗？比海洋更大的是大地，比大地更大的是天空，比天空更大的，是人的心灵。实际上，恰恰是精神世界，欲求无尽。它驱赶着肉体、鞭策着肉体，使肉体超负荷工作。肉体这时与精神的关系，就如同普希金童话诗《渔夫和金鱼的故事》里渔夫和他贪得无厌的老太婆的关系一样，肉体每一次对精神的满足，都不过是精神提出新的、更大要求的起点。在肉体满足的时刻，精神正在疯长！

结果，一切罪恶归于肉体，一切辉煌归于精神——人们有时正是这么荒诞！最有趣的是，明明是同一件事，在精神的意义上便称为“爱情”，在肉体的意思上就成了“肉欲”！是谁一刀切开了精神和肉体，使之清气上升、浊气下降，使之判然成为形而上和等而下？谁使本来浑然一体的事物毫不相干，成为一颗煮熟的鸡蛋里的蛋黄和蛋清？

莫非有一种不以性欲为基础的、高高在上纯而又纯的所谓爱情么？莫非肉体最原始、最强烈的性欲冲动就那么不堪入目、不登大雅之堂么？

肉体的欲求本身并无罪过，不仅无罪，而且美好。美好的性过程是造物主赐予一切生命的盛宴。生命力的源泉，创造力的基础，青春最本质的意义和美的发源地。健康、和谐、美好的性爱正是最合乎人的天性的事物了，它正是人类善美、大真的出发点和归宿，也是道德和文明的起因和目的。

当然，肉体本身并不是全知全能的，它虽有天赋的灵性，同时也更有蒙昧野蛮的本性，它也是一只可爱的小动物，需要启迪其智慧，开掘其美质，哺育其知识德行，然后才可以成长为一个完美的人。

这时，我们去看，摆脱了愚昧的肉体是何等光艳，它们才是完整的人，精神和肉体互相辉映的健美的人，灵与肉统一和谐的人！

有些人在餐桌前感恩上天赐予食物，这是一种仪式，说明人类有良知，也说明了食物得来不易。二十一世纪呢？二十一世纪不是在食物上感恩的世纪，而是肉体感恩的世纪，人们将愈发意识到肉体的重要，越发深入地认识生命本身的意义！同时，也因为人们越来越痛切地感受到，随着高度科技文明的突飞猛进、无所不能，人的肉体却在这个世纪的巨大温棚里日渐退化、日渐变态，它正发生着可怕的非人化剧变！

这是一个迫使人们格外关注肉体的时代！

商业对此是敏感的，各种化妆品、润肤露、美容术、健身术、增强人体性功能的妙方，等等，纷纷出笼上市。垫假鼻子的，割双眼皮的，去青春痘的，还有所谓“体健美”——把人体变成堆砌的一块块凹凸不平的熟牛肉的把戏，还有制造假乳房的，刺激真乳房——“没什么大不了的”，还有“人妖”——把人变性的，最终还眼看着就会制造出“克隆人”——它们出现在街头之时就是人类数千年的观念粉碎之日。

然而这不是关怀，而是更大的对肉体自然本性的摧残！离开了自然环境的人,就是这样胆大包天,就是这样敢于向一切挑战。人的胆子的确是太大了,从改造肉体的第一步开始,毫不迟疑地走向了毁灭真人的深渊!

并不是我在这里制造世纪末的危言,而是世纪末的许多生存危机摆在了人类面前,我们有必要在今天这样一个已经懂得保护环境、关爱动物的文明期问一问自己,也问一问全社会:谁在轻视肉体?

战争肯定在轻视肉体,它把被洞穿、被撕裂的年轻生命化为一些空洞庄严的统计数字;庸俗商业也在轻视肉体,它把每一个活生生的肉体看作可以利用的愚蠢的对象,一些可以推销其商品的数字;还有庸俗政治,还有庸俗艺术,还有庸俗科学……它们都有一个共同点:轻视肉体!

对肉体始终保有初心正觉的人是谁呢?

第一是儿童,它们像一些小兽,它们还不懂得轻视某一部分肉体,它们可以把胖乎乎的小腿伸到脸前,而且可以天真地吮吸自己的小脚丫子上的脚指头!儿童太可爱了!

第二是青春期的恋人,他们被生命的活力所征服,彼此展示自己天然健康活泼的胴体,意醉神迷,被肉体的魅力弄得魂飞魄散!对他们而言,最隐秘的最美,最不洁的最净,最羞耻的最辉煌!

第三是艺术家,本质上的诗人、画家、音乐家,他们的天赋就是热爱生命、讴歌生命,探索并发现肉体中蕴藏的永恒的秘密和美质!一个画家终生在描绘人体,他乐此不疲,从不倦怠,他从不因看到了人体的隐蔽部位而失望,相反,却激起了他更强烈的表现欲。他从每一条筋肉上看到艰辛和沧桑,每一张脸上发现情感和时间的瞬间凝固,还从每一种肩膀、手臂、胸腹、大腿小腿、背脊腰臀以及毛发乳阴中发现远远超越现实力量的伟大生命之美……他知道,这才是永恒的东西。

诗人也是这样，他研究肉体中最复杂、最变幻莫测的东西——情感、灵性及直觉。这些复杂的东西穷尽了诗人的智慧。音乐家呢？伟大的音乐家谛听到血液的声音，倾听着肉体各个部位发出的声响和歌唱，他甚至听得到骨髓的喃喃低语，精液的不休争吵，毛发的出土或脱落的呻唤和哀鸣……

尊敬并崇拜肉体的人是存在的。

不管现实社会中的庸俗力量如何轻视他们，尊重并崇拜肉体的人仍然存在，而且不会灭绝。

因为，肉体是人类最本质的宗教。

肉体是人类精神的伟大神庙。除此之外，我们并没有更值得信赖和膜拜的教堂了。这一点毫无疑问。

把你的“庙”从里到外，修好。

1997年6月24日续写于新疆